文芸社セレクション

# 素晴らしき男性

山本 伸治

JN035575

文芸社

# 目次

# 素晴らしき男性

# 第一章　妻と別れて

　中山公一は、現在五十七歳の独り者である。五十五歳の時に、ある事情で妻と離婚をしている。

　公一は、それを機に、かねてより思い定めていた小説を書き始めた。というのも、勤めていた会社の新入社員の時から、会社を辞めたら小説家になろうと既に決めていたのだ。

　いつかは会社を退職する。恐らくその後も公一は、働かなければならないと思うのが、普通であろう。

　その時の公一の身体が、健全であるかどうかは、全く定かではない。身体が思うに任せなくなったら、残るのは頭脳のみである。頭脳で勝負出来る分野は、文学しかない。

文学となれば、公一にとって小説が一番理に適っていた。それに伴って、小説家になる勉強をすることを考えたのである。

色々調べた結果、大阪のある文学家協会が主催する、小説家になるための通信教育の勉強会のことを知り、それに新入社員だった公一も参加をした。

ところで、公一は肺癌に侵され、五十二歳の時に手術を受けている。一度目の肺癌の手術は広島で行い、手術そのものは上手く行った。

退院後、二週間検診のために、病院へ通院した。ところが、さらに一週間後、左の胸の中で、『プッン』と何かが切れたような感じがした。同時に、胸全体に激しい痛みと、厳しい締め付けが、襲い掛かって来た。

この手術の後遺症は、なかなか消えることがなく、寝たきりの生活をせざるを得なかった。止むなく会社を中途退職したのは、五十三歳の時である。

その苦しみで、身動き一つ出来なかった。このような状況において五十五歳の時に、妻と離婚したのである。身体を動かすことも出来なかったのに、である。

そこで公一は、考えた。このままじっとしているのは、死んだ人間と同じだと。

死んだつもりで公一は、身体の激しい痛さと締め付けの状態であるにもかかわらず、小高い山へ歩いて行くことを決心した。歩く途中で死んでもよいと、覚悟を決めたのである。部屋の布団で寝た状態で死ぬのは、まっぴら御免であった。

最初は、十メートル歩いて十秒間休んだ。このペースで歩くと、小高い山まで、我が家から四時間以上を要した。

この第一日目の苦しかったことと言ったら、もう死ぬ思いであった。

一ヶ月を過ぎる頃には、徒歩の速度は、三時間となって来た。ここからが、なかなか進まなかった。

この先、丸一ヶ月半で、やっと三時間を切り、小高い山へ到着することが出来た。徒歩は、二ヶ月、三ヶ月と続いた。この頃には、徒歩の速度は、二時間半を切るようになった。

それに伴い、不思議なことに、激しかった痛みが、少しではあるが和らいで来たのである。四ヶ月、五ヶ月、六ヶ月目ともなると、努力の甲斐があって、通常の徒歩に近い状態に近づいて来た。しかしながら、胸の痛みと締め付けは依然として続いた。

一月一日の日の出も、自分の足で小高い山へ歩き、拝むことが出来た。この頃には、徒歩の速度は、二時間十五分にまで速くなっていた。

それにつれて、家にいる時は座ることが出来るようになって来た。じっと静かにしていれば、胸の苦しみは、ほとんど感じなくなっていた。

そこで、パソコンとプリンターを購入して、小説を書き始めた。

小高い山への徒歩は、これ以後、現在も続いている。現在は、徒歩を始めて十ヶ月になる。歩く速度は、もう二時間に近くなるまでに、速くなっていた。

公一は、パソコンを用いて小説を思いのままに書き始めた。

ところで、離婚した妻は、公一が身体を動かせないほどに苦しんでいる時に、離婚を迫って来たのである。動くことの出来ない公一は止むなく、離婚を承諾した。

しかし、よくよく考えてみると、妻がいないだけ、自由な時間が出来たのも、事実である。このことは、別れた妻に感謝をしなければならない。

けれども、女性と話をする機会が、なくなってしまったのも事実であった。

それで何かのサークルに入れば、同年代の話友達が出来るだろうと思った。そこで公一は、俳句の会に入ってみたのである。

ところが、この俳句の会のメンバーの年齢は、なんと八十歳以上の人がほとんどで、一人だけ六十八歳の女性がおられただけだった。思惑が、全く外れてしまった。この方は、実直で品のある方だったので、公一の手の届くような方ではなかった。

公一が最初に思った状況とは、全く様子が異なっていた。これはまずい、俳句の会はやめようと思ったが、ドアを開けて中に入ってしまった手前、出ることも出来ず、やむなく、一応会のメンバーになったというのが実情である。

ところで、公一はなぜ俳句の会に、入ろうと思ったのか。それは、高校時代に、短歌をしきりに作っていたからである。

短歌は、自分の思ったことを、五、七、五、七、七の文字数で表現するもので、比較的自由に詠める。だから、俳句も、同じようなものであろうと思って、会のドアを開けたのである。

最初の日は、ただ椅子に座っているだけで、他の人のすることを、見学するだけだった。この会は、月の第二、第四水曜日の二回行うもので、その二回とも俳句を五句作ってくるのが、ノルマとのことである。

次の開催日までに、与えられた季語を用いた俳句を、五句作っていかなければならなかった。

俳人たちは、例えば「やせがえる　負けるな一茶　これにあり」「閑《しずか》さや　岩にしみ入る　蝉の声」「柿食えば　鐘が鳴るなり　法隆寺」「やれ打つな　蝿が手をする足をする」と詠んでいる。

従って、気楽な気持ちで、俳句を五句作って、会に参加してみることにした。

公一が最初に詠んだ俳句は、次の五句である。

春の夜の　月のかけらに　人恋し
段上で　一人輝く　飾り雛
春の夜に　煌めく星と　月の恋
春を待つ　人恋しさに　かかる月
朧月　共に白髪の　影映し

適当に、気の向くままに詠んだ句である。ところが、この句会の後で、公一に或る本を読むように、強引に迫って来る女性がいた。しかも、その本を、公一に無料で与えると言うのである。まこと何ともはや、困った話である。

その女性は、年の頃なら、八十五歳を何歳か過ぎた、背中のかなり曲がった「お方」である。こういうお方であるから、断る訳にも行かず、公一は止むなくその本をいただいた。

その本を見てみると、かの有名な、神田満さんの書かれた書物の第一巻、第二巻、第七巻、それにお経の本と先祖供養関連の本という恐れ多い書物なのであった。

公一はその頃、ある小説を執筆中だった。それに時間を費やして、その方からいただいた書物を読む暇がなかったのである。

とはいえ、偉大なる神田満先生のご本なので、小説を書く手を休めて、書物を読み始めた。

書物の第一巻と、先祖供養から読み始めた。

すると公一は、自分の生き方が、神田先生の示された生き方とは、かなりかけ離れていたことに気が付いた。神田先生の教えが、いかにも理に適っていることが分かったので、その教えを受け入れることにした。

要するに、神を受け入れ全てに感謝をし、最善を思い、ベストを尽くして生きてゆくことを決心したのである。

また、公一は、毎朝起きて、直ぐにお経をあげ始めた。

五十七歳の毎日の生活に、生き甲斐を持って小説が書けるようになった。公一は、書物を頂いたあの方に、心より感謝をしてお礼を言った。

ところで、公一の生活は、小説を書くことだけではなかった。

勿論、小説は書くが、毎日散歩をしていた。胸の痛みと締め付けはあったものの、あの厳しいリハビリをしたお陰で、散歩ができるようになったのである。散歩の場所は、決まって大型スーパーと、もう一つは小高い山であった。

なぜかと言えば、大型スーパーには色んなタイプの女性が買い物に来ている。その中で、公一の話を聞いてくれるような、そして、好みの女性に声をかけて、友達になって貰うことが目的だった。

話を聞いてくれる女性が、いるにはいたのである。そんな女性には名刺を渡し、電話を掛けて貰うことを約束する。

ところが、公一は、その電話を今か今かと家で待つのだが、一向に電話が掛かって来る気配はない。公一は、なぜかは知らぬが、女性から騙されたように感じて不愉快であった。こんなことが、あってよいものであろうか。

それでも公一は、飽きもせずに、毎日スーパーに通っている。こんなことで引っ込む公一ではない。

それらしき女性に、公一が声をかけてみる。公一は名刺を出し、自分の名前と、本を書いていることを告げる。

そして、「お電話を下さい」と、お願いをする。すると「いいですよ」という返事を貰うのである。このような時は、悦び勇む。

家に帰って、彼女からの電話を、今か今かと待ち続けるのではあるが、電話は一向に掛かっては来ない。全く不思議でたまらない。こんなことが、ほとんどなのである。

何故、中年の女性は、嘘をつくのだろう。電話をすると言いながら、結局電話をしてくれない。独身男性を、信用していないのだろうか。

それとも公一の顔が、まずいのだろうか。でも、それはない。以前、会社に勤めていた時など、かなり女性に持てて困った経験があったほどの好男子なのである。

それなら、女性の方が、気後れをしているのだろうか。

公一の名刺に、問題があるのであろうか。名刺には、出身高校、出身大学、入社した会社名、精密機械学会の技術賞、出身大学への客員助教授、執筆活動、英会話が書かれている。

このような男性とは、電話で話をする気が、しないのだろうか。名刺を見て、畏れ多いと思ったのであろうか。何ともはや、理解に苦しむことである。本当に、なぜ電話を掛けてくれないのかが分からない公一である。

それでは逆に、女性が中年あるいは初老になって離婚をして、一人になったとする。そのような時、別れた当時はいいけれども、年を重ねてくると、その女性も、公一と同じ状況となるのは、紛れもない事実である。

その時になって、男性に話しかける勇気が、孤独な女性にはあるのであろうか。おそらく一人もいないのではないか。

男性に話しかけるのは、かなりの勇気がいるに違いない。まず、いないと思うのが、常識であろう。

ならばなぜ、男性から声を掛けられると、その話を聞いてあげないのだろうか。アラフォーといって楽しんでいる女性も、もうあっというまに、直ぐ五十歳になることを、知らなければならない。五十歳になれば、転がるようにして六十歳がやってくる。中年、初老の女性は、このことをシッカリと認識していなければならない。公一の怒りにも似たこの思いの心は、静まることはなかった。

そこで公一は、一考した。

スーパーへの往復の歩道を徒歩するが、もし公一の好みの女性がいれば、その女性へも声をかけてみることを、思いついた。

小高い山へは、以前から毎日、午後二時くらいに登り始めている。これは、リハビリのために行っているものであり、登る時間も、家から片道一時間近くまでに、速くなっていた。

この時も公一は、歩く時に「ありがとうございます」と、ずっと心の中で祈り続けていた。従って、道路を歩きながら祈るので、すれ違う女性に、声をかけることには、少し心の中で、気まずい思いもあった。

しかし、よく考えると、このすれ違いも、公一の女性探しに利用できると思い始めた。というのも、この小高い山へは、毎日登っているので、この時に好みにあった女性にお会いすることも、十分にあると思いついた。

また公一は、幾つかの病院へ、通っていた。その病院は、折尾に二ヶ所、福岡に近い吉塚のK大病院の三ヶ所に通っている。

この病院への行き帰りにも、女性との触れ合いがあることから、この行き帰りに知り合う切っ掛けがあることに、気が付いた。JRに乗車していて書物を読んでいる女性に声をかけ、公一の書いた小説を見せて、色々説明することも考えられると思いついた。

いつものことであるが、公一は、スーパーに行く時や、小高い山に登る時に、歩道を歩くことになるが、その時に出会った全ての人に、必ず「こんにちは」と声をかけていた。

出会う人は、小学生からご老人まで、年齢を気にしたことがなかった。

よく考えると、その時にも、公一の好みの女性がいたことを思い出した。まあ、これからはあまり期待をせずに、もし女性から電話が掛かって来れば、もうけもの程度に考えようと決心した。

女性関係は、取りあえずこの辺りで中断して、小説のほうに目を向けてみよう。

公一は、自分の高校時代を振り返り、これを元にした小説を考えた。物語にするのが、自由にできたことから、自然とパソコンのキーを打つ速度が速くなり、約二ヶ月で書き終えた。

タイトルは、高校生が対象なので、『これぞ青春なり』とした。この小説は、恋愛とスポーツと、勉強と絵画を中心にした小説で、高校生がこの物語を読めば、きっと面白く感じて、自分の青春と比べてみるに違いない。

執筆中も、スーパー通いや月に二回の俳句の会、小高い山への散歩は続けていた。

公一が外出するのは、大体午後二時から三時にかけてである。動けるようになった公一は、離婚した妻との間のお金の配分が、おかしいと思っていた。そのことについて裁判を起こすことを考え、ある女性に電話で相談をしてみた。

公一には、小学校から高校まで一緒だったある女性の友人がいた。最近その女性と、あることがきっかけで、話をするようになった。

話の内容は、公一の小説や離婚のこと、お互いのこれまでの人生経験などであった。

公一も彼女も、お互いに、伴侶のいない生活は、同じであった。

そこで公一は、裁判の件について、彼女の意見を聞いてみた。すると彼女は、公一の思いとは異なる見解を示した。

「中山さん、子供を高校、大学に行かせるのには、想像以上のお金がかかるのよ。私も、一人で、三人の子供を大学まで行かせたけれども、それは、大変だったわよ。貴方は、簡単にお考えのようだけれど、私の経験から言っても、多大な費用が必要なのよ。

私は主人を亡くしたのは、結婚して十年目だったのよ。子供は三人いましたので、この先どうして生きていこうかと、本当に悩みましたよ。貴方の元の奥様の場合も、やはり、人には言えないご苦労があったと思いますよ。それに貴方が裁判を起こすことを、貴方のお子さんはどう思うでしょう。娘さんのご意見をお聞きになられたらいかがですか。裁判に関する私の感想は、こんなところです。ご参考になればと思いますが、いかがでしょう」

「あれれ、なんとなんと、僕の想いとは、全く異なったお話をしてくれましたね。僕は貴方がこの裁判の後押しをしてくれるものとばっかり思っていました。しかし、今のお話をお聞きしまして、この裁判について再考してみましょう。貴方自身が、大変なご苦労をなさって来た訳ですので、私の元妻の立場になってのお考えでしょう。

もう一度裁判について、考え直してみることにしましょう。そして娘に電話をして、裁判のことを聞いてみましょう。今晩の電話、どうもありがとうございました。では、この辺で失礼致します」

公一は、この電話の後で、静かに彼女の話を、思い返してみた。

女性は、女性同士の苦しさや辛さや大変さが、本当によく分かっているのだなあと、他人事のように、心の中で何かが駆け巡った。その思いを抱きながら、裁判用に書き上げた資料を、読み返していた。

その後で、公一は娘に電話を掛けた。その近況を聞いた後で、公一は、元妻との裁判について話を始めた。

離婚によるお金の配分が、余りにも違い過ぎることから、裁判を起こすことを説明した。これらのことを娘は理解してくれた。がしかし、ここからが肝心な話となった。

「お父さんの言うことはよく分かるけれど、もし裁判をしたら家族がバラバラになってしまい、私達子供も、メチャクチャになってしまうのよ。親同士が互いに敵同士となって争いあうのは、子供としては絶対に見たくはないのよ。絶対に」

と言いながら、娘は大声で泣きじゃくってしまった。

公一は、その声が胸に鋭く突き刺さって、何も言えなくなった。しばらく公一は受話器を持ったまま、何も出来ず、ただただ、涙が出て止まらなかった。このままじゃあ、娘がだめになると思った公一は、娘に言った。

「もう泣くのは止めていいよ。お父さんは、もう裁判はしないことに決めたよ。だから、安心していいから。お母さんにもそう言って。お父さんは、お母さんに手紙を書くから。お母さんの心配は、しなくてもいいから。じゃあね、これで電話を切るからね。お休み」

公一は、泣きながら裁判用に思いの全てを書き込んだA４のコピー用紙十枚を、一枚ずつ破り始めた。

全てを破り終えた後で、公一はパソコンに向かい、元妻宛にお詫びの手紙を記した。

「拝啓、中山美知子様。この度は、私が裁判を起こそうとして、大変ご迷惑をお掛けしましたことを深くお詫びします。自分の目先のことに、気持ちが行ってしまい、貴女の、これまで私に捧げていただいた幾多のご恩を忘れていました。私が肺癌で入院していた時の、貴女の献身的な付き添いは、今でも忘れることは出来ません。このことを一切考えずに私は裁判を起こそうとしました。心より、お詫び申し上げます。……それでは皆の活躍を祈って、お詫びの手紙を終わります。敬具。中山公一」

手紙を書き終えた公一の心に、何か一仕事を終えた清々しさが、やって来た。もう家族に迷惑を掛けなくて済むと思うと、一遍に気が楽になった。

これからは再び小説を書きまくるぞ、という意欲が湧いてきた。それから数日して、驚くなかれ、彼女より手紙が届いた。

「前略、お元気でお過ごしの事と拝察致します。五月十五日に、リーガロイヤルホテル広島にて、息子が結婚式を挙げました。晴天に恵まれ、皆様に祝福されて、新しい門出をしました。娘は、一月十三日に無事男の子を出産しました。名前を大翔と言います。もう直ぐ五ヶ月になります。最近は、あやすと笑うようになり、とっても可愛いです。……草々」

僕自身としては、裁判を行って、お金を自分のものにすることを考えていたが、よくよく考えてみると、娘の言ったように、妻とは別れたが、家族がばらばらになることは不本意であるので、裁判を止めてよかった。また元妻も、僕の身体が悪かったことから、息子を結婚させるまでは、大変だったろう。感謝しなければいけない。また、娘についても、よくやってくれた。これらのことも頭が下がる。本当にありがとう。

公一は、心の中で、元妻にこう言った。

以前のような、元妻へのわだかまりも消えてしまい、公一は再び、普段の生活に戻った。しかし身体には、依然として想像も出来ないような苦しみがあった。

実は、その苦しさが余りにも激しかったので、何度も死のうと思ったことがある。

この世には、子供から老人に至るまで、自殺者が非常に多い。この自殺を出来るだけなくそうと思った公一は、自分の経験を知ってもらい、そんな人のために、自殺を思いとどまってくれることを考えた。

そこで、こんな者でも頑張って生きており、現在はそれを乗り越えて、小説を書いていることを、N新聞社へ投書した。

すると、しばらくして、公一の思惑通り、N新聞社の投書欄に、公一の文章が載ることが決まった。

公一は、予め新聞社へ電話をして、投書欄の文章の書き方を、知らされていた。それに従って公一は、二百文字以内の文章を、新聞社へ書き送っていたのである。掲載の決まった新聞社からは、平成二十年四月十二日付けの朝刊紙面で紹介するとの通知が、公一の元へ届いた。

掲載の通知とともに粗品が、公一の元へ届いた。

「ああ、この新聞社は、投書をする者に、何と思いやりのある行為をしてくれるのだろう」

改めて、この新聞社に、敬意を払った。

公一は、再び小説を書き始めた。今度の小説は、大学生ならではの自由奔放さと、ひたむきさを描いている。この小説でのポイントは、大学生生活で生じる、卓球部、絵画部、ヌードモデル、自殺未遂、復学、悶え苦しむ恋愛である。

この小説は、物語の展開を早くして、読み易いように工夫をした。また、各章ごとを、まとまった内容にした。この小説も、約二ヶ月で書き終えた。


公一は、気分直しや小説を書く疲れを癒すために、小倉へ行くようになった。また小倉の書店へよく行き、ふとしたことから、そこの社長さんと仲良くなったり、外国人の出入りするトルコ人経営の素敵なスナックへも時々通うようになった。

このスナックへ自分の小説を二冊置いて、お客さんがいつでも読めるようにした。トルコ人の経営者は、公一にサインを求めたが、それは丁寧に断った。

スナックのお客は、皆、英語を喋っているから、当然公一も英語の勉強だと思って、通っていたのである。

公一の英語力は、一応外国人と喋れる程度の実力にはあった。なぜなら、以前、公一が元いた会社の本社勤めをしていた際に、週に一時間、アメリカ人教師と日本語なして、英語のみの会話をマンツーマンで行ったことがある。ここでの教育は、公一の実力を飛躍的に向上させた。

また、公一が研究所に勤務していた時、上司が外国に出す英語の論文の修正を、公一が担当していた。これも、公一の英語力を、かなり向上させたのも事実ではある。

こうしたことで、一応恥ずかしくない程度に、英語を喋ることが出来た。また、そのスナックのカウンターの中には、女性がいて、その女性は地元大学の学生で、専攻は英文科とのことであった。公一は、この女子大生とも、よく英語で大学の色々なことを話した。

ここまでは、そんな公一の行動が、それほどおかしいということは、なかったのである。おかしくなったのは、この辺りからであり、常に公一は、ポケットの中に約五十万円を入れて、色々な物を買いあさるようになったのである。何かは分からないが、片っ端から買わずにおれない心境が襲って来たのである。

まず高価なズボンやオシャレ着のシャツを何枚も買い、何万円もする革靴を何足も買い、大きなバッグや小さなバッグ、傘も何本も買うといったことを、ほとんど無意識のうちにやってのけていたのである。これは、誰が見ても異常な行為としかいいようがない。

それだけではない。公一は、至る所で英語を喋り始めたのである。デパートや銀行などに行っては、日本語を一切使わずに、全て英語で話すのである。そのため、デパートや銀行では、公一への対応に困ってしまい、その部署の長がやって来て、片言の英語で、公一に用件を聞くこととなってしまった。

こうしたことをしている公一は、行動が異常であることを全く意識していないのである。この行動を知った弟は、精神の病である、『ソウウツ病の、ソウ』である可能性があると言い出した。

というのも、弟の知人で、同様の症状を起こした人を知っているとのことであった。実家へ戻った公一は、夕方に小高い山へ散歩に行こうとした。散歩道の途中には、市街地があった。

公一は、ふと考えた。自分の小説が、万が一売れれば、その印税は、どのくらい入ってくるだろうか。仮に大金が入ってきたとすれば、その税金の支払いは、どうなるんだろう。

そう思った公一は、市街地にある税理士事務所を訪れた。普通の人間ならば、こうした途方もないことを考える訳はないのである。

公一の意識は異常に高揚して、心の中で自分を甚だしく演じさせていた。この時にも、高価なバッグと靴の購入を、予約しているのである。

税理士事務所の女子事務員が、公一を観て、これは少しおかしいと思ったようだった。その事務員が、公一の家へ電話を入れた。その電話により、公一の異常が弟へ知れることとなったのである。

弟の手配で、すぐさま、その種の病院へ、強制入院を余儀なくされた。公一が入院したのは、F病院といって、病院の門から病棟まではかなりの距離があり、奇麗に手入れされている松林や竹林が、まず目に入った。大きなグラウンドや、鯉を放流した池などもある、通常の病院とは、全く異なった様相を呈していた。また、病棟は五つもあり、その中には、四人部屋や二人部屋や個室もあった。勿論、病棟内で洗濯も出来、それを乾かす場所も確保されていた。大きな風呂も一つあり、男女の入る時間が決められていた。

お昼前に、公一はこの病院へ入院した。

パジャマに着替えて色々な荷物を整理し、所定の場所へ収めた。公一は、二階の四人部屋に入れられた。身辺が整ったので、同室の三人に自己紹介をし、用意していたお菓子を配った。

入院したその日に、公一は別の部屋へ連れていかれ、おかしなテストを受けた。それは、形の記憶テストや、百から七を引き続ける計算を、何度も暗算でさせたり、その他、幾つかのテストだった。

その結果、公一は百点満点であることが分かった。

その内に看護師がやって来て、病院内の色々な設備についての説明をするために、公一を案内した。これまで何度も入院の経験があったことなので、取り立てて珍しいことはなかった。ただ、風呂の時間だけは、きちんと守るように念を押された。

また、これが終ると食堂へ一緒に行き、食前と食後の決まりごとを、教えて貰った。靴入れの位置は、一階の少し奥まったところにあった。病棟の前の大きなグラウンドは、自由に歩くことが出来るとのことだった。但しその際には、看護師に連絡するように指示があった。

# 第二章　病院の食堂で

いよいよ、入院生活の開始である。時計を見ると、正午少し前であったので、一人で食堂へ下りて行った。既に何人かは、食事を始めていた。

プラスチック製容器の食膳を、適当な場所のテーブルへ置いた。椅子もプラスチック製であり、一人静かに座り、周りの人を見渡しながらゆっくりと食事を始めた。全体的に、食事の量は少なめであった。公一は、いつもよく噛んで、ご飯もおかずも残さなかった。

自然と食事の時間が長くなり、その間に多くの人を観察することが出来た。その中で一人、気になる女性がいた。

彼女は、一番最後に食堂に現れ、席を探しながら、空いている場所に腰を掛けて、おもむろに食事を始めていた。その姿は何とも美しく淑やかであり、どこかの令嬢のようだった。

そんな女性が、なぜこんなところにいるのかが、まことにもって不可思議であった。しかも、よくよく見ると、何だか暗い感じがするものの、気品があり、飛び切り美しい女性であった。

公一の目は、彼女に釘付けにされた。公一はゆっくりと食事をとりながら、彼女の仕草をくまなく見入っていた。遠くに座っている彼女は、紛れもなく超美人に見えた。

彼女の食事が終わるのを見計らって公一も食事を終え、さりげなく彼女の側へ行ってみた。彼女も、ほぼ食事を終えようとしていた。近くの椅子に座った公一は、お茶を飲みながら彼女の様子を窺っていた。礼儀正しく食事を終えた彼女も、お茶を飲み始めた。

それとはなしに、公一が横目で見つめていると、不思議そうな顔をして、彼女も公一を見つめていた。その瞬間、二人は不思議なことに、微笑み合ってニッコリと可笑しそうに笑った。

でも、よく見ると、素晴らしく超美人の筈の彼女の笑った時の目が、余り開いていないことに、公一は気が付いた。これでは、彼女の美しい瞳に、そぐわない目となっている。

超美人の彼女の美しさが半減してしまうと思った公一は、すかさず彼女に言った。

「初めてお目にかかります。急なことでちょっと変ですが、もしよかったら向かい合いませんか。二人でニラメッコをしましょう。貴女の瞳を、僕が大きくしてみせますので。いいですか。僕の目をしっかり見て下さい。僕も貴女の目をしっかり見ますので。じゃあいいですか。始めますよ。目を開けて……目を開けて……もっと目を開けて……もっと、もっと……目を開けて。もっと、もっと。もっと大きく目を開けて。このままずっと、大きく目を開けて……どうですか、大きく目が開いたでしょう。貴女の気分の方は、いかがですか。少々変わって来たでしょう」

「ええ、何だか自分が変わってきたみたいだわ。どうしてなんでしょう。きっと貴方が私の何かを変えてくれたみたいですね。目を大きく開けて、貴方の瞳をしっかり見ていると、私の心が熱くなってくるのを感じてきましたよ。貴方は大きな美しい瞳をしていますね。不思議な悦びが私を包んでくれたようです。どうもありがとうございました。ところで、貴方のお名前は……私は、中野弘子と言います。宜しくお願いします」

「僕の名前は、中山公一と言います。実は、『ソウウツのソウ』で今日入院したんですよ。それで貴女と初めてお会いすることになったんです。その時に、実に美しい貴女に、何か暗いイメージを感じたんですよ。恐らく『ウツ』でしょう。それが気になりましてね。何かをしてあげなければならないと、感じたんですよ。それで、失礼とは思いながら、ニラメッコを考え付いたんですよ。ニラメッコをすれば、いい気持ちになるでしょう。こう言うのはちょっと変ですが……僕の瞳は、奇麗でしょ。あっはっは、冗談ですよ。ただ、目が大きいのは、確かだと思います。誰からでも、そう言われますので。

そうですねえ、そのうちにグラウンドを一緒に散歩でもしたいものですね。僕はこれから毎日、午前と午後に、散歩をするつもりなんです。散歩は健康に良いですから。中野さんも散歩をした方が良いですよ。僕の場合、散歩は気分転換だけではないんです。実は、僕は肺癌の手術をした後の後遺症があるんですよ。これをよくするためにも散歩をして、少しでも後遺症を軽くしようとしているんです。リハビリなんです。この後遺症は、なかなか良くならなくて、困っているんですがね」

「実は、私も、グラウンドで、散歩をしているんですよ。とても気持ちが良くて、気分が変わって、病気がよくなってきているみたいなの。散歩の時間は、まちまちなの。だからこれからは、私も午前と午後の二回、散歩をすることにしましょう。ところで、あのう、中山さんは、肺癌の手術をしたのですか。お医者様は、中山さんに直接、肺癌と言われたのですか。大変だったんでしょうね。その後遺症っていうのは、どのようなものなんでしょうか。出来れば、教えて下さい。そして出来れば、なぜ中山さんのような方が、この病院へ入院されたのかもお聞かせ下さいな」

「そうですねえ。今のお医者さんは、肺癌があれば、直接本人に告知するんですよ。その時には、妻も一緒にいましてね。妻の方が愕然として、失神しそうでしたよ。僕の方は、絶対に肺癌ではないと確信していましたので、いたって冷静でしたから。その病院に一ヶ月入院して、癌の疑いがあるということで、また別の大きな病院へ転院したんです、十二月一日に。確か十二月の十七日だったと思いますが、肺癌かどうかの確認をするための手術をしたんですよ。そして、レントゲンで影が写っていた部位のサンプリングをすることになったんです。それで、サンプリングした部位を顕微鏡で調べた結果、癌であることが分かったんですよ。

それからが、本当の肺癌の手術となってしまいましてね。もう諦めるより、仕方がありませんでした。でも手術は、全身麻酔によって、意識は全くありません。目が醒めた時には、手術は終わっていましたので、身体の異常は、何にも感じませんでしたよ。しかし、麻酔が切れてからは、肩甲骨に異常な痛みがありましてね。これには、ほとほと参りました。入院の間中、この痛みは、取れませんでしたから。それから、手術後の痛みが、入院中続きましたよ。これが僕を悩まし続けましてね。通常の退院は手術後三週間でしたが、僕の場合、痛みが続いていたものですから、もう一週間退院を延ばして貰いました。それでも結局、痛みはとれませんでした。

この状態で、僕は退院した訳です。この入院中、妻は献身的に僕の介抱をしてくれましてね。ほとんど毎日、僕の病室に来てくれましたよ。また、着る物も、全て新しい物を買い揃えましてね。下着やパジャマ、ガウンやジャンパーに至るまでが新品でしたよ。退院するために僕の荷物をまとめて、大きなボストンバッグ二つに入れて、病院の一階に下りたんですよ。すると、その一階に、理髪店がありまして、長く伸びた僕の髪を、奇麗に短く揃えて貰いました。鏡に映った僕は、なかなか良い男だったんですよ。

その日は、僕の家へ戻りました。二ヶ月振りの、一家団欒の食事を楽しみました。その夜は、妻と二人で寝ました。色々これからのことを話しながら、静かに就寝しました。翌日からは、自宅療養です。病院への通院は、二週間に一度でした。最初の二週間目の検診が終わってから、三日目の午後二時頃、服を着込んで、散歩に出掛けようとしたちょうどその時、胸の中で、何かが『プツン』と切れた感じがしましてね。

その直後に、胸に異常を覚えました。なんと胸に激しい痛みと、強烈な締め付けが襲い掛かって来たんです。この苦しみに、悶え、のたうち回り、七転八倒しましたよ。生きた心地がしませんでしたから。それはそれは、死ぬ思いでした。

僕は妻が帰るのを待って、妻とともに、病院へ直行しました。病院には、僕の症状を診てくれる先生はいませんでした。やむなく、エコーを撮り、異常を診ましたが、その先生が判る筈はありません。そのため痛み止めの注射をして薬を貰い、翌日、担当の先生に診て貰うこととして、病院から家へ戻って来たんですよ。注射なんかしても、よくなる訳はありませんよね。翌日になって、朝一番に、病院へ行きましてね。手続きをして、診察を待ちました。その間も、胸の痛みと激しい締め付けは、僕をこの上もなく苦しめ続けていたんですよ。苦しんでいる時に、『中山さん、診察室へどうぞ』と、看護師さんの声がありました。

僕と妻は、診察室へ急いで入ったんですよ。

『死ぬほど苦しいんですよ。どうにかして下さい。とにかく入院させて下さい。お願いします』

僕は先生に強烈に訴えました。先生はこの僕のただならぬ様子を見て、入院の手続きを早速取ってくれました。しかし、入院するベッドがなかったので、先生は、僕を集中治療室へ入れましてね。やむを得なかったんですよ。普通のベッドの空きが、なかったんです。僕はその部屋から、病院内のペインクリニックへ、治療に行くようになったんですよ。そこでは、苦しみをなくすような、色々な処置をしてくれましてね。でもね、なかなか良い治療法がなかったんですよ。それで最後の手段として、背骨の間に針を刺し込んで、脊椎から麻酔液を注入し、胸をブロックして痛みの状態がどうなるかを調べたんです。しかし、一週間しても、痛みは取れなかったんです。従って、ペインクリニックでの治療は、この段階で終わりにしました。

そんな時に先生は、色々の薬を僕に飲ませました。その中で、精神安定剤を飲むと、不思議とベッドで静かに横になっていることが出来たんです。僕は、このことを、先生に言ったんです。すると先生は、僕に精神科の先生のところへ行くように指示したんですよ。その精神安定剤は、精神科で用いる薬だったんです。それで、精神科の先生の診察を受けて、薬を貰ったんです。その薬を飲むと、不思議にも胸の苦しみが、全く消えてしまったんですよ。信じられないことが起こってしまいましてね。ああ、これで苦しみから解放されると、心から、精神科の先生に感謝をしました。

ところが何と次の日、大事なオシッコが出ないんです。何度トイレに行っても、出ないんです。もう堪らなくなりまして、ペニスからカテーテルを入れてもらい、それでオシッコを出してもらいました。こんなことがありましたので、これからはこの薬は使わないことにしました。でも、この種の薬が、効果があることが分かりました。こうなると、前の病院でも、精神科の治療が出来ることから、大きな病院を退院することとなりましてね、元の病院の先生と、大きな病院の先生とが話し合って、僕の退院が決定したんです。

その日に大きな病院を退院して家に帰り、翌日から、また最初の病院への再入院が決まっていました。入院の目的は、手術後の胸の激しい痛みと厳しい胸の締め付けに対して、精神科での治療と、リハビリを行うことでした。不思議なことに、私は内科の病棟へ入院したんです、精神科での治療なのに。何ともおかしな気持ちでした。

その精神科での診察は、週に三回ほどで、内診は何もなく、ただ僕の後遺症の程度を聴くのみでした。だから、入院で何をしたかと言うと、先生が処方された薬を飲むだけで、後は全くの自由時間でした。散歩やお風呂も自由でした。よく散歩をしましてね。病院の階段を地階から屋上まで一気に駆け上りました。その時の後遺症の痛かったことと言ったらなかったですよ。でも、自分のためだと思って、一生懸命に頑張りました。ところがなんです。階段のリハビリは、色々なことがありました。

足の方が鍛えられて来ると、今度は病院から脱け出しまして、近くの防波堤や公園や道路などを、自由に歩くようになったんです。痛みはまだまだ続いていましたけれど。こうでもしないと、時間がつぶせませんよねえ。そしてお風呂ですよ。やっぱりお風呂に入ると、後遺症の苦しみが少しは緩んで来ましてね。気持ちが良かったですよ。

この病院に一ヶ月間入院しました。そして、しばらくして、復職したんですが、やはり後遺症は、取れませんでした。それ以後については、次の機会にお話ししましょう。かなり長くなりますので」

「まあ、でも、中山さんはすごいご経験をなされているんですね。今のお話をお聞きして、どんなに苦しまれたか、本当に大変だったんですね。肺癌の告知も、直接ご本人にされたんですね。その時のショックも想像を絶するようで、私なんか余りの怖さに、失神してしまうでしょう。中山さんご夫妻は、非常に冷静な方達なんですね。でも奥様は、大変だったようですね。中山さんの入院が長くなられたので、その看病もお辛かったことが、女性として私にもよく分かりますよ。このお話の続きは、今度お聞かせ下さいな」

「ええ、念のために言っておきますが、私達夫婦は、実は離婚してるんです。妻の方が、僕に強く離婚を迫って来ましてね。その時、妻が僕に吐き捨てた言葉を、僕は許せなくて、離婚を決意しましてね。そんな訳で、僕は現在独り身なんですよ。即ち、少々年を取った独身なんです。だから胸をはって中野さんと、こうしてお話ができるんですよ」

「そうなんですか。中山さんは、女性と自由にお付き合い出来るんですね。もう中山さんは、私の……なんですよね。もう、何と言っていいんでしょう。嬉しいわ。では、今日の午後二時半頃に二人でお散歩をしましょう。そして、夕食後もこうして食堂で、お話をしましょう。では」

「そうですね。僕も自分の病室へ戻りましょう。ではこれで失礼します」

「私も、お部屋へ戻りましょう。失礼致します」

二人はそれぞれの病室へ戻って行った。

公一は少し眠くなったので、ベッドで横になった。そのまま寝込んでしまい、午後二時半頃に目を覚ました。

急いでグラウンドへ行き、彼女と散歩をした。三時になって、公一は病室へ戻って来た。

男性のお風呂の時間だったので、下着とタオル類を持って、浴室へ行った。入浴を済ませると、下着を洗濯した。そうこうしているうちに、夕食の時刻になった。

公一は、自分の小説が読みたくなったので、彼女にはすまないと思ったが、夕食を早めに切り上げた。

それから消灯までの間は、自分の小説の原稿を読むことにした。小説は長編であり、この病院へ入る以前に、公一が書き上げていたものである。公一が言うのもおこがましいが、なかなか面白いストーリーなのである。まあ入院中に読み直しながら、推敲していこうと思っている。

しばらく読んだところで、ひとまず休んで、公一は洗面所へ行った。歯磨きと洗顔を終えて、自分の病室へと戻った。

公一は、再び小説の原稿に目を通し始めた。少しずつ読みながら、場面の光景を思い出していた。

しばらくして、消灯の合図の放送が、各部屋の中に流れた。

公一は、原稿をそばの椅子の上に置いた。ベッドの中で静かに目を閉じると、中野さんの姿が、瞼に浮かんで来た。

中野さんは、公一の瞼の中で、にっこりと微笑んでいた。この様子を確認し、感謝の祈りをして、公一は眠りについた。

次の朝六時半に、起床の合図のスピーカーからの音が鳴り響いた。

少し眠い目をこすりながら、公一はベッドから起き上がった。

公一は洗面道具を持って、洗面所へと向かった。ちょうどその時、洗面所で中野さんと出会った。

思わず公一は、中野さんに向かって、

「ハウアーユー」

と、軽く挨拶をしてみた。すると、中野さんはすかさず、

「アイム、ファイン、サンキュー、アンジュー」

なんと、中野さんは、英語が喋れるのである。

そこで、公一も同様に英語で、

「ミートゥー、ファイン、サンキュー」

と、中野さんに答えた。

周りの人のことを考慮して、英語はこの辺で終わりにした。

中野さんは、公一の隣に来た。二人は、お互いを見つめ合って、その後でクスクス笑った。その後で、二人はゆっくりと洗顔を始めた。

中野さんは、石鹸を使わずに化粧水のようなもので洗顔をしていた。洗顔を終える

と、公一は中野さんに、

「じゃあ、お先に失礼します。食堂でお会いしましょう。お食事は七時半からですのでお待ちしています」

「ええ、分かりました。では、食堂でお会いしましょう」

二人は、おのおの自分の病室へ戻って行った。

公一は自分のベッドに座り、自分の原稿に目を通し始めた。何とも言えない、男女の絡み合いの表現が、少々露骨すぎるので、女性でも読めるような内容に書き改めた方がいいかなと思った。それから数枚を読んでいると、朝食のコールが、病室に鳴りわたった。

公一はその合図を聞いて、食堂へ向かった。中野さんの姿は、まだなかった。

仕方なく公一は、一番後ろの席に箸と卵のふりかけを置いて、食膳を取りに行った。朝食を自分のテーブルの上へ置き、椅子に座って、両手を合わせてから食事を始めた。

それからしばらくして、中野さんが食堂に入って来た。

公一は食事中だったので、中野さんの姿には、気が付かなかった。

食事中にふと、周りを見渡すと、公一の場所から見通せるテーブルに、中野さんが座って食事をしていた。

公一は、彼女を眺めながら食事を続けた。そうする内に彼女の方も、いつの間にか、食事をしている公一に気が付いた。

公一は、食事をゆっくりとることにした。そのために、公一はご飯を何度も噛むことにした。その噛む回数を、一口で百五十回程度とした。こうすると明らかに、食事の時間が長くなっていった。

彼女の食事作法は、こよなくしなやかであり、いかにも時間を要するものであった。公一は、彼女のペースに合わせ、少しずつ箸を動かした。

公一の思っていた通り、彼女以外の患者さんは、全て食事を終え食堂から姿を消し、後に残ったのは、公一と彼女だけであった。公一は食器を元のところへ戻して、彼女の側の椅子に座った。

「中野さんは、ゆっくり食事をされますね。よく噛んで食べると胃の消化にいいし、何よりも増して脳が活性化され、頭が良くなるらしいですよ。テレビで言ってましたので。実を言いますと、この僕も食事をよく噛んで食べるんですよ。それで頭が良いんでしょうかねえ、なーんちゃって、これは冗談ですが、あっはっは。でも、中野さんは、明らかに頭が良さそうですね。英語も出来るし、何と言っても瞳が、キラキラと輝いているから。これでも僕は、人を見る目があるんですよ。まあごゆっくりお食事をして下さい。僕は向こうの椅子に座って、お食事が終わるのを待っていますので。じゃあ」

「どうも済みません、私の食事が長くなりまして。直ぐに終えますので、少しだけお待ち下さいね」

「いいですよ。マイペースで食べて下さい。時間は、タップリありますので。では」

公一は、向かい側のテーブルの椅子に座って、側にある雑誌に目を通し始めた。しばらくの間、公一がその雑誌の記事を読んでいた。すると、いつの間にか、中野さんが公一の元へやって来た。

「お待たせ致しました、中山さん。この前のお話の続きを、お聞かせ下さいな」

「そうですねえ。じゃあ、始めましょうか。僕の肺癌手術の後遺症は、一度は軽くなったんですが。やはり、元の激しい胸の痛みと締め付けが、再発して来たんですよ。こんな状態が何度か繰り返しましてね。もう、どうしようもなくなった時に、会社勤めは無理かなと、思い始めたんですよ。ちょうどその当時、会社の方も不況の嵐が吹いていましてね。その不況対策として、会社は早期退職制度を社員に提示して来た訳なんです。それを妻と相談しましてね。この際僕は、会社を辞めようと決めたんですよ。一応、退職金の上乗せもありましたからね。それでとうとう、会社を辞めてしまいました。

この後、雇用保険を貰うことになりましてね。これは僕の実家の方が、貰い易いこともありまして、僕だけ北九州へ戻って来たんですよ。住民票も北九州に移し変えましてね。身体の方の胸の状態は、相変わらずでした。それで、北九州で、僕の胸の再手術をしようと思い立ったんですよ。

というのも、そもそも僕の胸の後遺症は、胸の中の何かが『プツン』と切れたような感じがあってから、始まったんですから。だから、胸の再手術を要求したんですよ。僕が広島にいた時にも、色々病院を当たってみたんですが、どこも胸の再手術をしてくれる病院は、ありませんでした。でも、北九州には、僕の胸の再手術をしてくれる病院があると、思ったんですよ。それで探してるうちに、S医科大学病院の麻酔科に辿り着き、そこで痛みを解消して貰うよう、相談に行ったんです。僕は痛い苦しい胸を抱えながら、心で悲鳴を上げながら、病院へ行ったんです。

麻酔科のK先生は、僕の悲鳴を聞くなり、第二外科に行って、症状を見て貰おうということになりましてね。第二外科というところは、胸部専門の外科なんです。二人で急いで、同じ階のそこへ行ったんですよ。第二外科には、肺癌の手術において、日本でも有名な教授がいましてね。その教授が僕の願いを聞き届けてくれまして、胸の再手術を行うことになったんです。

三日後に、入院して下さい、ということでした。僕は即、入院の準備をして、ボストンバッグ二つの中に、必要なものを入れて、細々としたものは、ショルダーバッグの中に仕舞い込んだんですよ。中野さんも、この病院に入院された時の準備が、大変だったでしょう。僕は三日後に、荷物を持ってS医科大学病院へ行き、入院の手続きをしました。

入院初日から、いろいろな検査を受けました。でも検査は、その日だけでしてね。後は、手術の日を待つだけでしたよ。入院してから四日目に、手術と決まりましてね。その間、売店で食べ物の買い物や、洗濯や、お風呂に入ったりしましたよ。いよいよ手術の日になって、僕は嬉しくてウキウキしましてね。というのも、この手術により胸の苦しみが消えてしまうのを確信していましたので。この手術は、一回目と全く同じ部分にメスを入れるんですよ。そして、肺を洗浄し、離れてしまった肋骨を結びつけ、形を整えることが、目的だったんです。

手術中は、全く意識がありません。手術が終り、麻酔が覚めてみると、痛みも締め付けも全くありませんでした。ところが手術後数日した時に、とんでもないことが起きたんですよ。僕がちょっと胸を横に回したんです。すると、なんと僕の肺胞が、潰れてしまったんです。早い話、息が出来なくなったんです。僕は、苦しくて苦しくて、暴れ回りましたよ。僕はもう、死ぬ、死ぬ、本当に死ぬ、と思いました。この時、すぐさま、何人も医師や看護師が、やってきました。必死で、僕の蘇生手当てを、行ってくれましたよ。

この結果、ほとんど死んだ僕が何故か、もう一度、少しずつ呼吸が出来るようになったんです。少しずつ、少しずつ、苦しいながら呼吸が出来るようになり、あら不思議、息を吹き返して来たんですよ。とんでもないハプニングでした。その後は順調に、回復して行きました。これで手術した甲斐があった、と思っていたら、日を追うごとに苦しみが再び忍び寄って来ました。でも、以前よりは少しよくなりました。さらに良くなったのは、胸をバストバンドで締め付けると、ほとんど苦しみがなくなってしまったんです。全く驚いてしまいました。そこで自転車を購入しましてね。なぜかと言うと、自転車に乗って病院へ行ったり買い物へ行ったり、小倉の書店に行ったり、自由自在に動き回ることが出来たんです。

そうしているうちに、小倉に英語の喋れるスナックを見つけましてね。しばらくそこへ通いました。そのスナックに、僕の小説を贈呈しましたら、大そう喜ばれましてね。その後しばらくして、東京へ行くことを思い付いたんですよ。このお話は、この辺で中断して、次に取っておきましょう。そろそろ、午前中の散歩にしましょう。いいですか。着替えて、グラウンドへ出ましょう。グラウンドで待っていますので。じゃあ、ここはこれまでにして、失礼します」

「中山さんは、いろいろご経験をされていますね。私なんか、中山さんに比べますと、全くの無知で恥ずかしいくらいですよ。経験らしいことはほとんどありません。強いて言えば、学生時代のことくらいですね。でもこれは、誰でも経験していることでしょう。だからこれからは、中山さんのように色々と経験をしてみたいわ。良いにつけ悪いにつけ、これから、頑張ってみます。では私も着替えてグラウンドへ参ります。宜しくお願いします」

# 第三章　その病歴と職歴と

公一は自分の病室で、着ているパジャマを脱いだ。ズボンと上着に着替え、スリッパを履いて、看護師ルームへ行った。

グラウンドで散歩をする場合、看護師に許可を得るのが、ルールだった。許された散歩の時間は、三十分であった。

看護師の許可を得た後、公一はグラウンドへ出て行った。グラウンドを歩いていると、しばらくして中野さんが玄関から、その姿を現した。その時公一は、グラウンドの約半周を回っていた。

彼女を目にした公一は、その場で彼女を待つのは不自然だと思ったので、歩く速度を速めて、彼女に追いつくために急いで歩いた。

ハアハア息を切らしながら、公一は彼女を追った。急いで急いで、そのまた上に急いで、やっとの思いで公一は彼女に追いついた。公一は後ろから、

「中野さん、やっと追いつきましたよ。このグラウンド半周の差を、ゼロにしましたので。頑張って、中野さんのお顔が見たくて。中野さんは、頭が良くて超美人だし。そんな中野さんって、僕は大好きですよ」

「中山さん、私も中山さんのこと、大好きですよ。だって中山さんはハンサムで、カッコ良くて、頭も良いんだもの。その上、物凄いご経験をされているもの。お話も、お上手だし。あのお話の続き、聞かせて下さいな。歩きながら」

「そう、東京行きからですよね。この頃から、僕の心の高揚が始まったんですよ。当時僕は、障害者年金を貰っていましてね。そのお金で、色んな物を買いあさっていました。

これも、ある病気の一つの症状でしたよ。でも、お金に余裕があったので、ここで、生きているうちに、東京でも行ってみてやろう、そして出来れば、女優の吉永小百合さんや酒井和歌子さん、酒井法子さんに会ってみたいものだと強烈に想いましてね。おかしいでしょ。普通の人なら、こんな馬鹿げたことなど考えもしませんよね。

もうこの辺から、精神状態がおかしくなっていたんでしょう。でも、その時の僕は、

至って真面目で本気になっていたんですから。そこで、ただ東京に行くだけでは勿体ないと思いまして。それで幾つか自分で目的を考えたんですよ。

　一つ目として、出版社に行って、僕の小説がどうなっているかを調査すること。二つ目は、会社にいた時の上司が東京の本社にいるので、その上司に在職中のお礼を述べること。三つ目に、ホームレス関連の情報を得ること。これは厚生省に直接電話をしまして、この作業を行っている日本の機関を、教えて貰ったんですよ。それが第二霞ヶ関ビル内にあるホームレス関係本部でして。なんとも大胆に、その本部を訪ねること。四つ目に、出版した本のサイン会の様子を調査することで、実は、北九州のとある大きな書店で、僕の出版した本のサイン会をすることになっていたんですよ。だから、サイン会とはどんなものかを、知る必要があったんです。五つ目に、元いた会社の府中本社にいる、僕の後輩で総務部長をしているW君に会うこと。以前、彼にはお世話になっていましてね。六つ目に、石原プロに連絡して、僕の小説の映画化をお願いすること。七つ目に、横浜にいる姉のところへ行き、二人が信仰している協会の本部へお参りをすること。それに、前に言いました三人の女優さんに、出来ればお会いすること、なんて、自分勝手なもんですよね。それでも、いいと思ったんですよ。逢えなくて結構。実行しなくて後悔するより、失敗してでも、やりたいだけはやった方が良いと思ったんです。そうすれば、自分が納得できますからね、そうでしょ、中野さん」

「そうですねえ。私もそう思います。三人の女優さんとの面会は、どうだったんですか、中山さん。お逢い出来たんですか。ドキドキして来ましたよ、私」

「それがねえ、中野さん。何と申しましょうか、かなり努力したんですが、三人ともお逢いできませんでした。それで、有楽町にある大きな書店へ行きまして、この年のTV、映画、芸術家のスター年鑑を購入したんですよ。これで、三人との電話が出来ると思ったんですが。その電話番号、実は、所属事務所の電話番号だったんですよ。電話をかけて初めて知ったんですが、三人の女優とも、個人の電話番号は教えられないとのことで、まことにもって、残念至極に終わりましてね。でも、その三人の女優が所属する事務所の近くまでは、行ってみたんですがねえ。事務所の前で、シャットアウトでした。

購入したスター年鑑を調べていると、有名な女性バレエダンサー草刈民代さんの記事もあったんですよ。彼女は、ある出版社に関係がありましてね。僕の小説をその出版社へ送ると、その出版社が僕の小説を、彼女に渡してくれると親切にも言ってくれたんですよ。実は彼女の夫は、これまた有名な映画の周防監督なんです。だから僕の小説の映画化が、ヒョットして叶うかも知れないと、淡い考えを抱いたんです。九州に戻った後、即、僕の小説の原稿七編をある出版社へ郵送したんですが。その後の反応は、全くありませんでした。これまた、残念至極でしたね」

「まあ、中山さんは東京まで行かれたのに、三人の女優さんとはお逢い出来なかったなんて、残酷なお話ですよねえ。わざわざ九州から行かれたのだから、その所属事務所の方も気を利かせて、お逢いできる場を設けてくれても、良さそうなものですよねえ」

「それは何とも言えませんねえ。僕の場合、男性だから、不都合だと判断をしたようですね。まあ、仕方がないですよ。ところで僕の話は、この辺で一旦中断し、今度は中野さんのお話を聞かせて下さい。是非とも。どんなことでも良いですので」

「そうですか。それじゃあ、この病院へ来る前のことをお話ししましょうか。私、ある大学の文学部を卒業しまして、大手の出版社へ勤めましたの。その会社は東京に本社があり、私は本社の編集部に配属されたんです。私は、英語と本が好きな、ごく普通の社員となりました。そこで私は八年間も働きました。その間、色々ありまして。

　そう、あれは、二十九歳の時、私、東京の男性とお見合いをしたんです。この男性は、私のお仕事の上司の紹介だったんですの。だから、断ることも出来なかったもので、あるレストランで、男性の母親と上司と私の先輩が、二人のためにお集まりいただきました。まあ色々お話ししまして、これからお付き合いしましょう、ということになったんですよ。このお付き合いは、二ヶ月間くらい、デートをしました。でも私は、どうしてもその男性を好きになれませんでした。そこで私は、上司にお断りしたい旨をお伝えしました。私はそれで二人の関係は、終わったものと思っていました。

それからしばらくして、私が忘れた頃に、その男性から是非もう一度考え直して欲しいと会社の方へ電話が掛かって来たんですよ。確かに悪い人ではなかったんですが、私の心を掴むものが何もなかったんですもの。こんな男性とは、とてもじゃないけれども、結婚は出来ないと思ったわ。でも、その男性は、しつこく私に付きまとってきたの。何度も何度も、電話をしてきたわ。もう、イヤになるほど。最後には、ストーカーのように私を付け回したんです。

これらのことは、私の心をボロボロにしましてね。次第に私は、ウツ病になって気持ちが落ち込んでゆき、とうとう病院に入院しました。仕方なく会社も休職しましてね。八年間働いた末の休職なんですよ。この入院中、会社の方から退職の勧告がありました。どうしようもなかったので、そのまま退職をしてしまいましてね。入院している病院も退院して、仕方なく実家へ戻りました。

しばらく実家で休養しまして、半年後に近くのデパートに中途採用されました。ここでは、男性の服やカッターシャツや靴などを販売するコーナーを担当しましてね。私はこの売り場が気に入りました。というのも実は、若い人が多く来られるんですよ。私は自然に楽しくなりましたよ。このデパートに二年間ほど勤めました。その間三度もお見合いをしましたが、なぜか上手く行きませんでした。相談する友人もいず、そんなこんなで将来を考えると、気分が沈んでしまい、またウツ病になってしまいました。それで入院したのが、この病院です。そして、こうして中山さんとお逢いすることになったんですよ。おかしいでしょう」

「そんなことはありませんよ。中野さんは、自分なりによく頑張って来られたと思いますよ。ご自分を責められるのは、決して良いことではありませんよ。

それよりもお互いに、これからのことを、考えて行きましょうよ。取りあえず、二人で歩きながら、お互いにもっと知り合いましょう。そうすれば、楽しくなってきますよ。僕は、小説を書きます。僕の書く小説は、面白いですよ。ノンフィクションのものや、フィクションのものもありますので。小説については、そのうちにお話ししましょう。私の話も、三人の女優のところからは、次回に譲ることにしましょう。午前中の散歩も、そろそろ終えることにしましょうよ。時間も、三十分になりましたので」

「そうですね。色んな話をしていましたので、あっと言う間に三十分が過ぎてしまいましたね。では、病室へ戻りましょう。一緒に戻ると看護師さんに怪しまれますので、中山さんからお先に戻って下さい。私は少し後から戻りますので」

「わかりました。じゃあ、お先に僕が」

「ええ、どうぞ。また食堂で昼食をいただきましょうよ。お待ちしていますので」

公一は中野さんをグラウンドに残して、自分の病室へ戻った。ベッドの近くに置いていた小説の原稿を取り出して、再び読み始めた。しばらくすると、眠気が襲って来たので、昼までひと眠りすることにした。

約一時間半眠ったところで、昼食の合図のスピーカーからの音が、公一を目覚めさせた。

公一は食堂へ向かった。食堂へ行くと、中野さんはまだ姿を現していなかった。いつものテーブルに昼食を持って来て、静かに食事を始めた。ふりかけをご飯にかけ、何度かご飯を口に入れた時に、中野さんがやって来た。

辺りを眺めながら彼女は、公一を見つけた。たまたま公一のいたテーブルには、まだ空席があった。彼女は昼食を持って、公一のいるテーブルへやって来た。

「今日は中山さん。ここで、お食事させて下さいな」

「ええ、どうぞ、どうぞ。お待ちしていましたよ、今か今かと。中野さんの来られるのを」

「嬉しいわ、そう言っていただいて。じゃあ、ここで食事をさせていただきますわ。宜しくお願いします」

「今日のおかずは、小魚とマカロニサラダとほうれん草ですね。それに、ご飯と味噌汁ですよ。僕は、これくらいじゃあ少ないんですよ。中野さんはどうですか。これくらいで十分ですか」

「そうですねえ。私は女性なので、この程度でもまずまずですよ。男性の中山さんからすれば、そうかもしれませんねえ。もう一品ほどあっても、おかしくはないようですね。中山さんは、ふりかけをご飯にかけられているので、余計にそう思われるんでしょう。この病院の食事は、どうも女性向きの食事のようです。だから男性の場合、ここの食事を長期間続けて食べられますと、痩せて来るように感じますねえ。この病院では、毎週体重の測定がありますので、ご自分で確認出来ますよ。この女性の私でさえ、五キロ以上痩せましたもの」

「じゃあ僕も、体重には十分注意しましょう。まあ、しばらくは様子を見ましょう。

じゃあ、ゆっくり食べましょうよ」

二人は少しのお喋りの後、昼食を始めた。ゆっくり味わいながら噛んで、二人の食事が進んでいった。

二人が食事をとっていると、他の患者さんが一人二人と席を立っていった。さらに二人は、ゆっくりと食事をとった。先に食事を終えたのは、公一であった。公一は彼女の食事が終わるのを、静かに待った。

彼女はゆっくり、ご飯やオカズを口に運んでいた。その様子は実に見事で、しなやかな指で流暢な箸さばきを見せていた。

公一は、お茶を飲みながら、じっと彼女の食事の様子を眺めていた。そのうちに、彼女の食事が終わった。食器を戻してから彼女は、公一のいるテーブルへ急いで戻って来た。

「どうも、お待たせいたしましたわ。私の食事、遅過ぎましたかしら。どうもそうらしいですね。中山さんには、大変な待ちぼうけでしたわね。ご免なさい。でもこれで、二人っきりに、なれましたわ。良かったわ。これからまた、お話しして下さいな。いいでしょ」

「ええ、じゃあ、東京でのお話から、始めましょうか。まあ、三人の女優とは、お逢い出来ませんでしたので、その他の七つの目的が、どうなったかですよね。一つ目の出版社への訪問は、実は僕、日本語ではなくて、すべて英語で喋りまくったんですよ。先方は、ビックリしましてね。出版社の方の編集長は、英語にならない英語を使って、必死に喋っていましたよ。もう、おかしくておかしくて。

なぜ僕が英語で喋ったと思いますか。それはねえ、僕の小説をいい加減に、編集作業をさせないために、僕の人間性を彼等に知らしめた訳なんですよ。まあ、一つのオドシのようなものですよ。僕の思いは、これで伝わったようですね。何故なら、全く日本語を使わなかったんですから。こちらの意気込みが、いい加減じゃあないことを、相手側に認識させたんですから」

「そうですよねえ。ご自分の本ですので、素晴らしいものになされたいお気持ち、分かりますよ。ビックリしたのは、会話を全て英語でなされたんですよね。凄いことですねえ。中山さんの英語の実力も、素晴らしいですね。私にも、英語を教えて下さいな。いいでしょ」

「英語については、後でお話しすることにしましょう。次の二番目の目的は、僕が広島の機械研究所に在籍していた時の、上司でしてね。この方は、研究所長を務めていて、その方にお会いすることでした。この上司とは、いわく因縁がありました。普通、研究所長ともなれば、顧客との対応やご自分の事務作業等でお忙しいはずなんですよ。

ところがこの所長は、室蘭研究所で研究されていた研究論文を、外国へ英文で発表されるんですよ。それはなかなか普通の人では出来ないことなので、偉い人だなあと思っていたんです。ところが、その英語の論文の修正作業を、僕のところへ持って来たんです。僕は、ビックリし、参ってしまいましてね。でもこの作業は、誰にでも出来るものではありませんよね。この論文は外国へ提出するものでしょ。早い話、英語圏で生活している学者の団体へ、英語の論文を提出するんですよ。だから、普通の人では書けないんですよ。

実を言えば、僕は以前大学の要請を受けて、客員助教授をしていたことがあるんです。大学生に講義をしたことのある者ならば、当然、活きた生の英語が分かるんだろうと、僕の上司は判断されたんでしょうね。

ところで、なぜ僕が大学の先生になったかを、お教えしましょうか。僕が広島の研究所にいた時、ある特命事項の研究開発を行っていましてね。この研究は、日本でも初めての試みだったんです。この研究に成功しまして。僕達はこの研究成果により、精密機械学会の技術賞を受賞したんですよ。この賞は、実は大変な賞なんです。日本で年に七、八人しか受けられない名誉ある賞なんです。この賞により僕は、ヨーロッパの機械の技術動向調査へ行くことが出来ましてね。イギリスのバーミンガム、ロンドンとパリへ行って来ました。その後しばらくは、研究業務を行っていました。その人選すると、たまたま僕の出身大学で、助教授の席が空いてしまったんです。えへへ。で大学が白羽の矢を立てたのが、学会の賞を受けた僕という訳なんですよ、以前の研究所長は、大学からの要請を、受けられましてね。僕は会社の命令もあって、止むなく大学の先生になってしまったんです。大学の助教授をやって来たのだから、多分英語にも堪能だろうと、判断されたんでしょう。

こんな訳で、上司が僕のところへ英語の論文修正作業を、依頼して来たんだと思うんですよ。それでは、どんなことを依頼されたかと言いますとね。パソコンで論文の文脈構成を、変更することなんです。一部の文章は、日本語で指示されて来ます。そして、その論文の全文を書き直すことなんですよ。全文なんですよ。これらの作業は、通常の業務時間が終了してから行いました。というのも、通常の業務は、その時間内で実施しなければなりませんから。

だからこの作業は、本当に大変だったんですよ。僕が再構成した文面をファックスで上司へ送るんです。それを読まれた上司から、再び修正のファックスが僕のところへ送られて来るんです。これを何度か繰り返しましてね。だから、時間が幾らあってもきりがないんです。当然、この作業がある時の帰宅は午前様ですよ。このような作業が、月に数回やって来るんですよ。いやがうえにも、英語の力が付いて来ますよね。こういうことがあったので、この上司は、僕によくしてくれましたね。そのお礼を申し上げたかったんですよ」

「中山さんは、研究所でされた研究成果で、精密機械学会の技術賞を受けられたとのこと、大変な賞のようですねえ。日本で、七、八人とのことですね。また、イギリスとフランスに行かれたとのこと、夢のようですよ。それにしましても、中山さんって大学の助教授もされたんですねえ。突然のことで大変だったでしょう。それを引き受けられたんですもの。やっぱり英語の実力も、かなりのものだったんでしょ。だって、大学生に講義をされるんだから、英語の実力のない人では、務まらないと思いますよ。

だからこそ中山さんの上司は、海外への英語の論文の修正を任せられたんでしょうね。普通の人では、やはり無理なことなんですよ。中山さんが必要だったんでしょうね。さすが中山さん！」

「誉めていただいて、ありがとうございます。だから、この方と再会することを望んだ訳です。それで事前に電話で連絡しておいたんです。ところが急に上司に出張が入りまして。上司はギリギリまで、僕を待っておられたとのことでした。僕が十分遅れまして、お会いすることが出来なかったんですよ。残念！　この人にだけは、お会いしたかったんですけれどもね。次の三つ目ですが、ホームレス関連ですが、その最高機関を、訪ねることなんですよ」

「ところで、なぜ中山さんはホームレスに、関心を持たれたのでしょうか。普通の人は、厚労省へ電話をするようなことは、まずないと思いますが。特別な理由が、中山さんには、おありのようですね。もし理由があれば、それもお聞かせ下さいな」

「そうですねえ。僕が、肺癌の手術を二回ほど受けたことはお話ししましたよね。一回目の手術の時は、激しい後遺症が残って、今でも悩まされているんですが。それはそれとして、その約三年後に、肺癌の再手術を行いました。手術は成功して、集中治療室から四人部屋へ移ったんです。

　それから四日目の午後二時前後です。これもお話ししましたが、僕がちょっと左に身体をよじった瞬間、僕の胸の肺胞が潰れて息が出来なくなってしまいました。僕は狂ったように暴れまくりましてね。それを見た同室の人が、医師と看護師を呼んでくれました。その時の僕は、ほぼ死人に近い状態でしたよ。

　その時に僕は心の中で、叫びました。『もし、我に天命あらば、活かさしめ給え』、この言葉を、薄れていく意識の中で、何度も心の中で繰り返しましてね。でも、もう死んだと思いましたね。苦しくて苦しくて。十秒ほど息が止まりましたので。ところがしばらくして、どうした訳か、少しずつ息が出来るようになったんです。ほんの少しずつですよ。何も見えなかった目に、多くの医師や看護師が、うっすらと見えて来るようになったんです。そして、わずかずつ意識が戻りつつある中で、自分が活きつつあることが分かって来たんです。僕の顔の周りで、多くの医師や看護師さん達が、みんな僕の顔を覗き込んでいるんですよ。僕は、何があったのかがサッパリ分からなかったんですよ。それが分かって、僕がしでかしたことで、多くの人に迷惑を掛けたのを認識した次第です。早い話、死の淵から、この世に舞い戻って来たという訳です。不思議でしょ。こうした経験は、普通の人は、まずないと思いますよ。

この時の、心の中で叫んだ、あの『もし、我に天命あらば、活かさしめ給え』で、僕は、活き返った訳です。『天命』即ち、神が僕に、何かをなさしめるために、活かさしめ給うた訳なんですよ。そこでそれが何であるかを、僕は頭を垂れて深く思い巡らし、世の中で光の当たっていない事象を考慮しあげた結果、それは、『ホームレスを救う』ということだと、心に閃いたんです。それでこれが、『天命』だと決めたんですよ。だから、厚労省に電話をして、ホームレス関連について色々聞いてみたんです」

「まあ、何ということなんでしょう。中山さんは、肺癌の手術を二度もされて、それだけでも大変なことだったのに、手術後に呼吸が止まって生死をさ迷われたなんて。さぞかし、苦しかったでしょうね。本当に大変なことをご経験なさったんですね。でも中山さんには、『天命』がおありとのこと、凄いことですよね。『ホームレス』のこと、大変でしょうけれども、頑張って下さいね」

「ありがとうございます。話の続きをしましょうか。僕はこのホームレスを、現状のままにしておくことは、人道的に考えてみても非常におかしいと思いましたので、この対策部門である厚労省へ電話をしたんです。僕は、この担当者を呼び出して貰い、ホームレスを今後どうするつもりであるのかを、問いただしたんですよ。すると、自分達ではどうしようもない、もし出来るとすれば、多くの人の署名を集めること、それを上司への進言資料とすることが出来るのですが、と言うんです。じゃあ、その署名の数は、どのくらい必要ですかと僕が質問したんですよ。すると、百万人は必要とのことでした。

またホームレス救済の機関を聞いてみると、東京の第二霞ヶ関ビル内に、その本部があることが分かったんです。その電話は僕の実家から掛けていたんですが、東京旅行の目的の一つとして、その第二霞ヶ関ビルへ行ってみようと決めたんです。僕は、東京での定宿は、浜松町駅近くのビジネスホテルです。ここは、僕が会社勤めをしていた頃、いつも泊っていました。宿泊料金が安かったですからね。ここから朝早く出ましてね。霞ヶ関第二ビルまで人にその場所を尋ねながら、訪ねて行きました。

そこは、エレベーターで十四階だったと思いますが、ホームレス関連のオフィスがあり、僕がノックをして入りますと、まだその責任者は来室していないんです。やむなく僕は、ソファに座って待っていました。しばらくしてやって来た責任者がなんと女性だったんですよ。その女性を見た瞬間、頼りないなあと僕は感じましてね。彼女が色々と話す内容を、分析した僕は、これじゃあ埒が明かないと直感しました。というのも、そこでは直接的な救済措置は、行っていないというんです。何故ですかと質問したんですが、自分達は、ホームレス関連の広報活動を仕事にしているとのことなんです。それで、僕は、じゃあ救済の署名活動は誰がするんですか、と質問したんですよ。すると、それは、ボランティアのお力を借りるしかありませんと非常に消極的な返事しか返って来ませんでした。それでやむなく、僕はまた明日伺うので、関連資料を準備しておいて下さいと言って、その日はホテルへ戻りました。

翌日、このホテルに荷物を置いて、朝早く前日と同様に霞ヶ関第二ビルへ行きました。ホームレス関連本部の担当者は、僕が前日に要求していた資料をまとめてテープルの上に置いていたんですよ。僕はこれに一通り目を通して、担当者に全ての説明を求めたんです。すると、担当者は、説明に困った感じで口ごもってしまったんです。それを見て僕は、これはダメだ、この程度の関心しか持っていないんだということがよく分かったんです。もう、意見を聞く必要がないと思ったので、僕は資料を貰って、すぐその場を去りました。やはりホームレス問題は、一筋縄では行かないことが分かりました。思った以上に、困難な問題のあることが分かりましてね。そんな気持ちで僕は、急いでホテルへ帰ってきました」

「中山さんって、どんなことでもなさる人なんですね。とても私なんかが思いもしないことを、何の苦もなくやってしまわれるんですね。凄い、凄い。素晴らしいわ。そして、ご自分の生き甲斐を、生きる目標を見出されたんですもの。ホームレスの救済って、大変なことなんでしょう。霞ヶ関の本部も、当てにならないようですね。やっぱりこういったことは、厚労省の仕事だと、私でも思いますよ。国がしっかりしないと、いけませんよね。中山さんも、これから頑張って下さいね。私も応援しますわよ」

「ありがとうございます。ではお話を進めましょうか。ホームレスの件はこれまでにして、四つ目の目的ですが、本のサイン会に関する調査なんですよ。実は、僕の書いた小説が、小倉のある大きな書店に置かれておりました。その書店の社長さんと僕は、出身大学が同じということで親しくなりまして。そんな折に、僕の方から書店で僕の小説の出版サイン会は出来ますかと、この話を持ち掛けました。すると社長さんは、考えてみましょうと、言ってくれたんです。

それで今回、東京へ来て、どこかの書店へ行けば、作家のサイン会を見ることが出来ると思い、多くの書店を見て回ったんですよ。すると、有楽町近くの書店で、作家がサイン会をしていました。僕はその書店に入って、隅の方からその様子を見ていました。サイン会には、大きな机を並べていて、何と毛筆でサインをしているんですよ。その作家の書物を購入した人が、列をなして並んでいて、一人一人その作家にサインを貰っているんです。また、その作家の両脇には、和服の美女を何名もはべらせて、その場の雰囲気を華やかにしていました。

こんな雰囲気の中でのサイン会などは、とてもじゃないが、僕には全くそぐわないと思いました。僕が考えていたサイン会とは、はなはだしくかけ離れたものでしてね。僕は机と椅子とを貸して貰い、そこで一人でのサイン会を想定していたんですよ。だから、その作家とは、次元の異なった行為と思いましたよ。そこで、僕の小説を取り扱っている書店に電話を入れ、予定していたサイン会は中止することを告げました。

あのような豪華で贅沢なサイン会は、とても僕のような田舎作家では、不可能に近い所業なんですよ。このことが分かっただけでも、東京へ行った意味はあったと、思いましたね」

「もし、中山さんが、サイン会をなさるんだったら、本当は私、そのサイン会の会場にいたかったわ。でも、実際にご自分でご覧になられた作家のサイン会が、いかにもショー的なものとのことですよねえ。その小説家は、普通の神経の持ち主とは思えませんよねえ。中山さんのお気持ち、よく分かりますわよ。でも中山さん、どのような書物かは知りませんが、私のために、サインをして貰いたいわ。いいでしょ」

「ああ、いいですよ。この本は、『愛の青春譜』と言いましてね。でも、一冊千九百円もするちょっと高価な書物なんですよ。少し値段のはった書物ですよね。せいぜい、千五百円がいいところだと、僕は、何度も反論したんですけれども。出版社が強引に決めてしまったんですよ。中野さんだって、そう思うでしょ」

「いいえいいえ、そうは思いませんよ。やはり、それだけ中山さんの小説は、読む価値のある書物なんですよ。ご謙遜なされなくても宜しいですよ。良い本は、あくまでも良い本なんですよ。私、中山さんのこと、だんだん分かって来たような気がしますよ。中山さんは、研究所の研究者であり、英語の実力も素晴らしくかつ英会話も出来るし、精密機械学会の技術賞もいただいているし、技術調査でイギリスとフランスに行かれてるし、大学の先生もされたし、現在は、小説家として人生を生きていますよね。こんな素晴らしい才能をお持ちの中山さんと、こうしてお話ししていいんでしょうか。こうしている私は、なんて素晴らしく幸運な人間なんでしょうね」

「そんなに言われると、お恥ずかしい次第ですよ。取りあえず、話はこの辺までにしてそろそろ病室へ戻りましょうか。着替えをしてから午前中の散歩を、しましょうか」

「ええ、そうしましょう。では、玄関の前でお会いしましょう」

こうして二人は別れて、自分の病室へ戻った。公一は、パジャマを脱ぎ、外出用の衣服に着替えた。靴は、スポーツ用のシューズを履き、タオルを首に巻いて、病室を出た。


公一は、階段の前にあるナースステーションへ行き、これから散歩に行くことを告げ許可を得た。

階段を下りて、玄関のところまで来て中野さんを待った。数分して、中野さんは玄関までやって来た。

「お待たせしました、中山さん。さあ、散歩へ行きましょう」

「そうですねえ。じゃあ行きましょう。ところで、中野さんのその洋服、よく似合っていますよ。可愛いですね。ジョギングシューズも、紅くてスラリとして、メーカー品のようですね。また中野さんは奇麗だし、なによりもスタイルがいいですよね。男性から見て、稀に見る美しい素敵な女性で、モデルさんみたいですね。これ、ホ・ン・ト」

「まあ、恥ずかしいわ、でも、中山さんにそう言われますと、私、心から嬉しいわ。そうそう、中山さん。お話の続き、お願いしますよ。いいでしょ」

「ああ、そうしましょうかね。東京での五つ目の目的ですよね。これは、僕が会社に入社した際にはじめに赴任したのが、横浜製作所だったんです。この時に、一年後輩として入社した社員がいましてね。彼は慶応ボーイで、非常にセンスのいい男性でしたよ。まあ、色々話をしたり遊びに行ったりして、仲の良い関係だったんですよ。ところが、しばらくして僕が広島の研究所へ転勤したものですから、二人の関係は途絶えたんです。そしてお互いに様々な部署へ異動し、最後に僕は、肺癌の手術の後遺症で、中途退職したわけです。それからしばらくして小説を書き始め、それが書店に出回ったんですよ。その時に、彼は府中本社の総務部長の職でした。この総務部内には、広報担当課がありましてね。そこで僕は小説の紹介を彼に依頼してみたんです。するとOKとのことで、社内報に掲載しましょうと言ってくれました。社内報なので、会社に在職していた頃のことも含めて、短い文章を書き添えて彼の部署へ送った訳です。それから数ヶ月して、会社の社内報に、その文章が掲載されました。その社内報は僕のところへも、送付されて来ました。

今回そのお礼をしようと思いましてね。たまたま東京へ行ったものですので、彼のいる府中本社へ赴き、本社が入っている大きなビルへ足を運び、受付の女性に彼を呼んでもらったんですよ。しばらくして彼がやって来まして、僕のために応接室を用意してくれましてね。この応接室で、色んなことを話しましたよ。あ、そうそう、お礼として、その後輩にお土産を持って行きましてね。結構喜ばれましたよ。色々青春時代のことを話しましてね。本当に感じのいい再会でした」

「中山さんの小説を、会社の方へ紹介されたのですね。皆さん、ビックリされたでしょうね。だって、中山さんは理工科系の最前線という研究所で研究業務をされてた方なんですよね。ところが、その中山さんが、全く逆の文科系の最たる小説の出版をされたというのは、驚異に値することですよ。このこと自体凄いわ。もう、何と言ってよいか分かりませんよ。私、色んなことも含めて、そんな中山さんを尊敬しちゃうわ。総務部長をされている、中山さんの後輩の方は、好印象の持ち主だったようですね。中山さんを、よくご存知のようですね。また、中山さんは、将来を見据えた人生設計をされていたんですもの。他の人達とは、生き方の次元が、全く異なりますよね」

「中野さんにそう言われますと、照れてしまいますよ。確かに僕は高校時代、数学が得意だったので、必然的に工学部を専攻し、その中でも主流たる機械科を狙ったんですよ。しかし僕は、ただ数学が好きであっただけであって、工学部に向いていたかどうかははなはだ疑問だったんです。何故なら、工場も現場も、設計も研究所も、そもそも機械というものに全く知識がなかったんですから。

ただ、工学部の機械科ならば、就職は間違いないであろうと判断しただけなんですよ。だからその当時、退職したら小説でも書いて暮らそうと思ったような次第なんですよ。ただし小説では、生活が出来ませんから。でも、会社では、色々なことをやりましたねえ。普通の会社員では経験出来ないことを、幾つもしてきましたよ。自分でも、つくづく感心しますよ。というところで、そろそろ散歩は切りあげて、つづきは昼食後に、食堂でしましょうか」

「そうですねえ。少し汗をかきました」

「じゃあ、中野さんからお先に病室へ戻って下さい。僕はあとから病室に戻ります」

「ハイ、分かりました。ではお先に失礼します」

「失礼します」

　こうして二人は、各々自分の病室へと戻った。衣服を着替えた公一は、昼食までの間、自分の書いた小説の原稿を再び読み返し始めた。公一は、しばらく原稿を読み進むうちに、うとうとし始めた。散歩の疲れで、眠り込んでしまったらしい。

はっと気が付くと、同じ部屋の患者は、もう誰もいなくなっていた。みんな、食堂へ行ってしまっていた。

　これはまずいと、急いで食堂へと走っていった。食堂へ入ると、大勢の患者が黙々と昼食をとっていた。

　そんな中、中野さんを探してみたが、見つからない。やむを得ず公一は、空いている席に食事を運んで椅子に座り、一人で食べ始めた。しばらくして、ゆっくりと中野さんが食堂へやって来た。公一は大きく手を振って、中野さんに合図をした。

　中野さんは喜んで、公一の居るテーブルへ、食事の用意をしてそっと座った。

　彼女はニッコリ笑って、公一に軽く会釈をした。それにつられるように、公一も微笑みを交わした。

「中野さん、少し遅かったようですね。何かあったんですか。心配していましたよ」

「いいえ、いいえ。お恥ずかしい次第でございますのよ。実は寝過ごしてしまいました。ちょっと横になったところ、そのまま寝込んだんですよ。単なる私の失敗なんですよ」

「ああ、そうでしたか。何を隠そう、実は僕もちょっと横になるつもりが、つもりでなくなり、本寝になってしまいまして。僕もほんの少し前に、食堂へ来たんですよ。中野さんと同じようなものですよ。じゃあ一緒に食べましょうよ」

「ええ。食事が終わりましたら、また東京でのお話を聞かせて下さいな」

「ハイ、そうしましょう」

　二人は仲良く、昼食を始めた。今日の献立は、ソースの載ったハンバーグと、ブロッコリーの入った野菜サラダ、それに味噌汁だった。

　公一は、ブロッコリーが嫌いだった。そのためブロッコリーの入った野菜サラダを残した状態で、公一は食事を終えようとしていた。

　その様子を直ぐ目の前で見ていた彼女は言った。

「中山さん、野菜サラダを食べられないんですか。野菜は、身体にいいんですよ。我慢をして、お食べになってはいかがでしょう。何でもお出来になられる中山さんなので、身体に良いものは、お食べになられるんじゃあございませんこと、いかがですか」

「そうですねえ、中野さんのアドバイスなので、少しだけでも食べてみましょうか」

「それがいいですわ。色んなものを食べることは、お体に良いですから。特に中山さんは、これから多くのことをなさるんでしょ。だから、私の言うことを、お聞きなさいな」

「分かりました。中野さんは良い奥さんになれますよ、きっと」

公一は嫌々ながら、しかしやむを得ず、彼女にウインクしながら、少しずつそれでも徐々に食べる量を増やしていった。彼女の顔色を見ながら、野菜サラダを、とうとう全て食べてしまった。

それを見ていた彼女は、

「ヤッター、中山さん、頑張りましたね。野菜を食べると血液が奇麗になりますから。だから、頭脳を酷使される中山さんは、野菜をこれからは摂取しましょうね。あら私、まだ食事が結構残っているわ。少し待って下さい」

「まあ、ごゆっくりお上がり下さい。僕は雑誌でも見ていますので」

公一は、読み物が置いてあるテーブルの方へ行き、一冊の雑誌を手にして、静かに読み始めた。その読み物は、短編小説であった。

　短編の約半分ほど目を通したところで、中野さんが公一のところへ、やって来た。

「どうも、大変遅くなりました。何か、お読みになっておられるんですか」

「やあ、お食事が終わりましたか。いま、面白い短編小説を読んでいたんですよ。たまには、こういったものも、いいもんですねえ。

　それでは僕の東京旅行の続きを、お話ししましょうか。次は東京での、六つ目の目的なんですが。芸能界の石原プロって、中野さんもご存知ですよね。実は、僕の小説を勝手に思い込んで、映画化が出来ないものかと、考えたんですよ。通常の神経の持ち主ならば、こんな非常識なことは思い付きませんよね。

　ところが、もうこの時点では、『ソウウツの、ソウ』の状態に、僕の脳が入り込んでいたんですよ、恐らく。でもその時は、僕の行動それ自体、当然の成り行きと感じていましたから。面白いでしょ。そこで、TVスター年鑑で、石原プロの電話番号を知ったんです。この本はとても面白くて、中野さんも一度ご覧になるといいですよ。自分の好きなスターに関する情報が、かなり記載されているんですよ。それで、僕はその石原プロへ、大胆にも、直接電話をしたんですよ。

　すると電話がつながりましてね。まさか、と思いましたよ。なぜって電話の相手は石原プロですよ、天下の石原プロですよ。でも、黙って引っこむ訳にはいかないと思い、意を決して、僕は自分の考えを、石原プロにぶつけてみたんですよ。本当なんですよ。すると、電話の相手の方は、事務の係の方でしたが、現在石原プロでは、映画はやっていないとのことでしてねえ。TVの仕事だけとのことで、残念の極みでしたよ。せっかく重い原稿用紙を持って行ったのに、と思うと、涙が出てきましてね。それで、僕の小説の映画化の夢は、無残にも打ち砕かれてしまいました。筆舌に尽くせませんでしたよ、この哀れさは。これで、映画化は、一巻の終わりです。アーア、お恥ずかしい次第ですよ。話の方はこの辺で切りあげて、午後の散歩を始めましょうか」

「そうですね。それでは散歩の準備をして来ましょう。でも中山さん、ご自分の小説を映画化しようなんて、何と大胆なのでしょう。ご自分の小説に、かなりのご自信がおありのようだったんですね。しかも、故石原裕次郎さんの石原プロへ、映画化のお話を持っていかれるなんて、尊敬に値しますわよ。誰にでもお出来になることではありませんもの。やはり、中山さんにしか、お出来にならないことですよ。私から、大いなる賞賛の言葉を差し上げますわ。でも、残念でしたわねえ。映画を制作していないんじゃあ、仕方がありませんよねえ。諦めましょう、中山さん。それではこの辺で、失礼します。グラウンドで、また、お会いしましょう」

「ハイ、失礼します。僕も、そうしましょう」

公一は、中野さんより少し遅れて食堂を出て、階段を上って、二階の自分の病室へ戻った。

三分で準備を終えた公一は、病室から出て、詰め所の看護師さんに、これから三十分間、散歩をすることを告げた。

グラウンドへ出て見渡すと、中野さんが約二十メートル先を歩いていた。駆け足で中野さんを追い、しばらくして公一は、中野さんに追い付いた。

「やっと追い付きました。中野さんは、二周目ですか。それとも、三周目」

公一は、冗談のつもりで、中野さんに声をかけてみた。

「いいえいいえ、これからですよ。一周目です。そのうちに中山さんが追いついて来られると思って、辺りを見渡しながらユックリ歩いていましたのよ。さあ、これから、ご一緒しましょう」

「じゃあ、宜しくお願いします。それでは、東京での話を続けましょうか。東京での七つ目の目的は、横浜にいる僕の姉のところへ行き、二人が信仰している協会の本部へお参りすることだったんです。そもそもなぜ僕が、この協会へ入会したか、なんですが。実は、僕が受けた最初の肺癌の手術後の後遺症がひどくて、これを良くしようとして、姉が僕に入会を勧めたんです。当時の僕は、ワラをも掴む思いで、良くなることを信じて入会したんです。

そこで今回、せっかく東京へ来たのなら、ということで、横浜にある協会の本部へお参りしましょう、ということになったんです。姉と二人で、電車を乗り継いでその本部へ行きましてね。以前のことですが、本部へお参りしまして、その本部内には『相談』のコーナーがあったんです。姉は僕に『後遺症に苦しんでいることを相談してみなさい』と言うので、僕は、所定の紙に相談ごとを書いて、それを係の人に渡しました。しばらくして名前を呼ばれ、相談ごとを聞いてくれるある老女の前に連れて行かれましてね。そこで、僕の肺癌の手術の後遺症が激しくて苦しんでいることを、全て打ち明けました。するとその老女は、僕の手を取って目をつぶり、小さな声で何かをお祈りをしているようでした。それが終わると目を開けて、僕の症状は、直ぐにはよくならずに、時間を掛けてゆっくり待ちなさい、日にちはかかるが次第によくなります、ということでした。だから、いつ頃まで待てばいいのやら、僕にはサッパリ分からないんです。というのも、その時から現在に至るまで、後遺症は、まだよくなっていないんですよ。

その苦しみを和らげるために、今は胸にバストバンドを取り付けているんです。このバンドは、肌着の上から締めているんです。こうすると、苦しみが少なくなりますので。でも、これを着けていると、汗が出てきます。だから、上の肌着の着替えが大変なんです。上の肌着は、何枚も持っていますよ。汗をかくと、その洗濯がたまってしまって。東京旅行中では、この上着を五枚ほど持って行きました。そして、一着の肌着を、表裏で着ましてね。五着だから、十日間は大丈夫って訳です。

この話は、まあこのくらいにしまして、姉とともに行った本部を後にしたんですよ。これで、東京へ行った七つの目的、及び三人の女優へのアタックの件は、成功不成功はありましたが、全て完了となりました。でもこの僕、テレビに出演したことがあるんですよ。会社の研究所にいた時、東京都からの委託研究がありまして、この研究は、僕と部下の二人で行いました。その研究成果がテレビ放映されました。この研究成果を、僕が説明したという訳なんです。少々照れましたが」

「中山さんは、ご自分の目的を、ほぼ満足して成し遂げられたんですね。思いを遂げられたことは、ご自分の人生にとっても、大いに意義あることだったようですね。東京へ行かれて、本当に良かったですね。今までのお話をお聞きしまして、中山さんがどのようなお方であるのかが、よーく分かりました。素晴らしく立派な人間性を持たれ決心も早く、頭脳明晰で英語も堪能であり、社会的にも素晴らしい貢献をされ、何よりも行動力に優れておられますよね。その上、学会の賞も受けられたし、イギリスとフランスに技術調査に行かれ、研究成果のご発表でテレビ出演され、大学の助教授もされたんですから、もう、どうしようもないほど、感激していますわ。

そんな中山さん、私、ますます好きになりましたよ。どうしましょ。身体が熱く、火照ってきましたよ。中山さんに抱き締めてほしいくらい。でも、そんなこと出来ませんよね。誰が見ているか分かりませんものねえ。仕方がありません。じゃあ、ご一緒に歩きながら、その後のお話も聞かせてくださいな」

「中野さんに、そのように誉められると嬉しくて、天にも昇る心地ですよ。ありがとうございます。僕も中野さんが大好きです。これ、ホントです。

ではこれから、その後のお話を続けましょうか。横浜で姉と別れた僕は、そのまま東京駅へ行って、帰りの新幹線に乗りましてね。その列車の中で、お弁当とお茶を買って、夕食を食べていたんですよ。すると、とある女性が僕の側に来まして、横の席が空いているかどうかを訊ねたんです。『空いていますのでどうぞ』と僕が言ったら、彼女が僕の横の席にさっと座りまして、彼女も駅で買ったお弁当を食べ始めました。彼女も僕と同世代の人のようでした。だから二人は、どちらとはなしに少しずつ話を始めましてね。食事が終わる頃には、すっかり仲良しになっていました。

彼女は、管理栄養士の資格を持った食品会社のグループマネージャーと、言っていました。なかなか偉いお方のようで、北九州のあるところへ講演に行くとのことで、僕に名刺をくれました。まあお返しにと思い、僕も自分の名刺を彼女へ渡しました。お互い、色んな話に花が咲きましてね。それはそれは、楽しかったですよ。

夕食を済ませた後、直ぐに彼女は携帯電話で、自分の子供としきりに話をしていましてね。その電話を終えた彼女は、何もなかったように、平然としていましてね。女性というものは、コロコロと表情が変わる人種だなあと、改めて思い返したものですよ。中野さんは別ですけれどね」

「まあ、中山さんったら。私も、女性なのでございますことよ、うっふっふ。でも、私と彼女との決定的な違いは携帯電話ですよね。私は、それを持っていません。だから、そんな非常識なことは出来ません。そうでしょ。もし私なら、静かに中山さんとお話ししていますよ」

「そうですねえ。中野さんは穏やかな女性だから。僕の失言でした。

彼女は僕に、色んなことを話しましたが、こんな話もありましてねえ。今、円高になっているでしょ。だから、海外旅行が多いんですって。それで彼女は、毎年韓国へ行っているというんですよ。それも職場の仲間と一緒に、下関か福岡まで来て、そこから船で行くくらしいんです。乗船時間は数時間らしいんです。そして、韓国で様々な品物を買って一泊旅行をするらしいんです。費用も余りかからないし、全く気楽な旅行とのことでしたよ。しかも、毎月行っていると言いますから、参ってしまいますよ。本当に、気楽に行けるらしいんですから。

現在僕は、自由な身でありながら、外国旅行なんて一度も考えたことがありませんからねえ。僕の脳の配列を、根本的に変えなければいけないのかなあと、その時には真剣に考えましたよ。なぜって、韓国は、外国の中で一番の隣国じゃありませんか。しかも、下関か福岡から、船で行けるんですから、これより安い海外旅行はありませんよね。

中野さんは、海外旅行のご経験はいかがですか。以前お話ししたように、僕は在職中、学会の賞を貰った褒美に、会社から、欧州の機械技術の動向視察をするよう直命が出ましてねえ。それで、イギリスとフランスへ行って来ました。当時、イギリスのバーミンガムで、欧州随一の大掛かりな機械展示会がありまして、まずはそのショーを観まして、後は自由に見学をして来たんですよ。この海外旅行が、最初で最後なんです」

「私は中山さんと違って、大学卒業の時に、同じ学部の友人五人とハワイ旅行へ行きました。卒業記念ということで、楽しんで来ました。結構費用は掛かりましたが、これはアルバイトで何とかしましたよ。とにかく気候が日本と全く違いますから。ハワイは、暖かいを通り越して、ギンギラギンの夏の暑さなんですけれども、それがカラカラに乾いていて、非常に清々しいんですよ。お買い物やお土産も、意外に安いんですから。中山さんも、一度行かれたらどうですか。きっとお気に召しますよ。実は私も、海外旅行はこのハワイが最初で最後なんですのよ」

「そうですか。ハワイは良さそうですね。常夏のハワイと言いますので。またハワイアンダンスも有名ですよね。ダイヤモンドヘッドも。何となくその気にさせるのが、ハワイのようですね。一度行ってみたいですね。

ところで例の彼女の話に戻るんですが。僕が携帯電話を持っていないことを知ると、驚いていましてね。なぜ、どうしてって、かなりしつこい質問攻めなんですから。もう返答に困ってしまいましてね。でも正直に言うと、その当時、僕には、電話をかける相手がいなかったんですよ。だから必然的に、携帯電話は用をなさないんですよ。こう言うと僕が惨めに見えますので、彼女には、今度、その種の店へ行ってみましょう、と嘘をついてしまいました。彼女は、その携帯電話で色んな情報を得ることが出来るので、是非購入されたらいいですよ、とアドバイスしてくれました。ところで、中野さんは、なぜお持ちにならないんですか、携帯電話を」

「だって、私は病院通いと、この病院への入院でしょ。電話は、この病院の公衆電話だけなんですよ。電話の相手は私の母だけなんですよ。友達はみんな結婚をして、地元を離れてしまってるんです。そんな私に携帯電話は必要ありませんよ。中山さんと一緒なんです。こんな私、変でしょうか」

「とんでもありません、中野さん。お互いに、携帯電話なしの生活で行きましょうよ。ところで、例の彼女との話で、お互いの自己紹介は当然ですが、僕の場合、学会の賞を受けたことや海外旅行のこと、大学で助教授を務めたことや肺癌で会社を辞めたこと、その後遺症が元で離婚までしたこと、現在小説を書いていることを、全てお話ししたんですよ。

するると、僕の小説が読みたいと言うので、持参していた小説を、彼女に手渡したんです。実はこの本、僕の処女作で、タイトルは『愛の青春譜』と言いまして、ちょっと複雑で入り組んだ人間関係の、大人のプラトニックでラブラブな悦びに溢れた楽しい物語なんです。この小説を彼女は、食い入るように読んでいました。

そうですねえ、斜め読みで、三十分間くらいかかっていました。まあ、僕の一面を知ってもらった感じでした。ところで今度は、僕が彼女に質問をしてみたんですよ。何かと言いますと、彼女がなぜ、あの当時、管理栄養士になろうと思ったのか、なんですよ。当然僕は、この資格について無知でしたので。

するとと彼女は、とつとつと話し始めましてね。彼女は小さな頃から、料理が好きだった、とのことですよ。それで高校を卒業してから、この資格を取るために専門学校へ入学したとのことです。この専門学校でみっちり勉強をして、試験に備えた訳です。試験は見事一発で合格したそうです。素晴らしいですよねえ。その後、就職先をジックリ考えたとのことです。当時、管理栄養士さんは、日本でもその数が少ない方で、大企業から、何社もの求人があったそうです。

熟慮の結果、彼女はある大企業の総務部管理栄養課ならば、入社しようということに意を決したと言うんです。そこならば自分の学んだ知識が活かされると思ったんでしょうね。彼女はなかなか偉い人だなあと思い、感心しましたよ。それでもう二十年近く、その職場一筋で働き、その結果、グループマネージャーにまで昇進しているんですから。その間、彼女は結婚もしたし子供さんも三人おられるんですから。

それから僕は、彼女の今後について、伺ってみたんです。すると彼女は、栄養に関係した会社や学校を訪問し、栄養というものの必要性を講演していきたい、とのことでした。でも、こうも言っていましたねえ。管理栄養士さんの数は、彼女の時代には、非常に少なかったけれども、現在では、五千人近くいるそうです。それだけ色々な部門で、管理栄養士さんが活躍しているんですよ。また、必要としているんでしょうね。彼女は、先見の明あり、と感心した次第です」

「そうですね。中山さんの小説、私も読んでみたいわ。是非お願いしますね。恋愛物とのことで期待していますよ。私、恋愛物が大好きなんですよ。そのご本、持って来られていますか」

「ええ、持って来ていますよ。恥ずかしいけれどお見せしましょうか。あとで中野さんの病室へ持って行きましょう。

例の彼女との話の続きですが、僕の肺癌について、かなり興味を示しましてね。彼女は、肺癌になればほとんどの人が死ぬと思っていたようですね。でも、僕のように二度も手術をした人間が、なぜ生きているのか信じられなかったようですね。それもそうでしょう。当の本人でも、信じがたいことなんですから。

その当時、肺癌の手術での生存率は、五年で五十％と言われていましたよ。これは、五年間生きられる人の割合は、半分程度ということなんです。僕は、運のいい人間なんでしょう。それで彼女は僕に、癌について質問してきたんです。その質問に対してまず、その癌を手術出来るかどうかが一つのポイントであり、もう一つは、これが最も大事なことなんですが、その癌が一過性のものか転移性のものか、ということです。そして、僕の癌は手術が出来、一過性のものであったことを話したんです。

すると彼女は、肺癌の手術ってどんなものか、と質問をしてきました。だから僕は、彼女に、手術の時間は三時間程度で、その間、全身麻酔により完全に意識はなかったことを話しました。また、手術は、背中を大きく切って、肋骨の中にある肺の癌組織を大きく切除するものであることを話すと、彼女は、目をまん丸く大きく見開いて、僕を見つめていましたね。しばらく、その状態が続きましたよ。よほど驚いたようでしたね。でも、当の本人は、こうしてピンピンしているんですから。何と言っても、東京まで遊びに来ているんですからね。そのことを彼女に話すと、本当に凄い経験をされたんですねって、手を叩いて誉めてくれました」

「その彼女の歩んで来た道のりは、かなり長いものだったようですねえ。自分の小さな頃の気持ちに、忠実に生きて来たんですから。普通の人なら途中で諦めてしまいますよ。なのに、自分の志を貫いて来たんですから、やはり立派な人なんでしょう。私もそう思います。

また、中山さんの肺癌についても、彼女は、非常に驚いたようですね。やはり、彼女も、癌というものが怖かったんでしょうね。誰だって癌は怖いですよ。その癌を手術された人が、今自分の隣の椅子に、平然として何の苦もなく、全く異常なく、座っていられるのですから、彼女もさぞかし驚いたことでしょうね。それと同時に、癌を患っても、必ず死ぬとは限らないことを知って、大いなる光明を与えられましたわね。これは、非常に良いことをされたと思いますよ。それと彼女は、非常に素直な心の優しい人のようですねえ。お話をお聞きしてよく分かりますよ」

「まあ、そんなこんなで、彼女との話はまだまだ続きますが、歩く時間が三十分近くになりました。散歩はこのくらいにしましょうか。続きは夕食後にお話をしましょう」

「じゃあ、お先に失礼いたしましょうか。夕食時に食堂でお会いしましょう。待っています」

「はい。食堂でお会いしましょう」

二人はこうして、病室に戻って行った。

公一は自分の病室に戻って、病室用のパジャマに着替えた。いつものように小説の原稿を取り出して、ベッドの上で読み始めた。

公一が、原稿に夢中になっていると、同じ病室の患者さんが言った。

「お兄さん、午後三時半だよ。男性のお風呂の時間だよ。男性は四時までだから。これからお風呂へ一緒に行こう。準備をしなさい」

「はい、じゃあ、お願いします」

公一は、替えの下着とタオルを持ち、この患者さんとお風呂へ行った。

一緒に風呂に入った同室の患者は、公一の裸の背中に刻まれた傷を見て、一瞬声を失った。しばらくしてその患者は、公一に尋ねた。

「お兄さん、背中のものはどうしたんだい。かなりのものだねえ。何かの手術の痕のようだねえ」

「ええ、そうなんですよ。実は僕、肺癌の手術をしていましてね。手術の傷は、結構大きなものなんですが、この傷による痛みは残っていません。でも、退院後しばらくして、苦しみが襲ってきましてね。これが今でも続いているんですよ。後遺症っていうやつです。

でも大分良くなりましてね。こうして、気軽にお風呂へも入れるようになったんですよ。でも歩いたりすると、まだ痛みがあるんですけれどもね。だから今は、バストバンドで、胸を締めているんですよ。そうすれば、痛まずに歩くことが出来るようになりました」

「それは良かったねえ、お兄さん。まあ、頑張りなさいよ」

公一は、タオルで身体を奇麗に洗い、その後で髪も洗った。タオルをよく絞って、濡れた髪を拭いた。

その後公一は浴槽に入り、お湯を両手で掬い、それで何度も顔を洗った。気持ち良くなった公一は、浴槽から出た。

脱衣所で、髪を七三に手で分けた。こうして奇麗になった公一は、持ってきたパジャマに着替えた。

夕食にはまだ時間があったので、公一は、自分の小説を中野さんの元へ届けに行った。公一は、中野さんの病室がどこなのかを彼女から聞いていた。彼女は、個室にいた。

彼女の部屋の扉をノックした。

「どなた様でしょうか」

「中山公一です。僕の小説を持って来ました」

可愛いパジャマ姿の中野さんが、扉を開けた。

「どうも済みません。わざわざ持って来ていただいて」

「いいえとんでもないですよ。まあ、読んでみて下さい。自分で言うのも変ですが、結構面白いですよ。強烈な恋愛小説なんですよ。どうぞご覧あれ」

「はい、ありがとうございます。楽しみに読ませて頂きます。では夕食まで失礼します」

「そうですねえ。じゃあ失礼します」

そう言って公一は中野さんと別れた。自分の病室に戻った公一は、夕食までの間、原稿を取り出して修正の続きを始めた。心を入れ込み、真剣に小説を読み進めた。

そんな時に、各病室へスピーカーから夕食の合図の知らせが響いた。公一は、自分のベッドを奇麗に直し、スリッパを履いてふりかけと箸を持ち、ハンカチをポケットの中に入れて、病室を後にした。


ナースステーションの前の階段を下りて、食堂へ入って行った。辺りを見渡したが、中野さんの姿はまだ見えない。やむなく公一は、いつも自分の座る席で夕食をとることとした。

用意された食べ物を持ってテーブルへ行き、椅子に座った。少しの間、中野さんを待とうと思った。

五分が過ぎた。まだ、中野さんは来ない。仕方なく公一は、食事を始めた。

夕食だから、おかずの数がいつもより多い。だからゆっくり食べて、中野さんが来るまで、根気よく箸を緩めに動かした。しばらくして、急いで中野さんが食堂へ飛込んで来た。辺りを見渡しながら、やっと公一を探し当てた。

中野さんは食事を載せた容器を持って、公一の座るテーブルにそれを置き、空いている椅子に座ってニッコリ笑い舌をペロリと出した。

「今夜は、ここへ来るのが少し遅かったようですね。何か、トラブルでもあったんでしょうか」

「えっへっへ。それがその、遅れたのには理由がありまして。えへん。実は、中山さんの小説を読んでいましてね。余りにも面白いので、ついつい時間を忘れてしまったという訳なんですの、ハイ。中山さんって、やっぱり文章がお上手ですねえ。ついつい小説に引きずり込まれましてね。気が付いたら今なんですの。ご免あそばせ」

彼女は、公一に遅れた訳を、面白おかしく、しかも正当に言い訳をしていた。中野さんの言い訳は、何ともはや、恥ずかしい限りのものであった。でも、幾分でも誉めてくれたことについては、彼女に感謝をしなければならないと、思った。

「中野さん、申し訳ないことをしましたねえ。でも、僕の小説を誉めていただいて、ありがとうございます。まあ、夕食後、ゆっくり読んで下さい」

「はい、遅れて済みません。私も食事を始めましょう」

今夜のメニューは、お肉とコロッケ、野菜サラダとシチューであった。この中の野菜サラダは、公一にとって苦手とするものだった。それを見越した彼女は、言った。

「中山さん、今夜も頑張りましょうね。私が付いていますので、目をつぶってでも食べましょうよ。焦らずにゆっくりと、少しずつ食べましょうね」

「そうですねえ。野菜に掛けられているソースは、余り美味しくなさそうですねえ」

「それならば中山さん、ケチャップか、マヨネーズはいかがですか」

「僕はマヨネーズならば、食べられそうですね」

「じゃあ明日、マヨネーズを売店で買われたらどうでしょう。そうすれば、野菜サラダを克服することが出来るかもしれませんよ。是非そうなさったら」

「そうしてみましょうか。とはいうものの、僕にとって苦手な野菜が、結構あるんですよ。例えば、大根、かぼちゃ、なすび、ジャガイモ、ピーマン、しそ、といったようなものなんです。ただし、それしかなければ、やむを得ず食べますがね。あえて好きか、嫌いかと言えば、こんなところですかねえ。かなりの偏食家のようですよね」

「そんなに、お嫌いな物がおありなんですか。それはいけませんよ、中山様。本当にだめですよ。私の言うことをお聞きくださいな。あの激しい運動をしている、プロ野球の選手でさえ、肉食を控えて菜食にしている球団があるくらいですのよ。それほど野菜には、素晴らしい力、エネルギーの根源が潜んでいるんでございますのよ。ここのところを、ようくお考え下さいな。いかがですか、ねえ、中山大先生」

「ああ、なんということでしょう。中野さんに、こんなに厳しく説教されるなんて。ここまで言われれば、僕だって野菜サラダを食べざるを得ませんよね。分かりました。これからは、大切な栄養摂取という意味で、真面目に食べるようにしましょう。中山大先生とまで言われたんですからやむを得ませんね。これできっと健康が増進しますよね」

「勿論ですとも。中山さんのためなんですから」

二人は、楽しい夕食を続けた。公一は、彼女を見ながら、しおらしく箸を野菜サラダに向けた。彼女は、その様子を見て目をキラキラさせ、食事を進めた。そんな時、マイクで、放送があった。

「明日、第三棟の二階で、カラオケを行います。希望者は午前九時半までに玄関へお集まり下さい。繰り返します……」

「中山さん、歌の方はいかがですか」

「自分ではよく分かりません。でも歌は好きですよ」

「じゃあ、明日行ってみましょうか。私は歌いませんが。中山さんが歌うかどうかは、その場で決めればよいことですから、ご心配要りませんよ。一緒に皆さんの歌を聴くだけでも、楽しいですよ」

「そうですか」

公一は、その場では言葉を濁した。二人は目を合わせて、ニッコリしながらゆっくり食事を続けた。

二人とも食事が遅いので、周りに居た人達は少しずつ席を立ち、最後に、公一と彼女だけが食堂に残った。

こうして二人は食器を片付けたのち、端のテーブルのある場所へ移り、話を続けた。

「中山先生、お歌の方は、いかがなものでございましょうか。お歌いになられますわよねえ」

「まあ、そう言わないで下さいよ。僕は、ただ歌は好きなんですよ。また、人前で歌ったこともありましたよ。遥か昔のことなんですが。そう、よく歌っていたのは、三十代までですよ。それ以後は、歌ったことがないんです。だから今では歌えるかどうかが分からないんです。どうします、中野さんだったら」

「あらまあ、中山さんの方から、お鉢が私の方へ回ってきたみたいですね。どうしましょ、こんな時。そうですねえ、ウーン、そうですねえ。そうだ。中山さん、ここで小さな声で歌ってみてご覧なさいよ。それが一番だわ。ご自分が最も得意な歌を、私にお聞かせ下さいな。それならいいでしょ、お願い」

「えーっ、中野さんは、もう、年上の僕を、好きなように操るんだから。どうしようもないですねえ。じゃあ、一曲だけ歌ってみましょうか。谷村新司の『昴』を歌ってみましょう」

そして曲の出だしを口ずさんでみた。

「どうです僕の歌、聴けますか」

彼女は、公一の照れた顔をしげしげと眺めながら、手を叩いて悦びを現した。

「色んなことを言われていましたけれど、どうしてどうして、なかなかのものですよ。お上手でお声が奇麗で、伸び伸びと歌っておられたわ。谷村新司さん、顔負けでしたよ。この様子なら、明日は是非歌って下さいよ。私のためにも、歌って下さいな」

「まああ、そんなにおだてられると困ってしまいます。中野さんは、人のことだと思って、お好きなことを言ってられますねえ。僕としては、やはり少々練習した方が良さそうですよ。そうですねえ、今夜グラウンドにでも出て人のいないところで」

「そんなあ。じゃあ、私も中山さんにお付き合いいたしますわよ。お一人では心もとないでしょ。私も、中山さんの本当の『昴』をお聞きしたいわ。いいでしょ」

「まあ、中野さんならばどうぞ」

「それじゃあ、前からお聞きしているお話の続きを、お願いできますか。東京からお帰りになる新幹線内での彼女とのことです。その後、どうなりましたの」

「そうですねえ。彼女が不思議がっていたことは、理工科系の人間が、今なぜ、文科系の小説を書いているかっていうことなんですねえ。これについては、僕は新入社員の頃からもう決めていたことなんですよと、サラリと言ってみたんです。すると彼女は、それはおかしいと言い出したんですよ。なぜか、と僕は聞き返したんですよ。すると、彼女曰く、小説を書かれるのなら、なぜ文科系の方面へ進まれなかったのですか、と質問をして来たんですよ。この質問に、僕は順序だてて説明しましたよ。僕と父との関係で、ともに文章と数学が得意だったこと、僕は特に、数学が得意だったこと、就職を考えて、理工科系の大学に入学したこと、大学のテストでの論文作成が、早かったこと、工学系の会社へ就職したこと、新入社員の時に小説を書く上で本格的な勉強をしたこと、退職した後、小説家になること、これらを一つ一つ説明していきましてね。僕は、彼女が納得出来るように話したんですよ。それで彼女も得心がいったらしく、僕を見直していましたよ。

彼女は僕に言いましたよ。どうしてそんなに、数学が好きなんですかって。僕は言ったんです。数学は、楽しい一つの短編小説と同じようなものなんですよって。問題を解こうとすれば、その問題の解答法には、必ず起承転結があることを、彼女に教えたんですよ。早い話、問題を見て、その瞬間に、解答の起承転結を見抜く訳なんですよと言ったら、彼女はビックリしていました。また、微分とか積分とかいうものは、数学の嫌いな人は、こんな嫌な解らないものはないと思うでしょうね、恐らく。彼女なんかは、知らないかも知れませんよね。例えば微分ですが、これは何かと言いますと、ある状態の瞬間的な傾きを示すもので、傾きは、そのものの傾向、速度、方向、変化等を意味しているんですよって言うと、ポカーンと口を開けていました。その上、積分とは何かと言うと、ある時間、空間、状態、長さ、容積、お金、仕事量、景気の動向、その他、あらゆる物の必要区間における足し算であり、和であり、即ち合計のことなんですよって言うと、彼女はアッケラカンとしてましたよ。そうしたことは彼女のその知らぬことなので、まあ当然ですよね。中野さんは数学はいかがでしたか」

「そうですねえ、女性の多くは文科系ですよねえ。私もその一人ですわ。もう、数学と聞いた途端に頭痛がしてしまいます。どうも済みません。中山さんのご期待に添えなくて」

「まあ、数学の話は、このくらいにしておきましょう。次に彼女が関心を持ったのは、僕が大学の先生になったことなんですよ。彼女が僕に、なぜ大学の先生になれたのですかと質問してきましてね。まあ、これは、偶然が偶然を呼んだようなものなんです、とお答えしたんです。当の本人である僕が、一番ビックリしたんですから」

「大学側からの要請があったんですよね。凄いわ、普通の人じゃあ、ありえませんわよねえ、大学での生活は、いかがでしたか」

「それは、彼女からも聞かれましたよ。当然ですよね。僕は、彼女に説明しましたよ。大学へ行って実施したのは、機械関係の性能を予測するコンピュータープログラミング、英語で書かれた専門書の翻訳と、学生への講義です。大変だったのは、このプログラムの性能アップと、その英語化ですよ。ちょっと参りましたが、何とかやり遂げました。

学生への講義は、様々な機械の説明を、テレビとOHPを用いて、週に一度行いましてね。これらは僕の助教授としての、仕事でしてね。それ以外のことが、実に結構面白くて、大いに楽しみましたよ。というのも、僕はこの大学の学生時代、卓球部に属していたんですよ。僕と同期で卓球部の部員だった友人が、なんとこの大学で教授をしていたんです。それを知って、僕は彼の部屋へ行きましてねえ。もうこうなったら、オイ、オマエ、の仲ですよ。お互いビックリしましてね。それだけではないんですよ。卓球部の後輩が、この大学で助教授をしていたんですよ。僕とこの後輩とは、寝食を共にしたことのある親しい関係にあったんです。もう何と言ってよいやら、オマエ、どうして、こんなところにいるんだい、といった具合でした。全く信じられない巡り合せでしたよ。

そこで僕は、この後輩の助教授に、この近くにいる旧卓球部のメンバーを集めるように、指示をしたんですよ。そして、学生時代に、よく利用していた料理屋の二階を借り切って、親睦の宴会を行おうと、僕が申し付けたんです。するとその後輩が、北九州近隣地域のメンバーに早速連絡し始めましてね。この電話の内容が、これまたしゃれていて、元卓球部の中山さんが本大学の助教授として赴任されまして、その歓迎会をするので例の料理屋に集合して下さいというもので、なぜ中山が本大学の助教授なんかになったんだろうと、誰しも不思議に思うのは当然ですよね。それで実施の日時は彼が後日連絡するということになったんです。

ところで、本大学の学生で、教授になろうとする学生は、通常東大の大学院へ行き、そこで博士号を取って、本大学へ戻り、即助教授になるんです。僕の同期の彼も、やはり東大大学院へ行き、博士号を取って戻って来たんです。まあ彼は、学生時代から非常に優秀でしたから。その彼も、学生時代は卓球部員でしてね。彼も僕の歓迎会に、参加したんです。後輩の助教授の頑張りで、歓迎会の当日には、かなりの人数が集まって来ました。よくぞここまで集めたものよと、感心しましたよ。それもそのはず、北九州近郊には、約二十人もの旧卓球部員がいたんですから。そのほとんどが、僕のために駆け付けてくれたんです。この時ばかりは感激しました。わが後輩の助教授よ、よくぞここまで多く集めてくれたものだと誉めてあげましたよ。

この宴会は、盛り上がりましたからねえ。一人一人、現在自分が何をしているかという近況を、思う存分に話してくれました。大学の教授や助教授や、大会社の部長や課長、高校の先生や自分で会社を興している社長などもいましてね。みんな、社会的地位のある者ばかりですよ。でも、僕のような、学会の賞を貰った部員は、一人もいませんでした。集まってくれた者みんなが誉めてくれて、卓球部の誇りだと絶賛してくれましたよ。それもその筈なんですよ。この賞をいただけるのは、日本の学会員多しと言えども、会員一万人以上の中で年に七、八人なんですから。皆がビックリ仰天するのも、無理のないことなんです。大学の偉い先生方でも、そうは問屋が卸しませんからねえ、この賞だけは。全員の近況報告が終わりますと、学生時代に流行っていた歌が出て来ましてね。そうですねえ、七、八曲は歌いましたよ。みんなよく覚えているもんですねえ。最後に、大学の学歌を歌って宴会を締めました。

その後で皆で飲みに行きましてね。大きなスタンドバーでして、派手な二次会となりました。そこで、誰が言うともなく、今度の日曜日に、体育館で卓球の試合をやろうということになりまして、みんなその気になってしまったんです。というところで、今夜のお話は、この辺までとしましょうか。もう午後八時前ですので。取りあえず、お互いに病室へ戻りましょう。その後で、午後八時半になったら、玄関の下のグラウンドでお会いしましょう。それでいいですか？」

「ええ、もうすっかり中山さんのお話のとりこになってしまったわ。そのお話の感想を、明日お聞かせいたしますことよ。凄かったもの。では、私の方からお先に失礼をいたしますわ。その方がいいでしょ、中山大先生！」

「そうですねえ。そうしていただけますか。僕は、少し遅れて戻りましょう。お先にどうぞ」

公一は、少し遅れて階段を上って病室へ戻った。

洗面器に、タオル類を入れて洗面所へ行った。既に、彼女が歯を磨いている最中だった。公一は、目配せしながら彼女の側に行った。

「中山さん、八時半ですよ。お待ちしていますわよ。では」

歯を磨いてから前面の鏡を見て髪を両手で七、三に分けた。公一について、彼女は何でも知りたがり、年の差なんか全く気にしていなかった。公一の方も、彼女に気持ちが向いたのは、最初に会った時からであった。

まあ、それはよいとして、公一は洗面器を所定の場所に戻し、八時半になるまで、身の回りの整理をした。

公一は、時間を確認して、静かに病室を出た。看護師室には、誰もいなかったので、そのまま階段を下りて玄関まで行き、スリッパを脱いで靴に替えてグラウンドへ出て行った。

彼女は、目の前で、公一を待っていた。

「やあ、中野さん。お待たせしましたね」

「いいえ、私も今来たところなんですよ。少し歩いた場所で歌って下さいな」

「じゃあ、あそこまで行ってから歌いましょう。その代わり、中野さんも好きな歌を歌って下さいよ。聴いてみたいですねえ、出来れば」

「まあ、そんなあ。ダメですよ、私は。歌が上手くないから。もう、このお話はお終いですよ。さあ、中山大先生、歌ってみて下さいな。早くう、私だけのためにですよ」

「では、始めましょうか。……目を閉じて何も見えず……哀しくて目を開ければ……どうですか中野さん。少しは良くなりましたか。もう一度歌ってみましょうか」

「上手だわ、中山さん。もう少し聴かせていただければ、私とっても幸せよ。いいでしょ。あと一回歌ってみて下さいよ」

「そうしてみましょうか。じゃあ、今度は、もっと心を込めて」

あらためて公一は「昴」を歌ってみた。

「まあまあ、感じがつかめて来ました。中野さんのお陰ですよ。ありがとうございました」

「中山さんの歌をお聴きしまして、私の心が温かくなってきましたわ。私の『ウツ病』が、どこかへ行ってしまったみたい。とても嬉しいわ、物凄く楽しいわ。今度の診察の時に、先生にお話ししてみましょう。きっと良いご返事がいただけるんじゃないかしら。とても待ち遠しいわ」

「ありがとうございます。やっぱり練習をしてよかったですよ。声が自然に出て来ましたから。三度、思い切り歌ったんですから、自信もついて来るっていうものですよ。じゃあ、病棟へ戻りましょうか」

「そうですねえ。こうして一緒に夜空の星を見ながら歩くのって、とてもロマンチックだわ。いつまでもこうしていたいな」

「そりゃあそうですけれどもう時刻も九時を過ぎていますので、急いで戻りましょう。もし看護師さんに知れたら、それこそ大変なことになりますので」

「はい。わがままを言ってご免なさい、急ぎましょ。では、明朝九時半に玄関で」

二人は少し時間をずらして、玄関から入って行った。

公一は、自分の病室に戻ってパジャマに着替えた。いつものところに置いてある原稿を取り出し、ベッドの上であぐらをかいて、膝の上に置き、読み返した。

疲れてくると、ベッドに横になり、明日のカラオケのことを考えた。明日歌う『昴』を心の中で歌い、一応安心した。カラオケのことを考えていると、就寝の合図の音が、病室中に鳴り響いた。これを機に、一つ大きな深呼吸をして眠りについた。

# 第四章　カラオケ大会のふたり

翌朝目を覚ましたのは、午前六時であった。少し早いとは思ったが、公一はベッドから起き出して、洗面用具を持って廊下に出た。

洗面所まで行くと、公一よりも少し若い女性が、何かを探すように床に目を落として辺りをうろうろしている。

公一は、思わずその女性に声を掛けてみた。

「何かを、落とされたんですか」

「そうなんですよ。実は、コンタクトレンズをこの辺りに落としたんですが。さっきから探しているんですが、なかなか見付からなくて。もう、いやになっちゃいますよ」

「じゃあ、僕も一緒に探してみましょうか」

「済みません。お願いできますか」

「ええ、良いですよ。この辺りですね」

「ハイ」

　公一は腰を下ろして膝を付き、床をなめるように探した。するとしばらくして、一瞬キラリと、光る物があった。直径三、四ミリの、小さな丸くて薄いガラス状の物が、見付かった。

「あのう、これですか、コンタクトレンズは」

「あっそうです。どこにありましたか」

「こっちの方に、ありました」

「まあ、どうも済みません。ありがとうございました。もし宜しければ、お名前を教えて下さいませんか」

「僕は、中山と申します、貴女の……」

「ああ、私、吉田と言います。宜しくお願い致します」

「まあ、気にされなくて結構ですので。何はともあれ、見付かってよかったですねえ」

こう言って公一は、洗顔ののち、病室に戻って行った。

まだ部屋には灯りが点いていなかった。小説原稿を見る訳にもいかなかったので、食堂なら開いていると思い、公一は、誰もいないと思った食堂へ行ってみた。

食堂には、煌々と明かりが点いていた。中に入ってみると、先程の吉田さんが、何か本を読んでいた。公一は、彼女のところへ近づいてみた。

「失礼ですけれど、どんな本をお読みなんですか」

「この本ですか。これは宗教の本なんですよ。私今、人生の生き方を勉強しているんです。この本では、なぜ人がこの世に生まれたかとか、どのような生き方をすべきかを、解り易く解説しているんです」

「あのう、その本の著者はどなたなんですか」

「この本を書かれたのは、神田満といわれる先生です。この方は、たいへん多くの書物を書かれています。恐らく中山さんも、お名前だけはご存知だと思いますが。非常に有名な方ですので」

「何と言ったらいいのでしょうか。実は僕も、神田先生の書物を持っているんですよ。まだまだ勉強中の初心者なんですけれど」

「えっ、そうなんですか。ご勉強されている本は、何冊くらいお読みなんですか」

「僕は現在、この病院に入院していますが、実家の方には二十五冊ほどありますよ。でも、この書物は、自分で購入したのは一冊だけで、あとの本は、その会の方からいただいたものばかりなんです。これらの書物は、一応読んでしまいましたけれど、直ぐに忘れてしまいましてね。いい加減なものですよ。だから、これじゃあダメだと思いまして、全ての書物を毎日十ページずつ、声を上げて熟読していましてね。神田満さんのメインの書物は、四十巻にまとめられていますよね。この四十巻もいただきましてね。実はこれ、僕は一週間で、ざっと斜め読みに近いことをやってみたんですよ。でもこの書物は、こうした読み方をしても、頭の中に何にも残らなかったですね。だから、一、二、七巻以外の三十七巻は送り主の方にお返ししましたよ。この教えをよく理解するためには、熟読が必要と思ったんです。それで声を出して、納得しながら読んでいたんですよ、この病院へ入院するまでは」

「えーっ、そうなんですか。じゃあ私達、生命の兄妹なんですね。今読んでいる本は、女性の生き方に関する書物なんです。この本は、私達女性はどのようにして生きてゆくべきかを、説いていますわ」

「ところで、そのような本を読んでおられる貴女が、なぜこうした病院に入院されているのですか。何と言ってよいやら、実に不思議なことですよね」

「そうかも知れませんよねえ。このような本を読んでいるのですからねえ。実は、私がこの会を知ったのが二ヶ月前なんです。その当時、私は、夫を交通事故で亡くしてしまったんです。夫は五十五歳、私が五十三歳の時でした。私達には、子供がいませんでしたので、私は一人になってしまったんですの。もうどうしていいものやら、途方に暮れてしまい、孤独で惨めな気持ちになってしまいましてね。心は、どうしようもなく沈んでしまいましたの。すると、何もかもが嫌になり、気が滅入ってしまい、とうとう『うつ病』になってしまったんです。それで、この病院へ入院したんですよ。

私の入院を知った友人が、こういった会があることを教えてくれたんです。そして、本を数冊プレゼントしてくれたんです。それで今、一生懸命にその本を読んでいるんですの。病室はまだ暗いので、この食堂に来て、いつも読んでいますよ。朝の清々しい時に読むと、心の中に染み入るようですし、頭脳も新鮮でよく理解が出来ますよね。このような本は、早朝に読むと分かりやすく、頭の中に入りやすいです。この本は、他の方のご経験も多く載っているので、非常に参考になります。ホントに奇跡と思えるようなことが、現実に起こっているんですものね。そして、それがなぜ実現したのかということも解説されたり説明されたりしているんです。こうした書物をよく読んでおられた中山さんなら、もうお分かりですよね。

私は、『うつ病』になっていましたが、来月あたりに、退院しようかと思っているんです。私、自分の心のあり方が、間違っていたことに気が付いたんですのよ。こんなところで、今朝のお話は終わりにしましょうか。お食事の時間が近付いて来ましたので」

「そうですねえ。お話に夢中になりまして、時間の経つのを忘れていました。じゃあまたお会いしましょう。失礼します」

彼女が去ってから彼女の話をゆっくり考えながら、公一も自分の病室へいったん戻った。

時計を見ると七時十二分だった。もう直ぐ朝食の時間だと思いながら、公一は箸と卵のふりかけを準備した。そして、側の棚の上に置いてあるポットのお湯を、茶の葉の入った急須に入れた。急須の中のお茶を湯呑みに注いだ。静かにお茶を飲みながら、先程の女性のことを色々思い巡らせてみた。

彼女の夫が、交通事故で亡くなったこと、彼女には、子供がいなかったこと、彼女は、何もかもが嫌になり、気が滅入ったこと、とうとう彼女は、『うつ病』になってしまったこと、彼女の知人が、神田満先生の書物を持参して来たこと、その本を読んで、彼女の『うつ病』が、どこかへ消え去ったこと、そのうちに彼女は、この病院から、退院して行くであろうことなど。

彼女の人生の流れを辿っていくと、この書物の持つある種の何かが、彼女をして変化せしめていることに深く関わり合っているに違いないと思われ、この書物に、ただならぬ共感を覚えずにはいられなかった。

公一の思いは、この書物の持つ得体の知れない何かに、吸い込まれてしまう衝動に遭遇したかのように、空中に遍く浮揚していった。自分の『ソウ』の病も、いつしか消えていくような、そんな予感が、ふっと湧いて来た。

公一が以前読んだ、神田満さんの書物の中に、『人は人であって、人にあらず』といった文言があった。即ち、現在ここにいる人は、仮の人であり、真実の人は霊の世界にいて、そこでは全ての人が、生き生きとして健康であり、その健康な姿が、心の持ち方通りに、その姿が必ずこの世に現れる、というようなものであったことを、思い出していた。

仏教では、色即是空、空即是色、と言っているのも、同じ次元の心のあり方と、公一は理解していた。

自分の病気もしかり。彼女の病気も、またしかり。先程の吉田さんの病気も、さらにしかり。

　こうした思いに辿り着いた公一は、『ソウ』であったこれまでの自分の言動の浅はかさを、心の底から自分自身に詫びた。即ち、自分のソウは、ソウであって、ソウにあらず、である。

　そうなれば、心の中にあるソウを、消滅させることが大事となる。従って自分の心の世界には、ソウは存在しないことを、信じ切ることにした。

　すると不思議なことに身体が自然と楽になり、心も落ち着き、これからの自分の人生についての楽しい将来像を描けるようになって来たようであった。

　公一は思った。今朝、食堂で交わした彼女との会話は、何を隠そう、公一にとってこれぞ不可思議な人生のありようを、より分かりやすく教わったようなものだったと感ぜずにはいられなかった。公一は、彼女に心から感謝をした。

　まだ朝早い時だったので、頭脳は新鮮であり、頭脳の思いが心の思いと相まって、深く、一層深く心に染み入る彼女の言葉だった。

　公一は腕時計を見た。午前七時二十八分だった。ゆっくりとお茶を飲み直していたら、朝食の合図を知らせる放送が響いた。公一は、病室を出て食堂へ向かった。

　たまたま、ナースステーションのところで、中野さんと出会った。

　挨拶代わりに、公一が彼女へ「グッドモーニング」と声をかけた。彼女の方も

「グッドモーニング」、すかさず、公一に英語で返した。二人は一緒に、階段を下りて食堂へ入った。

食堂へ入った二人は、食べ物を盛り付けた食膳を持って、空いていた一番奥のテーブルに着いた。二人は向かい合って座った。

二人は、目を合わせた後で、両手を合わせて一緒に、

「いただきまーす」

こうして二人は朝食を始めた。メニューは、味噌汁、魚、納豆、野菜サラダとご飯だ。

公一にとっては、再び野菜サラダとの戦いが待っていた。

食事が進むうちに、目の前の彼女の目が、次第に公一の口元に突き刺さるような、厳しい眼差しに変わっていった。それでも、何食わぬ顔をして、野菜サラダには手を付けなかった。公一は、わざと何もない調子で、ゆっくりと食事を進めていた。

そのうちに、彼女から、きついお目玉が落ちて来るだろうなあと予想しながら、そ知らぬ顔をしていた。

案の定、彼女の声が公一の耳に、チクリチクリと、嫌味混じりに刺さって来た。

「中山様、大好きな野菜にまだ手が付けられていませんことよ。大好きなのに、どう

してなんでしょうね。あ、そうか、そうなんだ。大好きな野菜サラダは、最後に、召しあがるのね、きっと」

「まあ、まあ、そう言わないで下さいよ。ボチボチでも食べますので。あ、そうだ。中野さん、ちょっと横を向いていて下さいね。僕が大嫌いな野菜サラダを、それとなく食べますので。いいですか、ハイ」

　この公一の声を合図に、彼女は横を向いた。しかる後に公一は、野菜サラダを口一杯に頬張り、何度か噛んだ後に、一気に飲み込んでしまった。その後で、お水をゴクゴク飲んだ。

「ハイ、いいですよ。ほら、野菜サラダがきれいになくなっていますよ。不思議でしょ」

「もう、中山さんったら、どこかへ隠されたのですか。テーブルの下の方ですか。それとも、ダストケースの中ですか」

「とんでもございません。野菜サラダはちゃんと僕のお腹の中で、現在消化されていますよ。中野さんに、色々と誉めていただきましたので、お言葉通り美味しくいただきました。どうもありがとうございました」

「それ、本当なんですか。また、私を騙そうとされているんでしょう。騙したり嘘をつかれても、私には分かりますわよ。なぜって、そんなに早く召しあがることなど、お出来になれる訳がございませんわ。だって、中山さんは、動物園のカバじゃあないんですもの」

「わっはっは。カバ、はひどい。それは言い過ぎですよ、カバは。僕はこれでも、れっきとした人間で普通の男性なんですから。真面目に、まともに評価して下さいよ。これでも僕は、頑張ったんですから。誰かさんの言う通りに」

「それ、本当なんですか。だとしたら、私、どうしましょう。中山さんに、あれこれ言ってしまって。おまけに、カバ、なんて言ってしまって。恥ずかしいわ。怒られそう」

と言うなり、彼女は両手で顔を覆い、食事を止めて下を向いてしまった。

その様子を見た公一は、彼女が、泣き出してしまったと思った。公一は困ってしまい、そっと小声で彼女に囁いた。

「中野さん、安心して下さい。僕は、怒ってなんかいませんから。中野さんの嫌味は、その反対で……なんですよね。信じていますので。起きて下さいよ。サア」

約七秒間、うずくまっていた。が、その瞬間、中野さんは起き上がって、

「……バア。うっふっふ、ビックリされたでしょう。私が泣いていると思われて。で

も、本当にご免なさい。色んなイヤなことを言いまして。今朝の中山さん、いつもと違っていますわよ。あの野菜サラダを、ほんの十秒のうちにお腹に入れられるんだもの。凄いわ。野菜サラダのお嫌いな中山さんだって、やろうと思えば、お出来になるんですもの。これからは、私めの干渉なしに、ご自分で召しあがれますわよね。何だか私、嬉しくなっちゃいましたわ」

「そうですねえ。味噌汁も冷えてしまいましたけれど、誰かさんのお陰で、野菜サラダが食べられるようになりましたよ。ありがとうございました。さあ、食べましょう」

二人は再び、食事を始めた。今度は支障なしに、野菜サラダなしのメニューを口にしていた。

ゆっくりと食事をするので、食堂には二人だけが残された。

それでも公一は大胆に、でもゆっくり食した。彼女はしおらしく、少しずつ、食していた。食事には、およそ三十分間を要していた。

今日は、午前九時半に玄関へ集合して、カラオケの会場へ行くことになっている。

「じゃあ、これから九時半まで、自分の病室に戻っていましょうか。今、九時ちょうどですので」

「そうですね。少し病室で休んでから、声と身体と精神の調子を整えて来ましょう」

二人は並んで食堂を退出して、階段を上っていった。階段を上り切ったところは、ナースステーションだった。

ここで別れようとした時に、詰め所にいた或る一人の看護師が、二人の仲のいい様子を、ジロリと、嫌味タップリに睨みつけた。

この看護師の態度は不気味で、何ともはや、二人の仲をいぶかしがっていた。

何か、こちらが悪いことでもしていたような、そんな非常に不愉快な気持ちが、公一の心を苛立たせた。公一の、歌への気力や情熱は、一遍にどこかへ吹き飛んでしまった。

男女の患者が、仲良く話すことのどこが悪いのか。このことが、二人の患者の症状に、何か影響を与えるのか。それがそうだとすれば、どこがどう変化をするのか。

そもそも人間は、男と女しかいないではないか。そのお互いが仲良くするのは必然であり、自然の成りゆきであり、人間の楽しさであり、人生の悦びなのではないか。

しかるに、あの看護師の態度は、常軌を逸しているではないか。

ここまで怒りが増長して来たところで、公一は、自分の胸に手を当てて怒りを沈めようと病室へ入り、ベッドに腰をかけた。

今朝の吉田さんではないが、公一もやはり、人間の生きる道、生きる方法、生き方を、学んでいる身である。相手に怒り狂うのは簡単ではあるが、その相手に対して感謝の心を抱くことは、並みの人間の出来ることではない。

さりとて、例の神田満先生の教えでは、全ての人間は、等しく神の子であり、どんなことがあっても互いに感謝をすることが幸福や健康への入り口である、と説いている。

現在の公一の心根は、その心情とは、全くかけ離れたところにあるではないか。どうする、公一。公一は、心の中で、自問自答した。

五分が過ぎ、十分が過ぎた。十五分が過ぎようとしていた。

そんな時、同室の目の前の患者さんが、公一に声をかけた。

「中山さん、よくやるねえ、ベッドの側で。座禅を組んでいる僧侶のようだねえ。何か考えごとでもしているのですかな。良いことを考えるのなら、幾らでも考えるといいでしょう。そうでないなら、早いとこ考えを止めた方がいいですよ。良くないことを思っても、一つも良いことはない。これが、七十五歳の男の人生哲学ですわい。まあ、ご参考になればと思いましてな。もし、気に障ったら許してくだされ」

「いいえ、はい、あのう、有益なご助言、ありがとうございました。ちょっと休んでいただけですので。今朝、少し早く起きたものですから、つい眠くなってしまいました」

「まあ、入院してからまだ日が浅いので、焦らずに気楽にゆるりと過ごせばいいですよ。まだ若いんだから」

「ハイ、そうします。ところでおじいさんは、入院されてどのくらいになるんですか」

「ああ、わしかね。そうさなあ、もう、半年くらいになるかなあ。でも、あっと言う間に過ぎてしまったよ。ここは居心地がいいからね」

「僕は三ヶ月の予定で入院しましたが、その間ジックリと、これからのことを考えようと思っていますよ。病気の方はこの数日で、もう良くなったみたいなんですが」

「貴方はまだ若いので、ユックリと養生するといいですよ。人生はまだまだ長いですからねえ。焦ることはありませんから」

「そうですねえ」

公一はこの患者さんと話をするうちに、それまでの心の激情が、次第に消え去っていくのを感じていた。患者さんの言われるように、人生は長いという言葉によって、それまでの公一の心が、本来の自分の心に戻って来たような、不思議な気がした。もうあの嫌な看護師のことなど、何処かへ消え去ってしまったように、気持ちが以前と同じ様相に戻っていた。

九時半近くになったので、公一は衣服を着替えて、病室を出て階段を下り玄関口へ行った。

彼女は、もう既に玄関口へ来ていた。ところが彼女の直ぐ隣に、早朝のあの彼女も、来ていた。

黙っている訳にもいかないので、挨拶だけはしておこうと思った。

「あのう、またお会いしましたねえ。僕、中山です。吉田さんって言われましたよねえ。貴女もカラオケへ」

「ええ、私、いつも参加していますのよ。歌が好きで、歌うのも歌を聴くのも好きなんです。今日も、一曲歌うつもりなんですよ。中山さんにお聞かせ出来るほどの歌じゃあないんですけれども。少し恥ずかしいわ」

「そんなことはありませんよ。ご自分がお好きなように歌えばよいんですよ」

公一は、半ば自分に言い聞かせるよう言ってみた。そうこうしているうちに、係の人が集まった人を集めて、カラオケの会場へと案内をした。その第三病棟の二階には、他の病棟の患者さんも多く集まっていた。場内では病棟ごとに患者が集まり、椅子に座った。公一と中野さんは、前から五列目の右から四番目と五番目に座った。

司会者らしい係の人が、病棟ごとに歌う人を募り、曲名を一人一人聞いてまわっていた。公一は、係の人に、自分が歌うことを告げ、曲名は『昴』と告げた。歌は、曲名が決まると、自動的にカラオケボックスと同じような設定システムになっているらしい。従って、歌を歌う人の目前にあるビデオ画面に、自動的に歌詞が流れる。

あの吉田さんも、歌うことを意思表示していた。歌い手も決まり、早くもカラオケが始まった。

最初は、第一病棟からであった。公一も吉田さんも、第一病棟の患者だった。

一人目、二人目、三人目が終わった。四人目が公一だった。係の人が、公一の名前を呼んだ。

「中山公一さん、お願いします。どうぞ」

公一は、何の躊躇もなく、ごく自然な精神状態の中で前方のマイクの前に立った。

『昴』の曲が流れ始めた。公一は、朗々とした歌声で、聴衆の心を魅了していった。

遠大なる野望を持った未来人の軌跡を、突き進んで行く若者の伸びやかな将来を、公一は余すところなく歌い上げた。

「……目を閉じて何も見えず……哀しくて目を開ければ……荒野に向かう道より……」

公一の歌が終わった。と同時に、賞賛の拍手の嵐が室内を包み、鳴り止まなかった。その拍手に感謝をしながら、さり気なく冷静に、ゆっくり自分の席へ戻った。この上もなく充実した幸せを胸一杯に抱きながら、公一は自分の歌に陶酔した。

横に座っていた中野さんは、目に涙を浮かべ拍手をして喜んでくれた。

この彼女の様子を見て、公一は彼女の流れる涙を拭いて、

「どうもありがとう、中野さん。貴女のお陰で、自信を持って完璧に歌えましたよ。このお礼、どうしましょ。何かお好きなものかことがあれば、言って下さい」

「まあ、公一さんったら。何を言い出すかと思ったら。お馬鹿さんですねえ。公一さんが思い切り歌ってくれたことが、私への何よりも素晴らしいプレゼントなんですから。これ以上の贈り物はありっこないですとも。私、この上なく幸せですよ」

「本当に中野さんは、いい人なんですねえ。僕にとって、紺碧の空に輝く太陽のような方ですよ、中野さんは。無限のエネルギーを、僕に注ぎ込んでくれたんですから。ありがたいですよ」

公一は、彼女へのお礼の感謝の言葉を、そっと耳元で告げた。心が静まった公一は、彼女と共に次の患者さんの歌を聴き始めた。

次の次が、例の吉田さんの登場だった。彼女の様子が少し変わって来た。上を向いたり首を回したり、下を向いたり深呼吸をしたりして、気持ちを歌に集中させようとしていた。

いよいよ吉田さんの出番がやって来た。係の人が、吉田さんの名前を呼んだ。待ってましたとばかりに、彼女は前方へ進んで行きマイクの前に立った。曲名は、『見上げてごらん夜の星を』であった。

彼女は情感を込めて、歌い始めた。

「……見上げてごらん夜の星を……小さな星の……小さな光が……」

この曲は、故坂本九さんの歌であり、心に何かを感じさせてくれる祈りと、しかも安らぎを与えてくれる素晴らしい歌だった。

聴衆から多くの拍手が贈られた。彼女は、これに答えて礼をし、喜びに満ち溢れて着席した。

このカラオケでは、出場者の歌う曲は一曲と決められていた。

公一も、彼女も、吉田さんも、その他の第一病棟の患者さんも、他の病棟の患者さんの歌を聴く番となり、静かに座っていた。

このカラオケの時間は、午前十一時までだった。歌う患者さんは、都合十名であった。

色々患者さんの歌を聴いていると、なんともはや聴くに堪えない歌ばかりであった。これはどうしたものだろうと、公一は疑問を持った。

しばらくして、中間休みの時間となった。この時に公一は、司会役の係の人に、歌う患者さんの上手下手について、聴いてみた。するとその係の人は、公一に、次のように説明した。

歌うのは、病気を持った患者さんなので、まともに歌える患者さんはほとんどいないこと、患者さんはみんな、精神障害を持っているが、人前に出ていくことが、病気の治療に繋がること、多くの人と一緒にいることが、患者さんの精神安定に効果があること。

歌う患者さんの歌が拙いので、自分も歌ってみようという積極的な気持ちを促すことが出来ること。公一は係の人から、こんな説明を受けた。

公一は、自分が考え違いをしていたのに気が付いた。このカラオケは、歌を競うものではなく、あくまでも治療の一環であった。

公一の場合、入院してまだ日も浅い患者だったが、もう既に、『ソウ』の病気はほとんど消えてしまっていた。また、吉田さんも同様で、『ウツ』の病気は、改善されたとご自分で認められていた。

そのうちに、カラオケの後半が始まった。

# 第五章　愛に年齢差はない

　公一がそろそろこの部屋から出ようかと思い始めた時、彼女が公一の方を振り向いた。

「中山さん、ちょっと外に出ませんか。ずっと座っているのって疲れませんか。聴ける歌はもうありませんもの。次回のカラオケにまた来ましょうよ、さあ」

「ええ、じゃあ退出しましょうか。そう言えば、もう何人かいなくなっていますよねえ」

「そうですよ、さあ、出ましょう」

　そう言って二人は、階段を下りてグラウンドの方へ歩いて行った。時計を見れば、十時半を少々回っていた。

散歩するのにはちょうど良い時刻であったので、いつものように、楽しそうに会話しながら歩き始めた。

彼女が公一に尋ねた。

「以前にお話が中断していましたねえ。東京行きの帰りの新幹線で、ご一緒された女性とのお話、あの続き、覚えていらっしゃいますか」

「ええ、覚えていますとも。東京からの帰りの新幹線で隣に座った彼女との話ですよねえ。彼女が聞いた、なぜ僕が大学の先生になったかということですね。その理由は、もう以前にお話ししましたよねえ。先生になって面白かったことが色々とあったことも、お話ししました。その中で一番楽しかったことは、自由に好きな硬式テニスが出来たことだったんです。僕がそう言うと、彼女はちょっと失礼しますと言って、席を立って姿を消したものですから、もうそろそろかなと思って、話はこの辺で終わろうと思いました。

しばらくして戻って来た彼女の顔が、なにかしら、僕には青ざめているように見えたんですよ。それで彼女に聞いてみたら、お腹の調子が良くないらしくて、席をずらして座って静かに目を閉じているうちに寝てしまったんですよ。

これ以上彼女と話すのはよくないと思ったので、僕も一緒に目を閉じて横になりました。時間の経つのは早いもので、もう直ぐ小倉、というアナウンスがありました。僕も彼女もきちんと席に座り荷物を確かめ、下車する準備をしましてね、楽しかった東京旅行も、これで終了となってしまいましたよ。本当に、思い切って東京へ行って良かったと、自分で満足しましたよ」

「色々なことがあった東京旅行でしたね。帰りの新幹線でご一緒された女性も、お話を夢中になって聴かれたことでしょうね。私でさえ、何か不思議の世界へ導かれてしまったんですもの。これまでのご経験は、全てが一つの物語のようですね。

中山さんは、肺癌の手術を二度もされましたよね。また、その後遺症で苦しまれていますよね。なのに、ご自分でそれを克服されるために努力をして、散歩をなさってます。それでいて、普通の人では出来ない小説を書かれて、そのうえ小説が世に出ています。おまけに在職中にとても価値ある精密機械学会の技術賞を貰ったり、秀才が集まる大学の先生までされているんですから。外国にも行かれているし、テレビにも出演されていて、そしてこの東京旅行でしょ。運動神経も発達しておられるでしょ。お歌も素晴らしくお上手でいらっしゃるわ。もう、中山大先生は、とんでもない大変なお方なんですから。その上、ハンサムで、いい男で、カッコ良いんですもの。

私達二人の年齢の差は、二十五歳くらいですけれども、愛情に年齢差なんてありっこないわ。全く関係ないし、問題にもならないわ。私、中山先生のお嫁さんになりたい。中山先生を、こよなく愛していますから。そう、メチャクチャ死ぬほど好きです。だから、絶対に誰にも渡しません。中山先生は、もう、誰がなんといっても、私のものですよ。しっかり分かって下さいな、そこのところを。

私達、この病院を退院した後、直ぐに結婚しましょうよ。どちらが後になるかは分かりませんが、これは病院の先生と、ご相談しましょうよ。私は中山先生のお陰で、『ウツ』が改善され、よくなって来たと自分の心がそう言っています。だから退院は、そう遠くはないんじゃあないかと思っていますの。中山先生の方は、どうなんでしょう。まだ入院されてから、余り療養はされていませんよね。近々の退院は、むずかしいんでしょうか。まだ、一週間にも満たないんですもの。しばらく日にちが、掛かりそうなんでしょうか」

「まあまあ、中野さんは、色んなことを色んな風に、色んな角度から、ご自分で判断され、なおかつ、ご自分で決定されるんですから。僕は何と言ってよいやら、恥ずかしいやら、嬉しいやら、さりとて、矛盾した非常に奇妙な興奮が僕の身体の中を駆け巡っていますよ。

全くあり得ない状況が、不思議な段階で、思いもよらない方向へとまっしぐらに突き進んでいますよ、中野さん。僕はこの病院に入院してからまだ数日しか経っていませんよ。僕のこれまでのお話は、中野さんが元気になり、『ウツ』が消え去ってしまうことが、目的だったんですよ。その間、中野さんは僕のことを好きと言われましたよね。そして僕も、中野さんが好きと、確かに言いましたよ。それからまた、色んな話をして散歩もし、僕の歌を聴いてもらいましたよ。そして、カラオケで僕は『昴』を歌い、現在、こうして二人で歩いています。

そんな時に、中野さんは、僕に愛を告白されましたね。もし僕が、思慮分別のある正常な大人であるとすれば、中野さんの愛の告白を、恐らく一笑に付すでしょうね。ところが、さにあらず。僕は現在、通常の感情の持ち主ではないんでしょう、自分でも異常だと思いますよ。まともな心理状態を逸脱しているかも知れません。でも、それでいいのです、それで。それでとしか、言えませんよ。

中野さん、僕も貴女がメチャクチャ好きです。死ぬほど愛しています。貴女と、常に一緒にいたいですね。結婚したいですよ、結婚しましょう。これが、僕の貴女への想いの全てです。ですから僕に数日、時間を下さい。担当の先生に相談してみましょう。中野さんは、どうしますか」

「私、何と幸せなんでしょう。私の愛を、中山先生が受け入れられたんですもの。こうなれば、『ウツ』なんて、やってられないわ。もう、元気一杯だわ。先生の行かれるところなら、どこへでも行きますわ。私の方が先に退院すると思いますよ。明日先生に、お話をしましょう。そして、退院の許可が下りれば、直ぐに退院の準備をしましょう。

だから結婚式は、先生の退院を待って、行いましょうよ。私、いつまでも待ちますわ。内輪だけによる結婚式でも、私は構わないですよ。先生は、再婚になるんですものねえ。本当のことを言えば、私は結婚式を挙げなくてもいいとも思ってますわ。私も、婚期の過ぎている女ですもの。私達二人の愛がこれほど強ければ、もうそれだけで心の中では、二人は既に結婚しているんですもの。

あ、そうそう、私の実家の電話番号をお教えしましょうね。これから病室へ戻ってメモ用紙に書いて、昼食の時にそれをお渡しします。そうすれば、私が先に退院しても、電話でお話が出来ますわ。それと、私の両親への、二人の結婚の承諾は、私が説得しますのでご安心のほどを。これまでも私の両親は、私を信頼していますので大丈夫ですよ。

私は昨夜、実家へ電話をしましてね。病状が、急に改善してきていることを伝えたの。また、その電話で、先生への想いが強いことも、伝えていたんですよ。だから、我が家においては、二人の結婚はＯＫだと確信していますのよ。先生の方は、いかがですか。問題はおありになりませんよねえ」

「そうですよねえ。僕は現在独り身ですので、誰も反対する者はいません。ただし、僕自身に、問題があるかもしれませんね。と、言いますのも、僕は毎朝一回、必ず血痰が出るんですよ。これは、気にもしていないんですが、一ヶ月以上続くと、一応調べた方がいいのではないかと思ってるんですよ。だから、これも早いところ、けじめを付けておきたいんです。まあ僕の退院が、どうなるか、ですよね」

「そういったことなら、入院していても、外の病院の検査は受けられますのよ。外出許可証を貰えば、必要事項を書いて提出さえすれば、明日にだって検査をされる病院へ行けますわ。これから、ナースステーションへ行ってみましょうよ。早くう、先生」

「ええ、そういったことが出来るんですか。じゃあ、行ってみましょう。すみませんねえ。おかしなことをお聞かせしまして。宜しくお願いします」

　公一と彼女は、グラウンドから病棟の玄関に、戻って来た。

　スリッパに履き替えた二人は、階段を上がってナースステーションへやって来た。

公一は勤務中の看護師さんへ、先程彼女から教えて貰った外出許可証の発行を、お願いした。

看護師さんは、公一に目的と場所と日時を聞いた。公一は、目的と場所は分かるが、日時が不明であると話した。日時は、検査をする病院の意向を聞いてみなければ分からないことを告げた。

すると、その看護師は、それが分かった時点でもう一度来て下さい、とのことだった。

さしもの彼女も自分のことではないので、病院へ電話をして貰って検査の日時を調べるようにアドバイスした。

彼女は公一に、検査をする病院の電話番号を知っているかどうか訊ねてみた。当然、公一が知っているわけがなかった。

しかし病院の電話番号は、病院の診察券を見れば分かる。ここで公一は、その病院の診察券を、持って来ていることを思い出した。

自分の病室に戻り、定期入れに入れておいた病院の診察券を持ってナースステーションへ向かった。彼女は、その横で、公一を待っていてくれた。

「病院の診察券はどうでしたか」

「ああ、ありました。定期入れの中に入れていましたよ。でも僕は現金もテレフォンカードも持っていないんですよ。これじゃあ、電話は掛けられませんよねえ。もし、中野さんがカードをお持ちなら、貸していただけませんか」

「ええ、持っていますよ。昨日も使いましたので。ちょっと待ってて下さい。直ぐ持って来ますので」

　彼女は急いで自分の病室へ行き、テレフォンカードを持って戻って来た。公一は、けげんな顔をして彼女に質問をした。

「ところで中野さん、電話はどこにあるんですか。ちょっと見たところ、この辺りにはありませんよね」

「それはそうですわね。そこの角を右に入ったところに、公衆電話は置いてありますよ。分かりにくい所ですよねえ。さあ、一緒に行きましょう」

　二人は思わず手をつないで、公衆電話の場所へ向かった。公一は、公衆電話で、S医科大学の第二外科の外来の係へ、繋いで貰った。

　そこで公一は、自分はそこで肺癌の手術をしたことがあり、最近血痰が毎日出ることを告げ、その検査を行いたいことを話し、この検査はいつ行って貰えるのかをたずねた。

　看護師は、少し待つように告げて、いったん受話器を置いた。公一担当の医師へ公一の症状を告げた看護師は、医師の決めた日時を告げた。この日時を了解して予約することができたので電話を切った。

公一は再びナースステーションへ彼女と行った。

「済みません。先ほどの患者なんですが」

「ハイハイ、先程の外出許可証の件ね。それで、日時は分かったの」

「ハイ、電話で聞いて分かりましたので、宜しくお願いします」

「じゃあ、これに必要事項と食事の有無を記入してちょうだい」

その看護師は、公一に外出許可証の用紙を手渡した。用紙を受け取ると、側にいた彼女はそれを覗き込み、記入の要領を次々と示し始めた。

「ここはですねえ、何日何時から何日何時まで、なんですよ。来週の三日間なんですね。ここは、行く場所なんですよね。S医科大学なんて、言ってましたわよね。大変な病院なんですね。第二外科とも言ってましたわねえ。この科で、肺癌の手術をされたんですよね、確か。それからここは、目的を書く欄なんです。でも、先生、血痰って、どんな検査をなさるんでしょうねえ。まさかこの検査で、おかしなことにはなりませんよねえ。そうですよねえ。絶対に、そうですわ。私……心配になって……来ましたわ」

そう言うなり、彼女は後ろを向いて、二、三歩離れた。その目には、大粒の涙が溢れ出て来た。

公一はそれには全く気が付かず、用紙に必要事項を記入していた。書き終わって、用紙を提出し、彼女の方を向いた。

公一は、彼女が泣いていることをまだ知らない。ほっとして、彼女の方へ近づいた。公一は、彼女の前に行って初めて彼女が泣いていることに気が付いた。

彼女は、自分の前に公一が来るなり、彼の胸を両手で叩きながら、ワッと泣き出してしまった。

「もう、私……私、どうにかなりそう……どうしたらいいの、私……」

公一は、慌てて彼女をなだめにかかった。

「どうしたのですか、中野さん。なぜ泣かれるんですか。僕がなにかよくないことを言いましたか」

「そうじゃないんです。ただ、先生の血痰の検査のことが、急に怖くなりましたの。検査の結果が気になりまして。どうしましょう、私。でも、大丈夫ですわよね、きっと。そうです、そうですと言って下さいな。先生ったら。もう私、もしものことがあったらと思うと、心配で心配で。もう、泣けて泣けて、怖くて怖くて、涙が止まらないわ。どうしましょ」

「ええ、ええ。大丈夫ですとも。そんなに泣かないで下さいよ。涙を拭いて下さい。中野さんがご心配なさるようなことは、ありませんから。ただ、喉から内視鏡を入れて、気管支のどこから血が出ているかを調べるだけですよ。僕は気管支拡張症なんです。それと、身体のX線断層写真CTを撮る日にちを決めるだけなんですから。

　CTは、また別の日になります。恐らく、退院してからになると思いますよ。だからCTは、かなり先のことなんですよ。だから中野さんは、安心していていいんですから。ほら、涙を拭いて笑って下さいよ。こんなに奇麗な中野さんのお顔が、台無しになってもいいんですか。超美人の中野さん」

「もう、そんなに茶化して。先生のイジワル！　知らない知らない、知らなーい。本当に、知らないんだから。私がどれほど先生を愛しているかを。もう、とろけるほど一緒に死んでしまいたいほど好きなんだから。

　だから私、神様に祈りますわよ。心から祈りますわ。血痰が、何かの病気の症状でないように、お祈りをしましょう。先生も、ご自分でお祈りをして下さいね。しっかり祈って下さい。二人で祈れば、神様も私達のお祈りをお聞き届けて下さることでしょう。きっと、お聞き届け下さいますよ。そうしましょう。これから一緒に、食堂へ行きましょうよ。食堂なら、今は誰もいないはずなんですから」

「そこまで想っていただけるとは、男性の僕としては幸せの極みです。じゃあ一緒に食堂へ行ってお祈りを捧げましょうか。申し訳ありませんよね、中野さんにそこまでしていただいて」

「いいえ、いいえ、そんなことはありませんよ。先生は、私にとって大切なお方なんですから。最愛のお方なんですから。これから先私達二人は、人生を一緒に歩んで行くんですから。さあ、急いで行きましょう、食堂へ」

二人は階段を下りて、直ぐ横にある食堂へと入った。彼女の言った通り、食堂には誰もいなかった。二人は一番奥に行って、向かい合って椅子に座った。

彼女は両手を前に差し出し、公一にも同様に両手を前に出すように促した。二人は、両方の手の平を合わせて、目を閉じた。そのままの状態を続けながら、神への祈りを始めた。公一の血痰が、何かの病気の兆候でないことを一心に祈った。

必死で祈っていると、不思議なことに二人の手の平に汗が滲んで来た。その汗が、やがて手首にまで滴ってきた。それでも二人は目を閉じて祈り続けた。

どのくらい祈ったのだろう。食堂にスリッパの音がしてきた。

患者さんが少しずつ、入って来る時刻になっていた。二人は、はっとして合わせていた手を引いた。

それぞれ自分の病室へ戻り、箸を持って再び食堂へ来た。食膳を、同じ一番奥のテーブルの上に置いて二人は向かい合った。二人は、両手を合わせてから食事を始めた。

よく見ると、今日の昼食にも野菜サラダが添えられていた。彼女は、公一がこの料理をどのように手を付けて行くのかを、静かに見守っていた。もし公一が野菜サラダを食べなくても、もう何も言わないことにした。

彼女の頭の中は、公一の血痰のことだけで占領されていたからで、もう野菜サラダなんて、お好きなようになさいませ、といった心境でもあった。

ところが、あにはからんや、公一は野菜サラダから食べ始めた。そして全てを食べ終えてしまった。その様子を見た彼女は、

「何ということでしょうか。最初に野菜サラダを召し上がるなんて。もう私、これからは、先生にお食事のことは何も申しませんよ。今まで色んなことを申しまして、本当にご免なさい。反省していますわ。でも、召し上がられて本当に嬉しいわ、私」

「野菜サラダは中野さんのお陰ですよ。一応、食べることが出来るようになったんですから。まあ、健康によいとなれば、より一層ありがたいことですよ。感謝します」

二人は再びゆっくりと食事をしながら、時々目と目を合わせ微笑み合った。

食事時間が、三十分を過ぎる頃から、食堂の患者は少なくなって来た。三十五分以後になると、二人以外、もうどこにも患者はいなくなった。

食事を済ませた二人は、食膳を元へ戻して再びもとのテーブルに座り、今後のことについて話し始めた。

「ご免なさい、中野さん。僕のことで心配をかけてしまって。でも、心配するほどの検査ではありませんので、本当ですから。これまで胃カメラを飲まれたことは、ありませんか。僕は、何度も胃カメラを飲んだことがありましてね。これは、横に寝て内視鏡を口から入れるんですよ。勿論、入れる前に麻酔液を飲みますので、痛みは、ほとんど感じないんです。血痰の検査は、椅子に座って、気管支のどの部分から出血しているのかを見る検査ですので、心配は要りませんよ、安心して下さい。次の週のCTの検査も、心配は要りませんよ。何度も行っている検査なんですから。

それから僕の退院のことですよねえ。数日前に入院したばかりですので、即刻退院ということには、ならないと思うんですよ。入院する時は、取りあえず三ヶ月ということだったんです。だから、そうですねえ、最低、一週間くらいは入院していないと、おかしなことになりますよねえ。

明日、先生に聞いてみましょう。その時に、僕が正常な人間になっていることを、ハッキリと証明してみせますよ。それから、中野さんの場合、僕の見る限り、もう心身ともに健康で、明るく朗らかな女性に変貌しているんですから。ごく近い将来の退院は、間違いないことでしょうね」

「あら、そうかしら。なんて言っちゃって。それもこれも、中山先生にお会いしたことが、全ての始まりですわ。神様が私達を見合わせてくれたんだわ、きっと。二人のニラメッコが、私を根本的に、精神面と肉体面を変貌させてくれましたのよ。このニラメッコで私は、自分に自信が持てるようになりましたもの。それから、色んなお話とご経験をお聞きして、人間の可能性の素晴らしさというものを、再認識させられましたわ。これは、私が生きて行く上での大いなる指針であり、貴重な財産でもありますのよ。

だから、私の『ウツ』は、もうすっかり卒業してしまいましたわ、先生のお陰で。明日、先生に退院の日取りを決めて貰いましょう。また、先生の検査のこと、安心いたしましたわ。あの時はもう、心配で心配で、怖くて怖くて、涙が溢れて仕方がなかったの。ご心配をお掛けして済みませんでした。お許し下さいませ」

「ああ、中野さんが笑ってくれましたね。僕はそれが一番嬉しいんですよ。そして、その時の中野さんが、僕は大好きですから。やっぱり女性は笑顔が一番ですよ。じゃあ、気分も晴れたことだし、午後の散歩と行きましょうか」

「そうですねえ。それがいいですわね。私、これから着替えて来ますので、先生も」

「はい急いで着替えましょう。じゃあ、グラウンドで」

そう言って二人は食堂を出て、自分の病室へ、戻った。散歩用の衣服に着替えた公一は、グラウンドへと向かった。

彼女は、既にグラウンドに出ていて、軽い準備運動や柔軟体操をしていた。公一の姿が目に入った彼女は言った。

「ようこそ、おいでなさいませ」

「ありがとうございます。中野さんは、本当にお元気になりましたねえ。以前と比べますと、まるで別人のように溌剌としていますよ。それに今日は天気が良いので、一層奇麗に見えますよ。本当に超美人ですねえ」

「まあ、何という見え透いた嫌味。そんなことを言われる先生って、なーんてハンサムでカッコ良くて、スタイルが抜群なんでしょう。とでも言わなければ、釣合いが取れませんことよ。でも先生は、本当に、素敵な男性なんですものねえ。私、そんな先生が大好きなんだから。そして愛してるんだから。だから結婚するんだもん。もう私、独りじゃあないんですもの。これからは、二人の人生！　そうですよね」

二人の楽しそうな散歩が、始まった。歩きながら公一は、穏やかな調子で彼女に話をした。

「これからは二人で、心を一つにして生きて行くんですよ。でも今すぐ、という訳には行きませんよね。中野さんの退院は、恐らく一週間以内でしょうね。だから、中野さんには問題はありませんよ。ただ僕の方には、幾つかの段階がありますよね。血痰の検査の件と、ＣＴの検査の件、後遺症と退院の件ですよ。これらは僕の問題なんですが、検査の結果次第で、今後どのようになるかが、よく分かりませんよね。これだけはご了承下さいね。

スケジュール的に、中野さんにご迷惑をお掛けすることになると思いますので、そこは許して下さい。でも、二人の結婚については、決して裏切るつもりはありませんのでご安心下さい。これ、本当なんですから」

「ええ、信じていますとも。検査が上手く行きますように神様に祈っていますよ。私、全く心配はしていませんよ。だって、こんなにお元気に、私と散歩をされているんですもの。絶対に、検査は異常なしなんですから。もし万が一、何かがおありの時は、私が付いておりますのでご安心して下さいな。いつでも、飛んで参りますわ。ずっと先生のお側で、付き添いをさせていただきますので。これ、本当なんですから」

「嬉しくてありがたいですね。もし僕になにかがあれば、その時は優しく見守って下さい。これ、少々甘えたお願いっていうところですかねえ」

「いいですよ、いいですよ。しっかり甘えて下さい、私めに。将来、夫となる先生へ尽くすことは、当然、私が行うべきお勤めでございますもの。喜んでお世話をさせていただきますわ。先生の好まれることならば、何でもいたしますので、お申し付け下さいませ」

「はい、ありがとうございます。その際には、宜しくお願い致します。ところで、中野さんのことなんですけれど、どのくらい入院しているんですか。もう長いんでしょうか。最初にお会いしたあの時の様子から見ますと、何ヶ月かは入院されていた感じでしたので」

「私、先生にお会いするまで、五ヶ月半くらい入院していましたのよ。結構長いでしょ。その間、私毎日が憂鬱で、生きるって何でしょうってことばかり考えていましたの。だから、心が暗くなって気が滅入ってしまい、一日が本当に長く感じられていました。そんな時なんです。中山先生に、お会いしたのは。

　私はこの方は何と不思議な人なんでしょうと、あの時は思いましたよ。ニラメッコ後をしましたよねえ。不思議と真面目に、一生懸命にニラメッコをしましたよねえ。後でもう、可笑しくて可笑しくて。でもこのお方は、ハンサムで男前で、スタイルが良くて、多くの経験をされ、頭脳明晰でいらして。こんな先生に、夢中になるなと言うのが無理な話ですよね。すっかり先生のとりこになってしまいましたもの。おまけに気が付くと、『ウツ』なんて、あっという間に消えてしまいましたのよ。なんとほんの数日で、『ウツ』が、治ってしまったんですもの。おかしな話ですよね。おまけに、しばらくして私、先生の奥様になることが決定してるんですもの。嬉しい限りでございます、はい。愛していますわよ、先生！」

「ヘエー、五ヶ月半も、入院しているんですか。凄いものですねえ。一年の約半分ですからねえ。大変だったでしょう。クリスマスも正月も、病院で過ごしていたんでしょう。寂しい時もあったでしょうね。でも、もう少しで退院ですから、よかったですねえ、長かったから。おめでとうございます。なにかお祝いをしたいと思っていますので、ご希望の品を言って下さいよ。来週、外出許可された時に買って来ますので、何でも言って下さい」

「まあ、嬉しいわ。何でも買っていただけるなんて。では前から欲しかった物があるんですのよ。そう、それは、どんな時にも身に着けられる物。先生、それは白い真珠のネックレスなんです。いかがでしょうか。私達の結婚式にも使えるでしょ。それだけではなく、色んな式に呼ばれた時にも使えますよねえ。真珠は品があり、格調が高いですからね。でも、少々高価なことが、気になりますわねえ。難しいでしょうか」

「まあ、そうお気になさらないで下さいよ。大丈夫ですから。余り良いものではないかも知れませんが、お気に召しそうな真珠を買って来ましょう。でもよく考えますと、その時はもう、中野さんは退院されていますよねえ。ああ、どうしよう。ウーン、あっそうだ。電話ですよ。前に電話番号を、教えていただきました。中野さんに電話をしましょう。それで、中野さんのご都合の良い日を教えて下さい。恐らく僕は、まだしばらくは病院にいますので、いつでも結構ですので、こちらへいらして下さい。素敵なプレゼントとなれば、僕は嬉しいですよね」

「もう、もう。私、何と素敵な男性と巡り会ったんでしょう。そうなんです。私、先生とお会いするために、生まれて来たんですわね、きっと。そして、この病院に入院したことが、私の全てを良い方向に変えてしまいましたわ。これって運命的なものを感じますわ。そう、運命だわ。こういう風になることが、生まれた時から決まってしまっていたみたい。どう、どうです？　この、私の神秘的な運命論っていうか、何と言いますか、私達二人のこと。だから、先生からの私へのプレゼント、出来れば早く、ネックレスを着けた感触を肌で感じてみたいわ。似合うかしら、私に。どうかしら。どうでしょうか」

「きっと似合いますとも。中野さんは特別な美人だから、ネックレスを着けると、とても素敵な貴婦人ですよ。そんな中野さんを妻に出来ると想うと、言葉に尽くせないほど幸せで、夢のような気持ちがしてきます。

中野さんにとって私達の結婚は、当然初婚になりますよねえ。でも僕は二度目の結婚です。この最初の僕の結婚について、少しだけ、お話ししておかなければなりませんよね。中野さんも聞きたいでしょうね、恐らく。実を言えば、僕は離婚なんて、夢にも考えていなかったんですよ。当時僕は、実家にいて、寝たままの生活だったんですよ。僕は寝ていて、少しでも身体を動かすと、胸に激痛と締め付けが走っていたんですよ。寝ていても、動くことすら出来なかったんです。もっと言えば、生きた屍だったんです。そんな時に、元の妻が僕の枕元に来て、そこで土下座をして離婚を迫って来たんですよ。僕との結婚生活は出来ないと考えたんでしょうね。普通の夫婦の場合、そんなことは、絶対にあり得ないんですがね。苦しんでいる夫を、妻が見放すなんていうことは。

それだけではなく、僕の枕元で捨てゼリフを吐いたんですよ。その言葉が、僕に離婚を決意させたんです。もう、この女はダメだと。でも、この離婚が、僕の人生を激変させましてね。何故なら、絶対に死んでたまるかと思う気持ちが、僕を死の淵から蘇生させてくれたんですから。

　というのも、僕はその時に、一旦死んだんですよ。死んだと思ってＳ医科大学病院の担当医に、Ｋ大学病院の麻酔科蘇生科へ行けるよう、紹介状を書いて貰ったんです。その病院の麻酔科蘇生科の先生が、種々の薬を検証されて、僕の命を救ってくれましてね。Ｇという薬が、僕の後遺症に有効であることが分かったんです。この先生のお陰で、この世に蘇生しましたよ。もし離婚していなければ、Ｋ大学病院なんて、考えも及ばない病院ですから。

　こういったことも含めて、今では僕は、元の妻に感謝しています。本当に、心から感謝していますよ。今の僕を見て下さい、中野さん。こんなに元気なんですから。あの布団の中で、ウンウン唸って、もうあの時は、死ぬのを待つだけだったんですから。もし、離婚をしていなければ、彼女に甘えながら、そのまま死んでいたでしょうから。それほど僕の身体は瀕死の状態だったんです。不思議なもんですよねえ。そんな僕が、健康になり、自由になり、したいことをして、何よりもこうして中野さんと再婚しようとしています。こんなに幸せになって、元の妻に悪い気がして、感謝をしなきゃあと、今では思っているんです」

「あのう、元の奥様は、今、何かお仕事をなさっているんですか。お元気なんですか。再婚は、されているんですか。どこにお住まいなんですか。お子様はどうされているんですか」

「びっくりしないで下さいね。実は僕が彼女に対して、裁判を起こそうとしたことがありましてねえ。裁判前の調停作業が不調に終わりましたので、さあこれから裁判だと思ったんですがねえ。これは、娘に強烈に泣かれまして、やむなく裁判は止めました。

現在彼女は、どこかで働いていると言っていました。身体がきつい仕事と言ってましたよ。再婚は考えていないとのことでした。住まいは、僕が建てた家に今も住んでいますよ。恐らくこれから年を取っていくと、寂しくなっていくでしょうね。ちょっと哀れで可哀そうな気がしましてね。でもまあ二人の子供が、彼女の所から車で三十分ほどの所にいますから、今は寂しくはないようですが。

子供は、二人とも結婚をしています。上の男の子は、公務員をしていますし、下の女の子は、看護師をしてるんです。だからまあ、今後については心配をしていませんから。中野さんよりも、十歳前後年下なんですよ。まだお若い、中野さんのような女性と結婚出来る僕は、なんて幸せな男なんでしょう。あっはっはっは」

「もう、先生ったら、そんな大きな声で悦びを表すなんて、私、嬉しいやら恥ずかしいやら、どうしましょう。恐らく、今のこの瞬間瞬間が、一番幸せです。特に私は、初めての結婚ですので喜びはひとしおですわ。本当は私達の結婚式を正式に挙げたいところなんですが、先生が二度目なので、この幸せに満ちた気持ちを、神様に感謝する祈りを捧げましょうよ。これが一番ですわ。式の費用も、全く掛かりませんからね。いかがですか」

「そうですよね。確かにそれも考えられますよね。でも、中野さんは、それでいいのですか。何か悪い気がしてるんですよ。僕は大金は持っていませんが、百万円や二百万円ならいつでも自由になります。だから内輪でだけでも式を挙げませんか。中野さんのご家族と、僕の家族だけでも祝ってくれれば、私達はこの上もない幸せと思いますがどうなんでしょうか。この計画、どう思われますか。お考えを聞かせて下さいよ、中野さん」

「先生の言われることも、ごもっともですよねえ。でも私は結婚式なんて、全く考えていませんもの。二人で神様の前で、感謝のお祈りをすることで十分なんですから。だから式にお金をかける必要は、全くありませんもの。私は、もったいないと思いますのよ。そのお金は、何か本当に必要になった時に、使うことにしましょうよ。これが私の考えなんです」

「そうですか。中野さんのお気持ちが、十分分かりましたよ。そのご意見を尊重させていただきましょう。じゃあ、二人でどこかの教会へ行きましょうよ。そうなると、どこか教会を探さなければなりませんね。お先に退院される中野さんが、教会を探していただければありがたいんですが。僕も調べてはみますけれど。それから僕の両親は、既に他界していますが、中野さんには、ご両親がおられますよねえ。だったらご両親だけは、結婚式にご出席願いましょう。やっぱりご両親は、可愛い娘さんの幸せな結婚式を、心から祝福したいでしょうから」

「そうですねえ。その方が、親孝行になるかも知れませんよね。一つの儀式ですから。このことは、退院してからゆっくり両親と話し合ってみますね」

「色々お話をしていたら、結構時間が過ぎてしまいましたね。そろそろ三十分になりますので、この辺で、今日の散歩は切りあげましょうか。次は、夕食の後、食堂でゆっくりお話ししましょう」

「ええ、そうしましょう。じゃあ散歩はこれでお終い。病室へ戻りましょう。今度は先生がお先に、病室へお戻り下さいませ」

「じゃあ、そうさせて貰いましょうか。ではこれで失礼します」

二人はグラウンドで別れ、時間をずらして病室へ戻った。

# 第六章　ウツの克服のために

ふと気が付くと三時十分だったので、風呂に入ることとした。

着替えやタオル類を洗面器に入れ、病室を出て、廊下を歩いてナースステーションの横にある階段を下りて、少し行くと浴室があった。

脱衣所で衣服を脱ぎ、体重を量った。六十八キロであり、今後どう変化していくかを、確かめようと思った。

風呂場に入ると、既に二人の患者さんが湯船に浸かっていた。公一は、自分が入ると少し窮屈な感じがしたので、先に身体を洗い始めた。身体を洗い終える頃には、二人の患者さんは既に上がっており、隣の脱衣場で、話し声が聞こえた。

公一は安心して、お風呂の中へ入った。何となく気持ちがいいので、中野さんのことを想い、自分の幸せにニンマリしながら一人笑いをして、この日の入浴を、心から楽しんだ。

そんな時に、別の病室の患者さんが、二人で浴場に入って来た。現実に引き戻された公一は、慌ててお風呂から出た。拭いた身体から、汗が吹き出て来たので、公一は何度も身体を拭き直した。

廊下を歩いていると、看護師さんとすれ違った。その時、看護師さんは公一を見て、すれ違い様に、何とにやっと笑って、ウインクをして来たのである。

公一は、ヤバイ、と思ったが、いつものように静かに廊下を歩いて、自分の病室へ戻った。

病室に戻ると、同室の前の患者さんが、中野さんという娘さんが本を返しに来たと言って、公一に本を差し出した。この患者さんは、この本の作者が中山公一となっているのを見たらしくて、公一に、

「この中山公一というのは、ヒョッとして、中山さん、あなたのことなんですかねえ」

「ハイ、恥ずかしながら、僕の本なんですよ」

「ヘエー、中山さん、あなたもやるもんですねえ。凄い人なんですねえ。こりゃあ、

中山さん、あなたは先生ですよ。これからは先生と呼ばせて貰いますよ。こんな近くに、こんな人がおられるとは、これも何かの縁でしょうよ。まあ、今まで以上に、宜しくお願いしますよ」

「先生だなんて、そんな風に言われますと、僕も困ってしまいますよ。普通に僕の名前で呼んで下さい。その方が、気楽にお話し出来ますので。こちらの方こそ、宜しくお願いします。ところでお名前は佐藤さんですよねえ。佐藤さんは、この病院に入院されて長いんですか。それからもう一つお聞きしたいんですが、面会のことなんですよ。面会の場所や日取りや、時間は決まっているんでしょうか」

「ハイハイ、先生。私はもう約一年になりますよ。『ウツ』が、なかなか治らないんですよ。まあ、ベッドで寝たり起きたりの毎日でしてね。時々散歩もしますが、気晴らし程度でして、ほとんど病室に篭りっきりですね。ここでは、雑誌を売店で買って来て、時々読んでいますが。この雑誌を、外界との窓口にしているようなもんです。新聞も取っていませんしね。だから、一日がとても長く感じられます。昔は仕事が忙しくて、時間なんて、あっと言う間に過ぎていましたがねえ。ここでは全く逆な生活ですよ。

それから面会のことですけど、毎週、日曜日の午前十時から十二時までと、午後二時から四時までの二回ですね。まあ、ご家族の人に知らせておいた方が、何かと便利ですよ。色々と足りない物が、これから出て来ますので、ご家族の誰かが、面会時にそれを持って来てくれると、助かりますよ。私の場合、洗濯物の下着を、妻に取り替えに来て貰ってますがね。ほとんどの患者さんは、この病棟の洗濯機と乾燥機を使っています。洗濯機の使用料は無料なんですが、洗剤は自前ですよ。乾燥機の方は、結構電気を食うらしくて、一回につき百円硬貨が一枚いります。それと、その二つとも自分の名前の書いたカードが要りますので、看護師さんに作って貰ったらいいですよ。洗濯機と乾燥機のいずれも、横に、カード掛けが付いていますので、使用する時には、必ずカードを忘れないようにすることです」

「ところで佐藤さんは、『ウツ』と、言われましたよねえ。僕の知っている人で、吉田さんという女性がいるんですよ。この病棟内の女性なんですが、やはり『ウツ』だったんです。それが、ある書物を読むことで、その『ウツ』が一遍に消えてしまって治ったとのことです。不思議ですよねえ。佐藤さんは、神田満という方をご存知ですか」

「ああ、名前だけは知っていますが。どんな人かは、よく知りませんが」

「もし宜しければ、吉田さんとお話をしてみませんか。なかなか面白いことを聴かせてくれますよ。いかがですか」

「そうですなあ、女性の話なら、聞いてもいいですよ。まあ、どんな話か楽しみにしましょうか、先生のお勧めだから」

「なかなか元気のあるご婦人ですよ。恐らく楽しい面白い話が聞けると思いますよ。明日にでもお話が聞けるよう、吉田さんに頼んでみましょうか。明日は空いてますか、いかがですか」

「ええ、まるまる空いていますよ。いつでもこちらはＯＫですから」

「では、明日ということで、彼女に声を掛けてみましょう。夕食の時に、彼女を見つけてお願いをしてみます。恐らく彼女も、ご自分の経験と、心のあり方の変化などを話してくれると思いますので」

　二人が話していると、室内のスピーカーが夕食を知らせた。

　公一は佐藤さんと一緒に、病室を出て、食堂へ向かった。ちょうど二人が、階段を下りようとした時、例の吉田さんが、向こうからやって来た。とっさに公一は、佐藤さんを吉田さんに、紹介しようと思った。

「吉田さん、この方、実は佐藤さんと言われまして、ちょっと吉田さんにお願いがあるんですが」

「えーと確か、中山さんって言われましたわねえ。どんなことなんでしょう。私でよければ、なんなりとおっしゃって下さい。あの時のお礼もしていませんので」

「この佐藤さん、僕と同室の患者さんなんですよ。『ウツ』で、入院されていましてね。入院がもう一年にもなるって言ってましてね。ならばと思い、吉田さんのことが頭に浮かんだんですよ。もし宜しければ、佐藤さんと、『ウツ』の克服方法について、お話ししていただけませんか。例の神田満先生の教えのサワリ程度からでいいと思うんですよ。その後、少しずつステップアップして貰えば、理解し易いと思いますがいかがでしょう。お願い出来ますか、吉田さん」

「そうですねえ。中山さんからのご依頼であれば、お断り出来ませんわ。神田先生については、私よりも詳しいんですもの。私の経験ということであればいつでも宜しいですよ」

「それでは、お二人で日時を決められて、お話をされたらどうでしょうか。今夜でも明日でも」

「そうですねえ。吉田さんの都合は、いかがですか」

「明日の午前十時くらいでは、どうでしょう」

「こちらは、教わる方なので、それで宜しくお願いしますよ」

「じゃあ、決まりましたね。これで恐らく、佐藤さんの人生観が変わって来ますから、間違いなく」

「あら、中山さん。私を買いかぶらないで下さいよ。人生観とは、言い過ぎですよ」

「いいえ、とんでもございませんよ。吉田さんのお話には、説得力がありますから。それを、僕が一番よく知っていますので、佐藤さんを宜しくお願いしますよ」

三人は揃って食堂へ向かった。

公一は、食堂の中を見渡してみた。おかしなところに座っている彼女を、見つけた。何と彼女は、一番前の中央のテーブルの椅子に座って、お淑やかに食事を始めているではないか。

公一が先に、彼女を見つけた。公一が食堂へ来たことにまだ気づかない。

彼女の視野に入る場所で、公一は一瞬立ち止まった。

ゆっくり微笑みながら、彼女が自分を意識したことを確かめてから、空いているテーブルへ行き、何ともなかったように空々しく食事を始めた。

幸か不幸か今夜の夕食には、嫌いな野菜サラダがメニューには入っていなかった。ゆっくり食べようと思った公一は、彼女の方が早く食べ終わって、自分のところへ来るものと決め込んでいた。

ご飯にふりかけをかけながら食べていたので美味しくて、知らず知らずに、三分の二ほどを食べ終えた。テーブルからは、彼女は、見えなかった。おかしいなあと思いながらも、公一はもう、無意識のうちに、食べ終えた。公一は食膳を持って、わざとユックリ彼女のいるはずの、テーブルの前を行ってみた。

ところがである。何と、彼女は夕食のテーブルにいない。

ガッカリした公一は、取りあえず食膳を戻して食堂を出ようとした。

と、その時、ある女性が、後ろ向きに立っていた。よくよく見れば、誰あろう、その女性こそ彼女自身なのであった。

公一は、怒る気持ちと嬉しい気持ちと感謝の気持ちが、いっしょくたになってしまった。

何が何やら、さっぱり分からなくなってしまい、もうどうしようもないと、観念した公一は、彼女に接近し、耳元でそっと囁いた。

「大好きな中野さん、待たせてご免なさい」

「私こそ、ご免なさい。私、食事を終えた後、じっと一人でいるのも変だと思いましたの。それで、食堂の出口で待っていようと考えましたのよ。ここならば、私の旦那様の中山先生に、必ずお会い出来るはずと思いまして。でも、ただ立っているのは、女性として品がないと思ったものですから、後ろ向きになっていたのです」

「そうでしたか。かえって気を遣わせてしまったようですね。僕はまだ食事をしているものとばかり思っていたので、中野さんのいたテーブルの前を、わざと通ったんですよ。すると、もういなかったのでビックリしました。どこに行かれたんだろうと気をもんでいたんですよ。すると、食堂の出口に、それらしき人が立っておられるので、二度びっくり。ああ、やっぱり中野さんだと、直感しました。中野さんの着られているパジャマ、上が赤で下がグレーですよね。だから、中野さんと確信しまして、耳元でささやいたんですよ」

「嬉しかったわ。やっぱり私の夫の大先生ですわ。女性へのお心遣い、流石ですわ。じゃあ、食堂でまたお話ししましょうよ」

# 第七章　退院をめざして

　二人は一緒に食堂に入り、いつもの一番奥のテーブルに座った。

「私、明日、ここのお医者様と、退院についてのお話をいたしますのよ。その時に、私の両親も同席しますの。その退院のお話が済みましたら、先生、私の両親にお会い下さいまし。母はとっても優しいわ。そして父は、昔気質ですけれども、実直な人なのです。ともに悪い人ではありませんので、ご心配やお気遣いはご無用でございますのよ。私の先生を、煮たり焼いたり、食ったりは致しませんので、ご安心のほどを。いかがでございますか、私の大先生」

「ああ、そうですか。ご両親もねえ。それじゃあ、お会いしない訳にはいきませんよね。そういうことになりますと、二人の間の結婚の話が、いよいよ現実味を帯びて来ましたよねえ。胸がドキドキして来ましたよ。ちょっと待って下さい。明日でしょ。中野さんのご両親とお会いする際に着る正装の服らしきものは、この病院へは持って来ていませんよ、僕は。ほんの普段着で入院したんですから。どうしましょうか、中野さん」

「そんなこと、お気になさらなくても結構ですのよ。一切お気遣いされなくてよろしゅうございますことよ。私の両親こそ、飾り気のない自然なありのままのほうが、受け入れやすいんじゃあないかと思います。だから先生は、普段着で十分ですの。内々のお話なので、明日は、顔見せと自己紹介くらいで、十分だと私は思ってますの。ただ、これだけははっきりさせておこうと思いますわ。二人の結婚の了承の件ですよ。これがないと先に進めませんから。だって、私、絶対に愛する先生と結婚するんだもん」

「そうですねえ。そういうことならば、明日、ご両親にお会いいたしましょう。僕をまず知っていただくことが、二人の結婚のスタートとなりますから。じゃあ僕は、普段着でお会いしますよ。でも、本当はちゃんとした服装で、お会いするのが筋なんですから、僕としては不本意は不本意ですよね。そこのところ、明日、中野さんがご両親にお会いになられている時に、それとなく、お話ししておいて下さいね。宜しくお願いしますよ。そうでないと、ご両親は僕のことを、非常識な男と思われるでしょうから」

「ハイハイ、大先生様の言わんとするところ、よく分かりましたわ。しっかり両親に伝えておきますからご安心を。ところで、私の『ウツ』は、先生が治して下さいましたわ。その先生のほうの『ソウ』は、もう消えてしまいましたわよねえ」

「入院して、まだ一週間にも満たない僕自身が、吉田さんを知ることによって、人として生きる道筋が、正しい方向に向いていなかったことに、気が付いたんですよ。早い話、心を正して生きて行けば、自ずから、人生は開けて行くことを、感じとった次第です。だから僕の入院も、そう長くはないでしょう。僕の場合問題なのは、ただ血痰だけですので、ご心配には及びません」

「でも、万が一、それが病気の症状だとすれば、どんな病気が考えられるんでしょうか。それだけは知っておかないと、私、とても不安ですのよ。先生、いかがなんでしょうか」

「そうですねえ。僕は、会社へ入る時の健康診断で、心臓に不整脈があることを指摘されましてね。これは、脈拍が一定でない症状なんですよ。この不整脈は、僕の家の家系なんです。だから、僕自身は心配していません。でも、内科の先生が、不整脈の場合、心臓の中で、血液が固まる可能性があり、もしそうなると、血液は当然、脳へも流れますので、脳の血管を固まった血が塞いでしまう、ということも、なきにしもあらず、と僕に忠告をしましてね。そこで、血液が固まるのを防ぎましょう、ということで飲み始めたのが、通常、血液サラサラ薬、Wという薬なんです。この薬は、五十五歳前から飲み始めましてね。この薬を飲むと、例えば注射をすると、血液が止まりにくくなるんです。また、手術をする際にも、一週間前から、Wの服用は、禁止されるんです。まあ僕にとって、この薬は、御守りのようなものです。

そこでですよ、話を最初に戻しまして、血痰のことですが、僕が思うに、気管支辺りに支障があるようです。そもそも僕は、気管支拡張症なんです。これは、気管支が広がっていますので、何でもかんでも、吸い込んでしまうんです。だから、セキやタンが、出易いんです。それで、気管支の一部分に傷が出来、その傷から出血し、血痰となるんでしょうねえ。僕は、そう思っています。肺癌の兆候という方もいますが、血痰には、鮮血の場合と、そうでない古血の場合がありますから。鮮血の場合は、肺癌の心配は全くありませんね。でも、鮮血でない古血の場合には、要注意なんです。だから、僕の血痰は、大病ではございませぬゆえ、ご安心下され、中野殿」

「まあ、先生は、よくご存知なのですねえ。ご自分の身体のことも、心臓や薬のことも、血液や気管支のことも、肺癌のことも。やはり、私の旦那様は、世界一の『素晴らしき男性』ですわ。私、至上の悦びを感じますわ。本当に嬉しいやらありがたいやら、何と表現すればよいのでしょうか。これで私、安心いたしましたわ」

「それから中野さん。僕が再婚だということも、ご両親へお伝えしておくべきだと思います。一度離婚をした男が、厚かましくも、初婚の中野さんのような、超美しい女性と再婚するんですから。二人の間の年齢の差が、非常に大きいということなんですよ。恐らく、ご両親の年齢に、近いんじゃないかと思うんですよ。後で知ると、お互い気まずくなりますので。僕が、五十七歳だということを、事前にご報告しておいて下さいね。

　恐らくご両親としてみれば、もっと若くて会社でバリバリに働けるような男性を、望んでおられるんだと思いますよ。ところが意に反して、僕はその要求を満たしていませんよね。さらに、これが最も大事なことなんですが、僕が肺癌の手術を受けたことは、ご両親にしてみればかなりの不安材料となりますよね。だから、この二人の結婚について僕は、ご両親にゴリオシすることは出来ません。中野さんのほうが、時間をかけて、ご両親への説得をお考え下さい。もし、その説得に僕が必要であれば、いつでも出向きますので。明日の中野さんは、ご多忙になりそうですね」

「ええ、お陰様で。でも嬉しいわ、私。先生と絶対に結婚してみせますわ。こう見えましても私、押しが強いのよ、お家では。私の言うことなら、両親は何でも聞いてくれますもの。また、二人の年齢差も、恐らく了解の範囲だと思いますので。健康のほうも、私と散歩をなさっているんですよ。全く問題はございませんよ。明日が楽しみですわ。と、いうところで、今夜のお話は、この辺でお開きと致しましょうか」

「そうですねえ。今夜は、大事なことを色々とお話ししましたので、少しお疲れでしょう。病室で休まれて下さい。先に、中野さんの方から退出して下さい。僕はしばらくして出ますので」

「分かりました。じゃあお先に、失礼いたします、先生」

「失礼します、中野さん」

こうして彼女は、公一を残して、食堂から姿を消した。

公一は、五分後に食堂を出て自分の病室に戻った。この後は、自由な時間である。就寝の準備を終えた後、気分転換をするために、公一はグラウンドへ出てみた。

グラウンドに出てみると、誰かが一人で、歌を歌っていた。明らかに女性の声だった。思わず公一は、その女性に声を掛けてしまった。

「良い声ですねえ。思わずうっとりして聴いていましたよ」

「あら、そんなに言われますと、恥ずかしいです。でも私、歌が好きなんですよ。二日に一日は、夜、ここでこうして歌っています。練習のつもりなんですよ」

「始めまして。僕、中山と言います。気分転換のつもりで、ここに来たんです。すると、とても良い声で歌っておられるので、つい声をお掛けしてしまいました。済みません。お邪魔をいたしまして」

「どういたしまして。私、原田と言います。もし良かったら、貴方も歌いませんか。一曲でもいいですよ。歌うと気分が晴れますから、健康にも良いですよ」

「じゃあ、軽い気持ちで歌ってみましょうか。歌は、僕の若い頃のものしか知りませんが」

「どんな歌でも、良いじゃあありませんか。お好きな歌を歌うのが一番ですよ」

「それでは、布施明の、『霧の摩周湖』を、歌ってみましょう」

そう言ってから公一は曲の前半を口ずさんでみた。

「お上手、お上手、素晴らしいわ。お聴きしててシビレましたよ。ステキ。私なんかよりも、遥かにお上手じゃあないですか」

ありきたりの美辞麗句と思い、彼女と別れようとした。公一は、真っ暗なグラウンドを、軽く一周しようと思った。すると、歌っていた原田さんが公一に言った。

「もしよかったら、ご一緒させて下さい。男性は、若い女性ならばＯＫでしょうけれども」

「そんなことは、ありませんよ。女性と歩くことは、男性と歩くよりも楽しいですよ。どうぞご一緒に歩きましょう」

「じゃあ私も、久し振りに、嬉しい想いをさせていただきますよ。お願いします」

こうして二人は、何となく打ち解けて、彼女の方から自然に世間話を始めた。

彼女は現在、五十五歳で、夫は十年前に病気で他界したこと、彼女には友人がいなかったこと、生活するのが嫌になり、いつの間にか『ウツ』病に罹かっていたこと。入院生活は、約一ヶ月とのこと。子供が二人いることなど。

彼女の話を聞きながら公一は、吉田さんのことが頭に浮かんだ。この原田さんも、吉田さんに紹介したらどうだろうか。同室の佐藤さんと同様に、『ウツ』は『ウツ』でも、男女と女同士とでは、また話の様子も違ってくるはずである。

よし、この原田さんを、吉田さんに紹介しようと、公一はそう思った。

二人の会話は、彼女の独り舞台であり、かなりのストレスが溜まっているのが、ようかがえた。そこで公一は原田さんに提案した。

「原田さんは、『ウツ』とのことですねえ。実は、吉田さんという女性がいましてね。『ウツ』を克服されたんですよ。この吉田さんと、お話をしてみませんか」

「中山さんの言われることなら、吉田さんとのお話、宜しくお願いします」

「じゃあ吉田さんに言っておきましょう。あなたのお部屋は何号室ですか」

「私の病室は、二一二号室です」

公一は、吉田さんへ原田さんのことを、お願いすることに決めた。

病室に戻った公一はしばらく、ベッドの上でこれからのことを思い巡らせた。

明日、中野さんのご両親が病院へ来られる。彼女は、ご両親とともに、医者の診察を受ける。恐らくそこで、彼女達は、退院の許可とその期日を医者より知らされるだろう。

その後彼女は、面会室である食堂へ、ご両親をお連れする。しかる後に、彼女は僕を呼び出し、一緒に食堂へ行くこととなる。そこからが、公一の出番である。

さあ、どうする。公一とご両親は、同世代の人間ではないか。公一が、彼女と同世代ならば何の問題もない。

ところが、公一と彼女とは、親子ほどの年齢差がある。

中野さんは言っていた。自分の両親は、寛容で、自分の言うことはよく聞いてくれると。

しかし、状況を考慮すれば、やはり、考えざるを得ない。彼女の想いも、公一の想いも、想いには変わりはない。

どうしようもなく想い合っていることは、確かである。と言って、その想いに甘えて、まだ若い彼女を、もう若くない公一の再婚の相手として、果たしてよいものであろうか。

ここで、公一は、自分の娘の結婚のことを、考えてみた。もし、娘の結婚相手の年齢が、公一の年齢に近いとしたならば、自分はどう対処するであろうか。果して公一は、二人の結婚を許すであろうか。

ここに来て公一の思考能力が、完全に停止してしまった。

目を閉じて、瞑想した。心を静めて、より深遠な自分の心に、問い掛けてみた。

人間とは、何ぞや。活きる人間は、一人にあらず。一人でなければ、複数で生きる。複数で生きるには、相手が必要となる。

相手とは、何ぞや。係わりのある人間である。

係わりとは何ぞや。係わりとは、自然の成り行きである。自然の成り行きとは、偶然ではなく、必然の成り行きである。

必然の成り行きとは、何ぞや。必然の成り行きとは、故意なる状況ではなく、なるべくしてなる状況である。

なるべくしてなる状況とは、何ぞや。それは、誰も予期することの出来ない、自ずから生じる状況である。その状況にこそ、神により導かれたる縁がある。

しかるに、縁は異なもの味なものである。縁は、強制的なものではなく、なるべくしてなる、しかるべくしてなる、神より授けられし、運命である。

運命とは、何ぞや。運命とは、人間が活きる、誰しもが進む、人生行路の最も清らかな、定められし道筋である。

この最も清らかな定められし道筋とは、何ぞや。それは、唯一愛を持って生きる人生である。即ち、人間とは、愛を持って生きるものである。

これとともに、人間の人生には年齢が付きものだ。この年齢は、誰にでも、絶対的に付与されているものであり、これによって運命を変えることは不可能だ。

換言すれば、年齢は、愛を凌駕することが出来ない。このことは、人間は運命的に、愛ある生活を認識できる動物であることを、実証出来るものである。

ここに来て、公一は目を開けて、天井の灯りを見つめた。公一は、自分のなすべきことを、発現するに至った。明日は、あくまでも、愛という縁のある二人のことなので、あくまでも自然であれ、運命の流れに逆らうべからず、という結論に達した。

公一は、明日は次のように対処することとした。運命の流れのように、自然の流れにこの身を任せよう。

まず、彼女のご両親の意向を、最大限に尊重しよう。そして、彼女とご両親の見解を、黙って受け入れよう。また、彼女にとって、何が最も幸せなのかを、第一に考えることにしよう。

ここまで来て、最早、公一には、後悔の念が全くなくなっていた。如何なる結果になろうとも、すべからくありがたきかなの心境で、全てを受け容れる境地に到達していた。

しばらくして、消灯の時刻を知らせるスピーカーが鳴り響いた。公一は布団の中に入り、胸に両手を合わせ、心の中で、何度も感謝の言葉を繰り返しながら、静かな眠りについた。

# 第八章　ふつつかな娘ですが

翌朝もまた公一は午前五時に目が覚めた。

公一は、洗面所で洗顔をして病室へ戻った。恐らく今朝も、吉田さんは神田満先生の書物を読んで、人生の勉強をしているに違いない、と公一は推察した。

昨夜の原田さんのことについて、女性の立場から良き助言をもらえたらと願い、廊下を通り階段を下りて、食堂へ入って行った。

案の定、彼女は一番奥のテーブルの椅子に座って、一心不乱の様相で読書していたので、邪魔をしてはいけないと思った。

公一は彼女から少し離れて静かに座り、食堂に置いてある雑誌を読み始めた。彼女は、公一に気が付いてはいなかった。

公一が、雑誌のページをめくる音で、吉田さんは人の気配を感じた。ふと横を見ると、少し離れたところに公一が雑誌を読んでいるのが見えた。

公一が食堂に来ていることを知った吉田さんは挨拶した。

「お早うございます、中山さん。今朝も早いんですね。私、少々前に来ましたのよ。今、面白いところを読んでいましたの。神田満先生のご本で、『誠の心』のシリーズの中に、女性篇というのがありましてね。女性はいかに生きるべきかという内容なんですが、これを読むと、自分が女性失格という思いを痛感させられましてね。亡くなった夫に対して申し訳なくて、お詫びしたい気持ちで一杯になりまして。それで今、このご本を熟読しておりましたの。中山さんに気が付きませんで済みません。こちらへ来て下さい。また、お話をしましょうよ」

「お早うございます。吉田さんは、いつも早いんですね。何時頃ここに来られるんですか」

「そうですねえ、私、朝は早いんですよ。大体、午前四時くらいに起きてここへ来ます。その代わり夜が早くて、午後九時頃には就寝していますから。夜起きてても仕方がありませんから。患者の皆さん、午後八時になりますと、ベッドの仕切りのカーテンを閉めてしまいます。そうなれば寝るしかありませんよ。だから九時頃にはもう寝てしまっていますよ。中山さんはどうなんです、睡眠のほうは」

「僕は適当で、寝るのが午後十時前後で、朝起きるのが午前五時前後ですかねえ。ところで吉田さん、ちょっとお願いがあるんですが」

「さあ、どんなお話なんでしょう。中山さんのお願いとなりますと、お断りすることも、出来ませんよねえ」

「実は、僕の知っている女性の患者さんがいましてね。その女性は、『ウツ』病なんですよ。あまり友人もいなくて、夜にグラウンドで毎日歌っているんですよ。たまたま僕が昨夜、グラウンドで一休みしようと思ったところに、彼女がいたんです。彼女の苦労話を聞きながら、夫を亡くした女性は大変なんだなあと、しみじみ考えさせられました。彼女は独りらしいんです。それで、気持ちが沈んで来て、『ウツ』になったとのことなんです。もし出来れば、吉田さんから女性の立場で、彼女に活きるとは、というお話をしていただければと思ったんです。彼女の名前は、原田さんと言いまして、二一二号室だそうです。出来れば、是非お願いします。いかがでしょうか」

「そうですねえ。まあ、私の経験や、お勉強した範囲でならいいですよ。私にとっても勉強になりますので。じゃあ、今日にでも原田さんと言いましたよねえ、二一二号室へうかがってみます。私が卒業した、『ウツ』ですので、出来るだけ理解してもらえるような話を、してみましょう」

「宜しくお願いします。ところで、個人的なことなんですが、今日、担当医師に、僕の『ソウ』についての見解を、聞くことになっているんです。僕としてみれば、もう『ソウ』は、僕から去っていますから、そこを医師に、判断してもらおうと思ってるんですよ。僕はまだ入院してから、一週間にも満たないんです。入院の期間が短くても、症状が改善されれば、もう、入院の必要はなく、即、退院も可能だと思ってるんですが、どう思われますか吉田さんは」

「まだ一週間以内ですか。それはちょっと短いようですねえ。少なくとも十日間は、入院していたほうが良いように思いますよ。この病院に入院する患者さんは、普通の心療内科医が症状が重いと判断して、その診療内科医から移って来ることがほとんどなんです。中山さんのように、一週間以内で退院するとなると、そもそも、病気の症状は、非常に軽いものだったということになりますよねえ。ならば、最初からこの病院への入院は、必要なかったということですよ。だから、『ソウ』の症状が改善されていることは、私もよく分かりますよ。でも、もっと健康になるために、最低十日間は入院していた方が、宜しいんじゃありませんか。その方が、貴方にとっても、いいんじゃあないんでしょうか。

　ところで中山さんは、よく中野さんと、親しそうにお話をしてますよねえ。また、よく一緒に散歩もされていますよね。羨ましい限りですよ。もしもですが、お二人が、今後、ともに人生を歩もうとなさるのであれば、その人生像を創造していこうとするためには、ちょうど良い機会であり、期間じゃありませんか。中野さんの退院は、どうなんです。最近特に元気になられて来ているようだし」

「中野さんは、この一週間以内に退院をするそうですよ。今日、そのお話を、担当医にされるとのことでした」

「それは良かったですねえ。中山さんが、彼女を元気にしたんでしょう。きっとそうでしょう。中山さんはハンサムだし、男前だし、スタイルも良いし、また、頭の方も良さそうだし、お話も上手だし、男性としては、何も言うことはありませんから。恐らく、女性の患者さんや、看護師さん達も、中山さんに対して好意を持っていますわよ。

　ここにいる私だって、何を隠そう、中山さんの大ファンなんですから。ああ、失礼致しました。ついつい、本音を言ってしまいましたよ、お恥ずかしいわ。ええっと、何の話からこうなったんでしょうかねえ。私もう、忘れましたよ。思い出して教えて下さい、中山さん」

「僕が吉田さんに相談したのは、一週間以内での僕の退院について、ですよ。やっぱり最短でも十日間ですかねえ。この病院へ入院した時の担当医の話では、取りあえず三ヶ月の入院を計画したんですから、これを十日間ということになれば、担当医も驚嘆してしまいますよねえ。

でも、冷静に僕を診断されますと、僕の『ソウ』が完治していることを、認めざるをえませんよねえ。なぜなら僕は、心身ともにこんなに元気で健康で、朗らかで冷静なる男に自己変革してしまったんですから。おまけに、毎日散歩をしているし、歌も歌っていますよ。もう全く正常な人間になってしまってるんですから」

「そうですよねえ。正直言って、中山さんの仰る通りですよ。でも、担当医の立場もあるでしょ。だから、中山さんが誠意を込めて担当医に頭を下げて、中山さんのありのままの健康さを診断して貰ってはいかがですか。そうすれば、恐らく担当医は、中山さんの入院期間を三ヶ月ではなく、もっともっと、短くしてくれるでしょうね。それはもう、担当医にお任せしたらどうでしょう。きっと中山さんのご希望に添えるようになることでしょうね。乞う、ご期待あれ、ですよ」

「分かりました。そうしましょう。僕のありのままを診断していただきますよ。色々とアドバイスいただき、ありがとうございました。今朝はこの辺で。勉強のお邪魔を致しまして済みませんでしたね。じゃあ、お先に失礼します」

「どう致しまして。中山さんとのお話は色々と楽しいわ。明日また、聞かせてくださいね。ここでお会いしましょう。失礼致します」

　吉田さんを残して、公一は食堂から退出した。病室へ入ってから公一は、いつものように小説の原稿を取り出し、ベッドに座って熟読を始めた。

　公一は小説の中で、絵画についての描写も行っていた。自分が通った小学生の頃の、絵画教室のことを思い出していた。小学六年生の冬休みに、地域の小学生の希望者を集めた絵画教室に、両親の許可を得て参加したことがある。この教室に参加した小学生は、皆、絵に自信のある者ばかりだった。しかし、その中で、公一が群を抜いて確かな技量を身につけていた。その教室で教授されたことは、公一が最もその恩恵を受けていた。受講者の中で、最も技術を向上させたのが公一だった。

　その時に好きになった女性がいて、彼女が公一の初恋の人であった。思わず公一は、その時のことを思い出して微笑みを禁じ得なかった。

　突然、朝食を知らせるスピーカーが鳴り響いた。

　原稿を、所定の場所に置いて、公一はスリッパを履いた。箸と卵のふりかけを持って、病室を出て食堂へ行った。

食堂には、まだ余り患者さんは来ていなかった。中野さんはまだ来ないと思った公一は、一番奥のテーブルに席を取って食事を始めた。

半分ほど、食事を終えたところで、中野さんが食堂へその姿を現した。彼女は食堂へ入り、周りを見渡した。

そのうち彼女は、公一の居るテーブルを突き止め、手を振って合図をした。

彼女は急いで食膳を両手に抱えて、公一の居るテーブルへやって来た。来るなり、開口一番、公一は、

「今朝は、お早いお越しですねえ。待ってましたよ」

「まあ、朝からなんという嫌味だこと。先生ともあろうお方が。男性と違って、私には私のするべきことが、あるんでございますことよ。これでも私、オ・ン・ナ、ですもの。病室から出るにあたっては、人様におかしな顔はお見せ出来ませんでございますの。そこのところ、少しはご考慮あれ」

「いかにも中野さんらしい、きつい朝のご挨拶、嬉しく承ります、はい。今朝はいつになく、気合が入っていますねえ。頼もしい感じがしますよ。神々しくもあり、背後にオーラが漂っています。ああ、眩しい。今朝の中野さんは、僕の女神のようですね

え。今日は二人にとって、とてもステキな一日となりますよ、きっと」

「まあ嬉しい。先生が、私のことを女神だなんて。そのお言葉、一生忘れませんわ。何かに、録音しておきたい気分だわ。どうしましょ。私、凄く幸せなんですから」

「お話はそのくらいにして、中野さん、朝食をどうぞ」

「そうですわねえ。私、何のためにここへ来たのかしら。じゃあ、お先にではありませんが、いただきます」

　こうして、二人の楽しい掛け合いの後、彼女は静かに朝食を始めた。

　今日の午前中は、彼女の方が忙しい。ご両親が来られて、彼女と一緒に担当医の診断を受ける。

　その結果を受けて、彼女と公一の結婚についての検討会となる。従って今日は、食後の会話や、午前中の散歩は、なしということで、二人は食事を終えるとともに、自分の病室へ戻ることにしている。

　彼女の診断の時間は、午前九時半とのことらしい。恐らく診察は、一時間も掛からないだろう。

　公一は、午前十時過ぎに自分の病室にいれば、彼女が部屋に喜び勇んで入って来るに違いない。その時刻になるのを原稿を読みながら、病室で待つことにした。

何とはなしに、公一の心にも、少しずつさざ波が押しては返すようになって来た。今日は自分の診察も、午後三時に行われることになっている。そのことも気がかりとなり、やはり自分を見失わないように、自然であれ、と心に刻み込んだ。しばらくして公一はパジャマから普段着の衣服に着替えた。そろそろ彼女と御両親が、食堂に来られている時刻になっていた。

ベッドの周りを奇麗に片付けてから食堂へ向かった。廊下を歩いていると、吉田さんに出会った。

「あら、中山さん、これからどちらへ。私、食堂へ行くところなのよ。例の原田さんとお話をすることになっているの。出来れば原田さん、お元気になってくれればと心から願っていますので。私のこれまでの経験と勉強したことが、お役に立てばよいのですけれど。私も出来るだけ頑張ってお話ししてみますよ。ところで、中山さんは」

「僕も食堂へ行くんです。ある人達と、お会いすることになってるんです。少し時間が早いので、食堂の雑誌でも読んでいようかと思っているんです。ご一緒に行きましょう。まあ、原田さんのことは、宜しくお願いします。彼女は歌が趣味のようですので、性格的には、全快する見込みのある方だと僕は思いますよ」

二人は食堂へ入っていった。そこには原田さんが既に来ており、吉田さんを待ちかねていた。

二人は、挨拶の後、食堂の一番前のテーブルについた。話は、公一には聞こえないところであった。吉田さんに期待するところは、大である。

公一は、逆に食堂の一番奥の椅子に座り、雑誌を手にして、この前に読んでいた短編推理小説の続きを読み始めた。

しばらくすると、食堂の入り口から中野さんとご両親が入って来て、一番奥に座っている公一を見つけた。三人は静かに公一の元へ行き、深々と頭を下げた。

公一は慌てて、遅ればせながら、緊張しながらも礼儀正しく、三人に挨拶を交わした。三人の紹介役は、中野さんであった。

「先生、この二人が私の両親です。今日、私の病状について、三人で担当医からお話をお聞きいたしました。担当医は、私の元気な表情を見て、来週にも退院出来そうですね、と言われまして、来週の火曜日に退院することが決定しましたのよ。これも、先生のお陰でございます。ありがとうございました。そして、いよいよ本論の私達のことですが、両親は、私の意向を快く受け入れてくれて、二人の結婚を許してくれました。私、嬉しくて嬉しくて、もう天にも舞い上がらんばかりです。もう夢のようですわ。想いが叶いましたもの。先生、私の両親に一言お願いしますわ」

「はい、それでは簡単にご挨拶をさせていただきます。私、中山公一と申します。私がこの病院へ入院したのは、『ソウウツ、のソウ』の精神的病いが原因でした。まだ入院してから、日にちが余り経っておりません。そんな時に、中野さんにお目にかかりました。最初にお会いしたのが食堂でした。そこで私が彼女を見ていると、非常に美しいのもかかわらず、何か暗いものを感じました。下を向いた彼女の瞳に、輝きが現れていなかったからです。そこで一考しまして、私達二人は、ニラメッコをしました。すると、彼女の瞳に、驚くほどの光明が差し込んでまいりました。このニラメッコをきっかけに、二人は急速に接近していきました。

私は彼女に、多くの様々な体験や経験をお話しし、彼女も私に、ご自分のこれまでのご経験のお話をしてくれました。また一緒に、よくグラウンドの散歩をしました。また歌も歌いました。そんな中で彼女は、私を普通の男性ではなく、結婚を意識した異性として、伴侶として考えてくれるようになりました。

私の方は、彼女の中に、美しい貴婦人たる女性像を見出していました。でも現実的に言えば、私と彼女との間には、二十五歳の年齢差があります。このような私を、果たして彼女は、本当に受け入れてくれるものやら、考えあぐねました。でも彼女は、あけすけに堂々としかも真面目に、私との結婚を口にされました。それにより、もう私の常識的な理性は、どこかへ吹き飛んでしまいました。私も真剣に、彼女を受け入れようという想いに至った次第です。

また、私につきましては、彼女の方からお聞きになられたと、思います。私には、肺癌の手術の過去があります。これについては、散歩をしながらリハビリを続けています。また私の癌は、S医科大学やK大学の医師が、バックアップしています。従いまして、この件は全く心配がいりません。また『ソウ』の症状は、全く消えてしまいました。だから今の私には、健康面での不安はありません。私の方からはこの程度です。今度は、ご両親様から、ご意見やご疑問がおありでしょう。何なりとどうぞご質問下さい。喜んでお答えしましょう」

「娘から結婚の話を聞きました時には、はっきり言って本当にビックリしました。で、お相手のことを色々娘から聞いて、その決心のほどを質問してみました。まあ、それを聞いて、二度ビックリです。もう、その方と結婚出来なければ、私、死んでしまうからと、脅迫して来ましてね。そこまで想っているのであれば、なぜ娘があなたを、それまでに愛するようになったのかをゆっくりと落ち着いて話して聞かせなさいと、問いかけたんです。すると、色んなことが娘の口から飛び出してきましてね。そう、一時間くらい、娘は自分の思いとあなた自身のこと、ご経験のこと、また社会的経歴と、二人の間の愛情の深さと、様々なことを口にして私達を説得して来ました。

親である私達は、娘が幸せになってくれることが一番嬉しいです。これほど娘が、話をするからには、恐らく必死の覚悟なんでしょう。こんな娘を、私達は見たことがありません。よほど娘は貴方を慕っているんでしょう。そこまで言われれば、もう私達の許可を得る必要はないのでは思いました。

ふつつかな娘ですが、宜しくお願いします。年齢の差は、娘は全く気にしていないようで。私どもも、構わないと思っています。今は、二人が、末永く幸せになってくれることだけを祈っていますよ。結婚のスケジュールなどは、取りあえず二人で相談して決めて下さい。差し当たって、と言うことではありませんが、そちら様の今後のスケジュールに合わせましょう。ご理解いただけましたでしょうか」

「まことにありがとうございました。娘さんとのことをお許しいただきまして、心より感謝致します。私は、今直ぐには、自由な身になれません。もう少しここで入院したり検査をしたり、身辺整理もありますので、二人が一緒に暮らすのは、しばらくしてからということになるでしょう。これは、娘さんもご承知のことですので。でも、結婚は出来ます。婚姻届を出そうと思います。そうですよねえ、中野さん」

「そうよ。先生の言われる通りですから。まず、婚姻届だけでも出しましょう。私、来週火曜日で退院ＯＫの了解を担当医からいただいたんですよ。だから、来週、婚姻届を出しましょう。私が役所へ行くわ。それでいいでしょ。先生」

「ええ、僕の実家へ電話をして、伝えておきましょう。印鑑は持って来ています。私の両親は、共に亡くなっています。それで、今度の日曜日に、僕の兄弟をこの病院へ呼びましょう。宜しければ、その時に中野さんのご両親も来ていただければ、取りあえず両家の顔合わせとなりますが、いかがでしょうか」

「中山さんの方が、そうなさるのであれば、私達は一向に構いません。そのようにしましょう。一応、儀式ですので。時間の方は、娘と決めて下さい。それでは私達は、この辺で、失礼致しましょうか。後は、宜しくお願い致します」

「分かりました。今日は本当に、私達二人のために、色々とご配慮いただき、まことに感謝致しております。では病棟の玄関まで一緒にお見送りしましょう」

　こうして四人は、食堂を出て病棟の玄関に向かった。

　外に出ると、太陽が眩しいほどに天空に輝き、澄みきった青空があたかも二人を祝福するかのようであった。

# 第九章　素晴らしき女性

彼女のご両親を玄関まで見送りしてから、二人はグラウンドへ下り、心地よい散歩を始めた。いつものように、右回りのコースを歩いた。

しばらく行ったところで彼女は立ち止まり、やおら公一を思い切り抱き締めた。二人の抱擁は長く続いた。

彼女は、目に涙を浮かべて言った。

「私、この日が来るのを、今か今かと、毎日待っていましたのよ。私、今、嬉しくて、ただもう嬉しくて、もうこの上なく幸せよ。これから先生が、私の夫となるんですもの。もう、夢のようですわ。私これから、先生のことを、何とお呼びすればよいのでしょうか」

「まあ、そんなにかしこまらなくてもいいですよ。中山公一ですから、中野さんは僕のことを公一さんとでも、或いはお父さん、とでも呼んで下さい。ところで、今度は、中野さんの番ですが、確か中野さんは、弘子さんですから、その名の通り弘子さん、でいいですか」

「いいえ、先生、それはなりません。私のことは、弘子、とお呼び下さいな。そうでないと、家長のお示しが付きませぬわよ。弘子、ですよ、ヒ・ロ・コ、ですからね。その方が、私も嬉しゅうございますのよ。本当に、先生の奥様に納まることとなるんですから」

「もう、言い過ぎですよ、それは。僕は、弘子さんが、一番呼びやすい名なんです。だから、もう、この話は、これでお終いにしましょう。でも、本当に良かったですね。僕達の結婚のことを、ご両親が受け入れられて。何と言ってよいか、本当に心から、感謝をしています。僕は、中野さんが大好きだし、中野さんも、僕のことを愛してくれているんですから。こんな二人が結ばれるなんて、まるで夢のような、おとぎ話のような気がしてなりません」

「そうでしょ。私、母には以前から言ってましたけれど、父には黙っていましたのよ。でも、私の話を聞いて、父は、……喜んでくれましたのよ。ヤッパリ、私のことが心配だったんでしょうね。父は、涙を拭いていましてね。ああ、私、娘として、親孝行が出来たんだなあと、その時しみじみ感じました」

「良かったですね。僕が、中野さんの親孝行に一役買うことが出来たんですねえ。嬉しい限りです。まあ、これから僕達二人には、明るい未来が、開けることでしょうよ、きっと。楽しいですねえ、これからの毎日が」

「そうですよ。これからは、毎日が、幸せの日々なんですもの。先生とご一緒に」

「ところで、今日の午後の僕の診察ですが、取りあえず一週間の入院ということで担当医にお願いしようと思ってるんですが、恐らく、僕のような事例は、これまでなかったことでしょう。従って、当初、三ヶ月間だった予定を、ほんの一週間に変更することはないかも知れません。どんなに早くても、十日間と言う人がいましてね。でも、僕の現在の状態を診れば、それも不可能なことではないように思うんです。もし、一週間がダメなら、二週間の入院で、終結していただけるよう、担当医に懇願しましょう。だって、もう僕から『ソウ』は、完全に消え去っているんですから。僕は、完全に健康なんですからねえ。そうでしょ」

「そうですよ。全くもって完全健康ですもの。出来れば、私も同席しましょうか、担当医の診察に。私はもう、身内のようなものなんですから、ぜひ担当医の診断の結果をお聞きしたいわ。私の旦那様のことですもの」

「そうですねえ。中野さんも、同席されて結構ですよ。その方がいいでしょうね。僕のことを、よく知っていただくためにも、担当医の話を一緒にお聞きしましょう。じゃあ、午後は宜しくお願いします」

「はい、旦那様。腕を組んで部屋へ戻りましょう。もう私達、夫と妻になるんですから、誰からも異論を挟むことはさせません。これからはずうっと、二人で歩く時には必ず腕を組みますので、宜しくご協力のほどを。恥ずかしがらずにね、いいでしょ」

二人が一緒に玄関まで行くと、ちょうど昼食を知らせる合図が、辺り一面鳴り響いた。

共に食膳を持ち、一番奥のテーブルに置き、向かい合って座った。この日の昼食のメニューは、うどんとおにぎり、またまた野菜サラダだった。

野菜サラダを見た瞬間、否が応でも、二人の目は、火花を散らしてしまった。彼女の鋭い目を逸らすかのように、公一は言った。

「イタダキマース。僕の大好物の野菜サラダが出てますねえ。まずこれから先に、食べようっと。美味しいなあ、美味しいなあ。こんなに美味しい物、食べたことがないなあ。さあ食べようっと。中野さんもどうぞ」

「もう、もう、先生ったら。イジワルの、イジワルの、そのまたイジワルだわ。そんな、嫌みったらしいことを言って、後でお仕置きを致しますからね。お嫌いだからといって、残さないで下さいよ。野菜サラダは、本当に身体にいいんですから。一緒になれば、毎日野菜サラダが出ますので、楽しみにしておいて下さいね。我が愛しい旦那様ったらあ」

「キャア、毎日ですか。そんなメチャクチャなイジワルは、ご勘弁下さいよ。せめて三日に一度くらいにして下さい」

「それはなりませんよ。健康食品ですよ、野菜は。じゃあ中を取って、二日に一度としましょうか、取りあえずでございますことよ。その代わり、料理した物は、全て食べて下さいませ。お約束でございますわよね」

「分かりましたよ、分かりました。中野さんの言わんとするお気持ち、十二分に分かりましたよ。まあ取りあえず、昼食を始めましょうよ」

「そうですわね。うっふっふ。お食事するのを、すっかり忘れていましたわ」

　二人は、冗談半分の掛け合いを楽しみながら、遅くなった昼食を始めた。公一は最初の言葉どおり、野菜サラダから食べ始めた。とにかく口の中へ詰め込んで、思い切り噛んで、ゴクンと一度に飲み込んだ。これで野菜サラダは、公一のメニューから、完全になくなってしまった。

後は、うどんとおにぎりであり、公一はうどんが好物だった。食事の早さは、いつにも増して、公一の方が早く、あっと言う間に片づけてしまった。彼女の方は、相変わらずのマイペースであり、相当な時間を費やすのは容易に予測出来た。

早々に食事を終えた公一は、近くにある雑誌ボックスから、いつも読んでいる短編推理小説を持って来て、彼女の食事に合わせて読み始めた。

結構小説を読んだなあと思って、顔を上げて彼女を見ると、何とまだ、半分ほどのメニューが残っていた。まあいいや、と思いながら、再び小説の方へ目を向けた。今度は、シッカリ読んでやろうと、気持ちを小説に集中した。

どのくらい経ったのだろうか。いつの間にか、彼女が公一の前に、仁王様のように立ちすくんでいた。

「お・ま・た・せ、いたしましたわ、わがお殿様。わ・ら・わのお食事、終了いたしましたの。お側に座ること、お許し下さいまし。宜しゅうございましょうか」

「また、そんな嫌味を言って。どうぞどうぞ、お座り下さい。まあゆっくりと、お話をしましょう。午後からは、僕の担当医の診察が予定されていますから。中野さんもご一緒されるとのことでしたよねえ。僕が、心身共に健全なる人間であることを、担当医へ強烈にアピールして下さい。僕だけが、自己弁護するだけでなく、第三者の、客観的な有力な証言があれば、より強力な説得力となりますからね。それから、二人が、結婚を予定していることも、担当医に良い印象を与えると思うんですよ。僕が中野さんを、担当医に紹介しても可笑しくないですよねえ。だって、本当のことなんですから。恐らく、担当医もビックリ仰天ですよね。患者同士の結婚ですから。あっはっはっは」

「先生のお考え、良さそうですよ。恐らく担当医は、私へも意見を求めることでしょうね。そうなればしめたものですよね。なぜって私、先生の奥様なんですもの。先生の健全さの全てを私が保証して差し上げますことよ。お・ま・か・せ・あ・れ」

「中野さんにそう言って貰えば、百人力ですよ。ありがたいですねえ。宜しくお願いします。僕は本当に、一日も早く退院したいんですよ。一日も早く、中野さんとご一緒に生活を共にしたいんですから。とは言ってもよく考えると、来週、僕は、血痰の検査で、S医科大学病院へ行くことになってましたよ。だから、本当の結婚生活は、来週以降ということになりますが、いいですか」

「いいですとも。これからは、私は自由の身なんですもの。全て、先生のスケジュール通りに致しますゆえ、心配ご無用でございますことよ。もう、私は先生のモ・ノなんですから。思っただけでも、天にでも昇る心地ですわね。これからは経験したことのない夢のような世界が待っているんですもの。私、今、至上の幸福感に、満ち溢れていますのよ。色々ありましたが、三十二年間、私、真面目に生きて来て、本当によかったわ。先生とニラメッコをしたことが、私達二人の、愛のスタートだったんですよね。あの時、思いましたわよ、心の中で。先生のことを、『素晴らしき男性』ってね。カッコ良くて、オトコマエで、スタイルも良くて、パジャマも良く似合ってたし。もう、何も言うことがありませんもの。先生は、心豊かなる私の命なんですもの」

「まあ、そんなに持ち上げられれば、恥ずかしいくらいに照れますよ。でも、本音を言えば、そんな風に言っていただけることは、本当にありがたく、幸せに感じます。中野さんこそ、実に『素晴らしき女性』ですねえ。そんな中野さんと結婚出来るなんて、男冥利に尽きますよ。僕の方こそ、夢のまた夢の、また夢のようですから。二人の結婚をお許しになられた、中野さんのご両親は、私から見ますれば、神様のように感じられますよ。私達に、奇跡を授けられたご両親ですよ。ああ……」

ここまで言って、とうとう公一の目から、涙が溢れて来た。

と同時に、彼女の方も嬉し涙が込み上げて来て、もう我慢が出来ず、思わず公一の胸の中に、飛び込んだ。そしてしばしの間、二人は、幸せの涙と触れ合いに、酔いしれた。

彼女は、もう死ぬまで、ずうっとこうしていたかった。公一はと言えば、あまりの彼女の行為に、呆然としてたじろいでいた。

が、直ぐさま、われに返って、両手で彼女の肩を支えた。

「中野さん、涙を拭いて下さい。超美人の中野さんが泣くなんて、ちっとも似合いませんよ。ほら、このハンカチを使って下さい。僕のハンカチは、奇麗でしょ。中野さん用に、いつも持ち歩いてるんですから。中野さんはヤッパリ微笑んだり、笑っている時が、一番素敵ですよ。僕は、そんな中野さんが大好きですよ。本当に、超魅力的なんだから。中野さんは、僕のお姫様なんですからね。他の誰のものでもない、僕のものなんですから。僕は、幸せだなあって、どこかで聞いたことがある台詞でしたね。そうだ、加山雄三さんの、『君といつまでも』でしたねえ。もしかして、中野さんは、知らないかも知れませんが」

「あらまあ、先生、私ごときも、ようく存じていますわよ。星由里子さんとの大学生ロマンスですよねえ。あの『君といつまでも』のレコードは、物凄く売れたんですってね」

「そう、三百五十万枚くらい売れたらしいですね。物凄いミリオンセラーですよ。加山雄三さん、大儲けですよ。話は違いますが、万が一、僕の小説がそんなに売れたとしたら、さあ大変、それこそ億万長者ですよ、中野さん。まあ、そんなことは、夢の、また夢の話ですがねえ。

てな、冗談は、このくらいにしまして、そろそろ病室へ戻りましょうか。担当医の診察や、今後についての話し合いがありますので。時間は、午後三時前後とのことでしたので、看護師さんからの呼び出しがあり次第、中野さんの病室をノックしますので、僕と一緒に、一階の診察室へ行きましょう」

「そうですねえ、もう、先生とお話をしていると、あっと言う間に時間が過ぎてしまいますわねえ。でも、これから、重要なお話し合いもありますので、この辺でひとまず、病室へ戻りましょうか」

二人は一緒に食堂を退出し、廊下に出て階段を上り、段上の廊下で、左右に分かれた。

午後三時間まで、あと二十分ほどだったが、あっと言う間にその二十分が過ぎた。

もうそろそろ、看護師さんから、声が掛かってもよい時間であるが、まだそれがない。

ベッドに備え付けの呼び出しマイクで、公一は看護師さんに連絡をしてみた。話では、公一の担当医は、今、別の患者の診察をしているとのことで、それが終われば、公一の診察に入るとのことだった。

時間的には、そんなに遅くはならないのでは、と言っていた。

やむを得ず公一は、中野さんの病室へ行き、少し遅くなることを告げ、彼女の顔を見た。なんと彼女は薄化粧をし、頬はピンク、口紅は淡い紅色で、いかにも女優然とした女性がそこにいた。彼女のあまりの美しさは、公一の心臓を一瞬停止させた。

しばらくしてから、公一は、彼女に少し遅くなることを告げ、ナースステーションのところへ戻って行き、その前で待つことにした。

待つこと約十五分後に、看護師から診察ＯＫとのサインがあった。

公一は、直ぐに彼女の病室へ行き、一緒に一階の診察室へ、ノックをして入って行った。二人は、担当医に挨拶をし、おもむろに椅子に座った。

早速担当医は、公一に問診を始めた。

「中山さんでしたねえ。入院してから今日で五日目ですか。病名は、『ソウ』でしたね。これから少し問診をしますから、いいですね。この病院へ入院した時の様子を伺いましょうか」

「ハイ、自分のやること、なすこと、全て自信に満ち溢れていました。お金も常に沢山持ち歩き、これはと思う高級品を、ことごとく買いあさっていました。また、自分の英会話能力を向上させるために、英会話専門学校へ行き、僕の英会話力をチェックして貰いました。そしてその学校に入学手続きをしました。また、トルコ人が経営するスナックへ週に一度は通って、外国人と直に、英語の会話をしていました。これは、北九州の小倉でのことでしたが、僕は自宅から小倉まで、自転車で往復していました。また、自宅付近でよく散歩をしていました。近くに小高い山がありましたので、約二時間かけて毎日歩きました。家の中では、よく小説を書いていました。もしこの小説が売れると、物凄い印税が入ると、独りで勝手に思い込み、税金対策のために税理士事務所を訪問したりしました。あと、テレビを見たり、結構、本を読んでいました。こんな状態で、僕はこの病院へ入院して来た訳です」

「よく分かりました。お話を聞く限り、非常にハイテンションな生活を、されていたことになりますねえ。全てに自信を持ち、お金を思う存分に使い、英会話能力をレベルアップさせ、外国人と話し、自転車を乗り回し、よく散歩をし、よく小説を書き、書かれている小説の印税、その税金対策で、税理士へ相談をし、テレビを見、読書をしていた訳ですね。この状態は、典型的な『ソウ』の症状ですよ。確か弟さんと一緒に来られ、入院されましたね。それで、入院してまだ日が経たないのに、退院したいとのことですが、その実情を話してくれますか」

「そうですねえ。入院してから、これまでの自分を振り返ってみました。一つ一つ、本のページをめくるようにです。しかも冷静に、客観的な目で自分を見つめ直してみました。そこで、僕の心の底から、突き上げて来たものがありました。それは、慢心、自尊心、過剰な自信、非常識でした。私がごく当たり前と思っていたことが、実は、人の心にないにも等しい、空虚の世界の事象であることに、気が付きました。これまでの私の言動は、人にあるまじき言動でした。

思い起こせば、以前読んだ神田満さんの書物にも、同様の内容のものがありました。その書物の内容についても、もう一度、思いを馳せてみました。その書物は、『人と真実』について、その根幹から、教え導くものでした。究極的には、人は人であって、人にあらず、です。人間、おごることなかれ。ただ感謝あるのみ、です。即ち、人は、神の、真善美に、充たされているところに、想いが至ったのです。しかる後に私は、感謝の心を持って、退院を決意した次第です」

「中山さん、あなたの言わんとすることは大体分かりました。さすが小説家ですねえ。よく自分のことを、掘り下げて考えましたねえ。現状把握、それに基づく自己分析、改善点の把握、そして、自己変革、及び完成への自己復帰、そして、感謝の念、人格形成の完成。これらはハイテンションの人では、とてもじゃあないが、こんなに冷静に物事を解析したり、思案したりは出来ませんよ。

中山さん、もうあなたの『ソウ』は、完治していると見られますよ。あなたのように短期間で、『ソウ』が完治した例はありませんからねえ。それは、あなたの何かが、他の人と異なっているんでしょうね、きっと。あなたは普通の人物とは、脳ミソのつくりが違っていますよ、間違いなく。あなたは、とても頭の良い方のようですねえ。たとえば、大学の先生のような。ところで、そちらの女性はどなたでしょう」

「エヘン。私、実は、中山公一さんの診察状況を知りたくて、同行させていただいた中野と申します。私はこの病院へ『ウツ』で入院して、半年近くになりました。でも症状は、一向に改善されませんでした。

私が、『ウツ』から脱出できたのは、何を隠そう、この中山様に出会ったからなんです。中山さんは、私に、多くのお話を聞かせてくれました。そしてなによりも生きる幸せ、即ち愛を、私に吹き込んでくれました。その瞬間に私は、長い間苦しんでいた『ウツ』から、解放されたのでございます。この方は凄い人です。ご自分の『ソウ』も、入院後わずか数日で完全に消し去られました。実はこの中山公一というお方は大学の先生もなさってたんですよ。そして小説も書かれて、既に出版もされているんです。会社に勤めておられた時には、精密機械学会の技術賞を授与されてるんですよ。また、会社の上司が、外国に出される英語の論文の、修正をされるほどの英語の実力がおありだったんですから。頭脳明晰は、当然のことでございますことよ、担当医先生。

私達、この病院から退院した後で、結婚することになりました。そのためにも、先生の退院許可が、必要でございますので、なにとぞ宜しくお願い致します」

「ああ、そうですか。やはりねえ、大学の先生をねえ。まあ、そうでなければ、数日のうちに『ソウ』が、よくなることはありえませんから。色々お話をお伺いしましたので、診察はこれにて終了としましょう。入院予定は、一応三ヶ月でしたが、最短にして、十日間の入院ということにしましょう。来週、退院ということで、いかがでしょう」

「そうしていただければ、ありがたいですねえ。感謝いたします、先生」

「じゃあ、話は決まりました。今日の診察は、これで終わりましょう。どうもご苦労様でした」

こうして、公一の『ソウ』に関する三者会談は、円満解決の運びとなった。これでやっと、自由の身になれた二人は、散歩用の衣服に着替えて、グラウンドへ出て行った。

ゆっくりと歩きながら、彼女は公一の手を握り、誰の目もはばかることなく、無邪気にはしゃいでみせた。公一は、こんなにも、彼女が元気になったのかと思うと、最初に彼女とニラメッコをしたことが、何よりも二人にとって、神がお導き給いし運命と、感ぜずにはいられなかった。

彼女の悦びようは、尋常ではなかった。その内に彼女は、公一の両手を持って、公一の周りを踊り始めた。公一もそれにつられて、一緒に、手と手を取り合って踊るのを楽しんだ。しばらく悦びの舞いを舞った後に、二人は、再び散歩を続けた。

それからの二人は、他人の目を気にせずに、大手を振って散歩が出来るようになった。

散歩を十分楽しんだ後で、病棟の玄関を通って、食堂へ行った。食堂での二人の会話も自由になり、結婚についての話も、想いを全て口にすることが出来た。

二人の頭脳思考の九十九％は、結婚についての話題であった。

結婚式は、お金の掛からない教会で行うこと。結婚式の出席者は、彼女の方は両親、公一は、成人した二人の子供と決めた。

新婚旅行は、近くの温泉付きのホテルとした。新婚生活は、公一の実家とすることとした。

生活費は、公一の厚生年金の約二十万円とした。蓄えは、公一が離婚した際に得た七百万円は、郵便局で定期、その他に、いつでも使える五十万円は、銀行預金である。彼女の蓄えは約百万円で、銀行預金である。

これらを合わせると、預金が八百五十万円と、生活費の二十万円での結婚生活となる。

彼女はこの金額に、十分満足をした。公一はこの金額で、彼女が上手く、結婚生活を切り盛りしてくれるものと、信じている。

二人の結婚生活の設計図が、出来上がったことを、彼女も公一も確認した。

その後の一週間は、あっという間に過ぎた。彼女は三日後に、退院した。公一との結婚生活に必要な、事や物の取り揃えで、多忙を極めていた。

公一は、外出許可証を提出し、血痰の検査をするために、一人でS医科大学病院へ行った。検査は、口から内視鏡を入れて、気管支周辺の損傷状態を調べるものである。

まず、口から麻酔液を飲んだ。麻酔液が効くのに、約五分を要した。

公一は、別の検査室へ行った。設置された椅子に座り、公一は、大きく口を開けた。大きく開けた口に、固定用マウスピースを設置した。医師が、公一の口の中へ、内視鏡をグングン入れて、医師の検査が始まった。

公一に、喉を通る内視鏡の痛みはなかった。何かが動き回る、苦しいような咳き込みを感じた。

検査の時間は、十五分足らずだった。検査は、助手を入れて三名で行われた。

検査は終了し、公一は、別室で待たされた。一人の医師が入って来て、公一に写真を見せ、検査報告を始めた。

「中山さん、特に異常は見られませんねえ。血痰は、以前、肺癌の手術をした部分からの出血ですよ。だから安心して下さい。まあ、うがいをよくして下さい。それに、外出する時は、出来ればマスクをした方がいいですよ。今日はこれで終了です。それから、定期的なＣＴの検査は、予約しておきましょう。ご都合の良い日を、言って下さい」

「そうですねえ。ＣＴの空いている日は、いつですか、最短で」

「えーと、来週の水曜日の午後二時が、空いていますよ。この日でいいですか」

「ハイ、それで、宜しくお願いします。じゃあこれで、失礼します」

公一は一階へ下り、今日の検査費用を支払い機で済ませて、入院先の病院へ戻った。

公一も、退院の準備をし始めた。日常生活用具を整理し、衣服関係もまとめ始めた。

入院費用は、弟が、公一の通帳から、支払いを済ませることとした。

これまで、CT検査は、定期的にS医科大学病院で行っていた。担当医は、第二外科の先生である。

何度もCT検査の経験のある公一は、今回のCT検査も、定期的なチェック程度にしか考えていない。

この検査の前までに、二人の婚姻届は、彼女が既に区役所へ提出していた。

# 第十章　新婚生活の始まり

　公一の退院する日には、彼女も手伝いにやって来た。この時には、公一は彼女のことを、『弘子さん』と呼び、彼女は公一を、『先生』と、呼ぶようになっていた。退院の時の公一の荷物は、弟の自動車で、公一の実家へ運び入れた。

　この日から、公一と彼女は、同居するようになった。

　彼女の方の衣類や履物や必要な物なども、彼女のご両親の車で、公一の実家の方へ持ち込まれた。寝具はベッドではなく、ダブルの布団上下とマットレス、シーツ、毛布、枕等を購入した。

　公一達は、主として二階を使用するため、彼女の持ち物や寝具などは、全て二階へと運んだ。

二階は、本間の六畳が二部屋、手洗い付きトイレと、広い回り廊下であった。箪笥は、備え付けの物と、別に新規に購入した物を、使用した。

一階は、八畳二部屋、食事の食堂と、キッチン、神棚、仏壇、浴室、トイレ、冷蔵庫、洗濯機、応接間だった。

この日から、二人は、新婚生活を始めることとなった。

一人の時であった公一の一日の生活日程は、ほぼ次のように決まっていた。午前六時前後に起床、朝の祈り約三十分、朝のお経約一時間三十分、朝食八時、約一時間三十分、読書約一時間、小説の執筆約一時間三十分、昼食十二時、約一時間、散歩と買い物、約二時間、シャワー、洗濯約一時間、テレビ観賞約一時間、小説の執筆約一時間、夕食六時、約一時間三十分、小説の執筆約三時間、読書約三時間、就寝の祈り約三十分、就寝午前二時前後。

大体、こういった時間配分で、公一の一日はスケジュール化されていた。しかし公一は、結婚してくれた彼女を、最優先させようと心に決めていた。

二人は一緒に食事をし、一緒に散歩をし、一緒に買い物をし、彼女はテレビを観、公一は小説を書き読書をし、一緒に休もうと決めた。

公一は、その中での空いた時間に祈りをし、お経をあげ、読書をし、小説の執筆をしようと決めた。恐らく彼女の方にも、タイムスケジュールがあると、公一は思った。だから最初の内は、彼女のペースで、生活をしてみることとした。

　二人が生活できる状態になったのは、その日の午後四時前であった。彼女のご両親は、既に車で帰宅していた。これから、二人の新鮮な新婚生活が、始まる。

「先生、冷蔵庫を見せて下さいな。どんな物があるか、チョット知りたいわ。先生の好みやなんかを、参考にしたいから。お願い」

「ああ、いいですよ。それでは、弘子さんに見て貰いましょうか。一階の食堂の側に冷蔵庫がありますよ。一緒に行きましょう。まあ、見て下さいよ。僕の好みがよく分かるでしょうね」

「先生、卵、野菜ジュース、水、うどん、焼き鳥、ポテトサラダ、鳥の肝などですねえ。大体、これらで、食生活の全てをされてたんですよねえ。これを見ますと、スーパーで買われた物が、ほとんどですねえ。健康のことを考えますと、ご飯中心の食事で、朝食は、お味噌汁、豆腐、納豆、お魚などは、いかがでしょう。昼食は、食パン、バター、牛乳、スパゲッティー、果物、キャベツのみじん切り、卵など。また夕食は、ご飯と、お肉、魚、シチュー、カレー、肉じゃが、から揚げ、野菜サラダ、ソバなど。それに飲み物は、ミネラルウォーターや野菜ジュースなどにしましょうよ。お食事は、私に任せて貰っていいかしら、どう、先生」

「ええ。食事は、なんといっても女性の仕切る領域ですから。まあ、僕の健康を司って貰いますので、お任せしますよ。僕が、良い小説が書けるよう健康食をお願いしますよ。なんて言って、冗談ですが。これからは、弘子さんのお料理を、全部食べるようにしましょう。冷蔵庫の中を、よく見て下さい。足りないもの、例えば香辛料や醤油やソース、砂糖や塩、マヨネーズや、油関係や、野菜などを調べて下さい。また、食器なども、おいおい揃えて下さい。取りあえずメモをして下さい。これから、散歩がてらに、買い物に出掛けましょうか。歩いて十五分のところに、スーパーがあります」

「そうですねえ。取りあえず今夜の食材を、そのスーパーで買いましょうか。チョット待って下さい、先生。私、着替えて来ますので」

「ハイ、慌てなくていいですよ。ユックリして下さいね。散歩なので、身軽な服装でいいですよ。僕はこのままで行きますので。応接間で待っていますから」

「分かりました。直ぐ、着替えてきますので」

しばらくして彼女は、軽装で、公一の前へやって来た。

「お待たせ。どうこの格好、先生の妻でございますのよ。お気に召しまして」

「ああ、素敵ですよ。ヤッパリ弘子さんは、どんな服装でもよく似合いますねえ。僕は、本当に、なんと素晴らしい女性と結婚したんでしょう。男冥利に尽きますよ。嬉しい限りです。この場で、もう一度言わせて下さい。僕と結婚していただいて、まことにありがとうございます。これから一緒に暮らしますので、宜しくお願いしますよ」

「まあ、どうしましょ、そのようなもったいないお言葉を。私の方こそ、心より嬉しく、ありがたく思っておりますのよ。さあ、一緒にスーパーへ行きましょう。レッツゴー」

正直なところ、公一は、少々興奮気味であった。玄関を出て鍵を掛けた。二人は階段を下りた。

彼女はメモ帳を取り出し、思案しながらしばらく何かしらを書き記していた。

二人は、仲良く並んで歩き始めた。公一は、まだ若くて、超美人の彼女と、こうして歩いている不釣合いな様子を、客観的に見て、言葉に表せないほどの恥ずかしさと、大いなる照れとを感じずにはおれなかった。彼女の方と言えば、飛び跳ねるがごとくに足元軽やかであった。

およそ十五分ばかりの道のりだったが、この散歩の持つ二人の心根は、病院のグラウンドでの散歩とは全く異なり、もう、病院の患者同士のリハビリ的要素は消えてなくなり、健常者同士の、ありふれた生活の一パターンだった。

公一は、スーパーへの道すがら、色々と彼女に情報を与えた。直ぐ近くに、郵便投入口、その横はコンビニ、しばらく歩いて、道路を挟んで大きな市立体育館が二つとプール、トレーニングルーム、山側に小学校、下に下りて公園、その道路側に、内科、小児科、心療内科の医院、調剤薬局、保険会社、その先が理髪店、道路を挟んで氏神様の厳島神社、その隣が郵便局、さらに進んで自動車のタイヤ屋、もう少し行くと、ガソリンスタンド、といった類である。

スーパーの近くでは、ケーキショップが二軒、お食事処が一軒、クリーニング店、酒屋、携帯電話ショップ、化粧品店、薬局、少し離れて書店、もう少し行くと、ＪＲ駅や街中となり、彼女の求める物は、全て整っている。

二人は、比較的住み心地のよい環境に、住んでいることになる。彼女は、さも満足したかのごとく、公一の腕を思いきり強く握って歩いた。

二人は、道路沿いに歩き、信号を渡ってスーパーへ着いた。店内では、キャスターに籠を載せた。

まず彼女が、どんなものがあるのかを調べ始めた。公一は、後に付いて歩き、キャスターを押して行くだけであった。

その後彼女は、ポケットからメモ帳を取り出した。これからが、買い物のスタートである。彼女は、色んな食材を、籠の中へと入れ始めた。

公一は、彼女が、何を、どのくらいの量、籠に入れるのかを黙って見ていた。彼女は、結構多くの物を籠に入れている。調味料も、ある程度籠に入れていた。

今日の買い物の時間は、約三十分程度だった。

買い物が済むと、今度は彼女がキャスターを押してレジへと向かった。彼女は品物の入った籠を、重そうにレジのテーブルの上に置いた。公一は、反対側へと場所を変えた。

精算を済ませて、彼女は公一の元へやって来た。レシートを見せて貰うと、三千八百三十八円であった。彼女は、三枚の袋の中に購入物を要領よく収めていた。そのうちの二つの袋を持った公一は、優しく思いやりを込めて彼女に言った。

「弘子さん、今夜の食事は、どんなものなんでしょうか。肉や魚、卵や野菜など、色んな物を買いましたね。桃やパイナップル、メロンやバナナ、トマトもイチゴもですね。僕の好みに合った食材のようですね」

「勿論ですとも。私の最愛の先生のお食事を、お家へ帰ってから、お作りして差し上げますので、大いにご期待下さいな。これでも私、お料理には少しですけれども自信がございますのよ。私は袋一つを持ちましょう。じゃあ、これで、食材のお買い物は終了。私、買いたい化粧品がありますので、化粧品店へ一緒に行きましょう」

「ハイ、じゃあ、お付き合いしましょう。そこですよ、化粧品店は」

二人は近くの奇麗な化粧品店へ、入って行った。

彼女は、口紅と乳液、化粧水と化粧石鹸とを、買い求めた。公一も、髪に付けるものが無かったので、ヘアリキッドを買った。

この日の買い物を終えた二人は、化粧品店を出て、家路へと向かった。

この時から、彼女は自然と公一の腕を抱えて歩くようになった。公一は、両手に買い物の袋を下げており、結構な重さだったので、このことには全く気が付かなかった。彼女の方ときたら、軽い荷物を片手に持ち、空いた手で公一の腕を好きなだけ自由に抱き締めながら、鼻歌混じりに帰り道を楽しんだ。

そんな公一が、彼女にチョット嫌味な、質問をしてみた。

「弘子さんのお買い物は、結構短いんですね。女性は、お買い物がお好きでしょうから、もっと時間がかかるものと、覚悟をしたんですよ」

「まあ、嫌味だこと。先生ったら、そんなことをおっしゃって。私、お食事に関して、手を抜いた訳ではございませんことよ。私、何をお買い物するかを、予め決めていましたもの。必要な物を必要なだけ、購入しましたのよ。そのための時間ですので、長い時間は必要ございませんわ。無駄な物は購入しておりませんもの。お金の無駄遣いは、よろしくはありませんわよねえ、先生様」

何ともはや、仲の良い夫婦の、心地よい会話を楽しみながら、二人は、笑い転げるようにして帰り途についた。

公一の実家へ着くと、弘子は、購入した食材や調味料を持って、キッチンへ行った。冷蔵庫を開けて必要なものを取り出した。後で使用するものは、冷蔵庫に納めた。

それから今夜の夕食の料理に取り掛かった。

一方、公一の方は、一階の部屋の掃除をしたり、応接間を片付けたり、お風呂を奇麗にしたり、お風呂を沸かしたりした。それが終わると、二階へ上がる階段を、掃除機で奇麗にした。夕食にはまだまだ時間があったので、二階の掃除も併せて行った。

二階には、公一が利用する小説用のパソコンのディスプレー、ハードディスク、キーボード、プリンター、その他の関連用具を、応接台の上に置いていた。その前には低い椅子を置き、その上に座布団を置いていた。

公一は、この椅子に座って、キーボードを叩いて、小説をまとめていくのである。

また、この部屋に、テレビ、DVDを置いていた。テレビは夜になれば、恐らく二人で見ることになる。

公一は一階に下りて、応接間で、いつもの黙想を始めた。

公一はなぜここにいるのか。ここにいるのは、住む家があるからだ。住む家は、公一の両親の建てた家である。

公一の両親は、どうしてこのような立派な家を建てられたのか。両親の生業は、履物の商売だった。この商売が、行き詰まった。

ここで両親は、販売商品を、貴金属に転換した。人を一人雇い、田舎の公民館で貴金属の販売を始めた。貴金属は、女性の憧れであり、高価である。

そこで、両親は、十二回の月賦払いを考え出した。お金の集金は、いかにすべきか。両親は、考え抜いた挙句、販売会場の婦人会長に、集金の役を依頼した。依頼された婦人会長に、十%のリベートを渡す。

これで婦人会長は満足をして、責任を全うしてくれた。婦人会長には、その集いとしての、婦人会長総連合会がある。両親は、婦人会長を伝に、その婦人会長総連合会長を訪れる。婦人会長総連合会長は、日本舞踊を趣味にしている。

母は、花柳流の踊りの名取りである。婦人会長総連合会長と我が母とは、意気投合した。

　そこで、ほぼ北九州全域の田舎地域の婦人会長に、貴金属の販売許可を指示する。これで一気に、両親の貴金属の販売ルート、地域、規模、量が飛躍的に拡大した。しかる後に、貴金属の仕入れ金が、極端に不足してきた。それを救済したのが、他ならぬ公一だった。

　公一は大学を出て、大企業に就職した。酒も、タバコも、その他の金の掛かる遊びは、一切しなかった。

　入社一年目から四年間、実家へ仕送りをした。その後は、必要なお金以外、全てを社内預金に入れた。

　公一の社内預金額は、雪だるま式に、増加の一途を辿った。実家の母親から、現金送付の依頼が続いた。公一は、惜しげもなく、母親へ現金を送り続けた。この送金により両親の貴金属販売は軌道に乗った。その利益で、この実家は建てられた。

　そして今、その実家の応接間で、公一がデンと構えている。不思議なもので、これこそまさに、因果は巡るの法則を、公一は地で行っている。

　公一は、この家を建てた両親に、先ず感謝をしている。そしてキッチンでは、公一の全てであり最愛なる弘子さんが、今、夕食を準備している。

公一は、我に返って、キッチンへ行ってみた。彼女は、公一が側に来たことすら、全く気が付かない。

彼女は、左手に料理の本を持ち、一字一句見逃さないように、食い入るように読んでは本を置き、食材を切り刻んでいた。

その内に、細かく切った玉ねぎなどを、ハンバーグ用の肉に混ぜ、両手でこねて、膨らませた。それを、オリーブ油を塗ったフライパンの上に載せて、ガス器具で焼く。ジュウジュウジュウと、音をたてながら、彼女は、数個のハンバーグを作っていた。その他にもメニューはあったが、詳細は、公一にはよく分からなかった。

公一は彼女に、夕食の時間を聞いてみた。

「夕食は、何時くらいにしましょうか。弘子さんの予定は、どんなものでしょうか？」

「先生、お腹が空きましたの？　もう少し待って下さいな。そう、あと三十分お待ち下さいな。そうすれば、食卓テーブルに、ご馳走が溢れんばかりに並んでいますわよ。だからそれまで、良い子さんにしていて下さいな、先生ってば」

「ハイハイ、僕は良い子ですよ。しばらく二階でパソコンを使っていますので。三十分したら、またここに戻って来ます。僕の超奇麗な奥様の申し付けですので。夕食のお料理、楽しみにしていますよ」

「そうして下さい。済みませんねえ、先生」

公一は二階へ上がって、パソコンの前に座った。スイッチを入れて、画像を出した。

公一が病院で読んでいた自分の小説『愛しきひとよ』のファイルを開いた。

この小説を読んでいると、一階の階段の方から彼女の声がした。

「食事の準備ができましたよ。どうぞ食卓テーブルへいらして下さいな、先生！」

いかにも美味しそうな料理が、公一の目に浮かんだ。

食卓テーブルの上に盛られた料理は、公一をこの上もなく興奮させた。二人は、食卓テーブルを挟んで、向かい合って座った。

この日の夕食は、スプレンディッド・ディナー、豪華な夕食であった。公一は、椅子に座って、しばらく彼女の様子を眺めていた。

彼女は、公一の食べる様々な料理、四枚のお皿に分けて盛り付けたメインディッシュ、深いお皿にはポタージュスープ、肉じゃが、さらにトマト、キュウリ、人参、キャベツ、玉ねぎなどの炒め物、ハンバーグとご飯、これらを食卓にズラリと並べていた。

公一は、頭がクラクラしながら、これらの料理を見ていた。こうした料理は、まさに一流レストランのフルコースそのものだった。公一は、すぐさま、彼女をもう一度見た。

今度は彼女の方が、ニヤニヤしながら、公一をじっと見つめていた。二人は見つめ合ったまま、幸せに満ち溢れたしばらくの時が流れた。

それからやおら、公一の方が先に、口を開いた。

「弘子さん、今夜の夕食は、二人の結婚式のお祝いのメニューのようですね。ステキですねえ。僕は、このような素晴らしい食事を見たことがありませんよ。僕の最愛なる妻の弘子さん、せっかくですので、ここで結婚式を二人だけで挙げましょうよ。何か飲み物で、乾杯をしましょう。確か、野菜と果汁のジュースが、冷蔵庫にありますので、持って来ていただけますか」

彼女は、公一の言葉に従って冷蔵庫を開け、ジュースを二本とグラスを二つ持って来て、食卓の上に置いた。ジュースの栓を開けた公一は、二つのグラスにジュースを注いだ。

二人はグラスを右手に持ち、悦びの声を上げた。

「弘子さん、僕等の結婚、おめでとう。これから宜しくお願い致します。乾杯！」

二人は、グラスを置いて拍手をし、互いの幸せに心より感謝した。

何とも豪華な夕食が始まった。豊富な量の贅沢な料理を、公一は、至って悦に入った王様気分で食事した。それを見ながら、彼女も料理に箸を付け始めた。

彼女の夕食の分量は、公一の約三分の一程度だった。今更ながら、彼女の料理の腕前を、痛感した公一は言った。

「弘子さん、レストランを経営してみませんか。あるいは、どこかのレストランで、料理を作ってみませんか。このまま、僕の元にいるのみでは、弘子さんの腕前が勿体ないように思いますが」

「そんなに誉めていただいて、私、とっても嬉しいわ。私、大学を卒業して、東京の会社へお勤めした時から、約五年間料理学校へ通っていましたのよ。その時に、あらゆる種類の料理を習いましたの。そもそも料理が好きだったんですよ。でも、それを職業にしようとは、思いませんでした。本当に趣味の範囲でしたので。先生に喜んでいただければ、それだけで私は十分嬉しく、また幸せに思っています。さあ、十分にお食べ下さいな。これから毎日、腕を振るいますので、たんとご期待あれ」

「ああ、そうですか。それは残念ですねえ。それほどの腕前なのに。でも、いつかはきっと役に立つこともあるでしょう。当面は僕に、料理が何たるかを色々お示し下さいね。これからのお食事が楽しみですね。ところで、これからの二人の生活費は、僕の厚生年金でまかないますから。弘子さんへ、毎月いくら渡せば良いでしょうか」

「そうですねえ。食事関係が八万円、必要経費が二万円では、いかがでしょうか」

「ええ、いいですよ。僕の年金は、毎月二十万円ですので、十万円を引くと、十万円が僕の手元に残ります。もし足りなくなったら、いつでも言って下さい。僕は病院関係のお金が、一万円程度必要ですので、残りが九万円となりますよねえ。だから、生活費は、十分余裕がありますので、ご安心下さいよ、弘子さん」

「ありがとうございます。私、その費用で、十二分に満足ですわ。ところで私、専業主婦でよろしいでしょうか。それとも、外に働きに出ましょうか、どうでしょう」

「働きに出る必要は全くありませんよ。家事でも、やっていただくことは沢山ありますよ。そしてヤッパリ、弘子さんは、僕の側にいてほしいなあ。用事のある時は別ですが。家事の他に、一緒に散歩したいし、一緒に歌も歌いたいし、僕の小説も読んでほしいし、僕の詠む俳句も見てほしいし。時々街に出るのも、楽しいものですよ。弘子さんは僕の女神様のような女性だから、この家に居て欲しいですよねえ」

「まあ、先生ったら。私のことを、女神だなんて。恥ずかしいったら、ありゃしないわ。どうしましょ。でもありがたいお言葉、心より感謝しますわ。こんな私を、大事にお考えになり、何と私は幸せ者なんでしょう。先生と結婚しまして、本当に良かったわ。今夜の夕食は、頑張ってお料理しましたので、これからゆっくり味わって食べて下さいな」

彼女は公一に、料理の品を一つ一つ説明をしながら、ニコニコして食事を進めた。

夕食の時間は、およそ二時間にも及んだ。素晴らしい夕食を済ませた後で、公一は食器の後片付けを手伝った。そのお皿の数の多いことに、公一はビックリ仰天した。

「物凄いお皿の数ですねえ。よくもこんなに多くお料理を作れましたねえ。やはり弘子さんは、お料理の名人ですよ。頼もしい限りですよ。これからも美味しいお料理を、作って下さいね」

「お料理のことについては、この私にお任せあれ。先生が十分にご満足いただけるお料理を、毎食ご用意させていただきますので。専業主婦ですもの。それくらいのことをしなくっちゃあ。そろそろ食器洗いも終わりそうです。先生は、隣の部屋で、テレビでも見ていて下さい。私は、後片付けをすましてから、そちらへ行きます。

それはそうと、先生、確かCTの検査は、明日でしたわよねえ。ここは何時頃、出かければいいのですか。S医科大学病院へは、二時の予約でしたわよねえ。私も一緒に行きますので。女性は、着て行く物とお化粧とに、少し時間が必要ですので」

「そうですねえ。バスで行きますので、赤石で乗り換えます。その時刻が午後一時十五分ですので、お昼の十二時半に出かけましょう。僕は、いつもの服装で行きますので、弘子さんは、この時刻に間に合うように、準備をして下さい。明日はCTの検査をするだけです。検査それ自体には、余り時間は掛かりませんので。その検査結果は、しばらくして出てきます」

「あのう、先生。CTの検査とは一体どんな検査なんでしょう。私は経験がありませんので、何も知らないいんですよ」

「そうですねえ。仰向けに寝たスタイルで、CT装置に頭から入ります。徐々にCTの中に身体を入れてゆき、身体の断面の断層を、X線を回転させながら撮影して行くんですよ。だから、検査そのものは、痛くもかゆくもないんですよ。それで断層写真を見て、身体の中に異状があるかどうかを調べるんです。まあ、大丈夫だと思っていますので」

「何となく、大掛かりな検査のようですねえ。私には分かりませんが、先生は、もう何度も、この検査は受けられているんでしょうか」

「ええ、結構この検査は受けていますよ。毎年定期的に受けています。その検査結果は、全てOKでしたよ。今回も恐らく、大丈夫だと思いますよ。弘子さんのご心配には、及ぶことは、ありませんから。それより昼食を午前十一時頃にとって下さい。僕は食事抜きですので。これから僕は、お風呂に入ります」

　公一は、自分の沸かしたお風呂に入った。一人で入った公一は、何か不自然な感じがした。

　まあ、気にしないことにして身体を洗い、お風呂から出るとパジャマに着換えた。

彼女は、明日の洋服を見立てていた。

　公一の後、彼女が静かにお風呂に入った。本当を言えば、彼女は公一と一緒にお風呂に入りたかった。

　でも、そのようなことを、女性から言うのは、はしたないと思い、やむなく一人で入った。

　既にお風呂からあがった公一は二階に行き、パソコンで自分の小説の推敲をしていた。二階に上がってきた彼女は、公一に聞いた。

「テレビはどうでしょう。やはりお邪魔になるかしら」

「そんなことはありませんよ。僕に気を遣わないで、弘子さんのお好きなものを見て下さい。そのうちに僕も見ますので」

「じゃあ、眠くなるまで、横でテレビを見させていただきましょうか。先生は大変ですねえ。いつも夜遅くまで小説を書いてるんですか。何時頃寝るんですか。あまり遅くまでされますと、睡眠時間が少なくなりますわよねえ」

「独りの時は、午前二時前後までは、小説を書いたり本を読んだりしていました。でも、弘子さんとこうして結婚をすれば、弘子さんの時間のペースに合わせますよ。弘子さんはふだんは何時頃に寝ていましたか」

「私は、普通十二時前頃には寝ていましたよ。自然に、瞼がくっついてしまいますもの」

「そうですか。じゃあ、僕も十二時前頃に寝ることにしましょう。ただし朝は少し早く起きることにしましょう。弘子さんは、いつもの時間に起きて結構ですので。マイペースでやって下さい。僕は、自分のスケジュールをこなしますので」

「済みませんねえ、先生。じゃあ、お言葉に甘えまして」

彼女は、テレビのスイッチを入れて、歌謡番組を見始めた。

公一は、パソコンをにらみながら、小説の推敲を進めていた。

夜は更けてゆき、いつの間にか十二時近くになった。彼女はテレビのスイッチを切って、公一に言った。

「そろそろ眠くなって来ましたわ、先生」

「ああ、もうこんな時間ですか。じゃあ、寝ましょうか」

公一は、真新しい布団を隣の六畳の部屋に敷いた。二人はそれぞれ就寝着に着替えた。公一は、上下のライトブルーの寝間着、彼女は薄いピンクのネグリジェであった。公一の方から先に、布団に入った。それから直ぐに、彼女が入って来た。二人は、今日あったことを、静かに話しながら、手を繋いだ。

公一の実家の辺りは、大通りから隔たっていたので、静寂を保っており、夜のしじまの中で、二人は、結婚初夜の、幸せな眠りにつこうとした。しばらくして、彼女はそっと公一のそばに寄り添って行った。

# 第十一章　CT検査のあとで

翌朝公一は、午前五時に静かに布団から抜け出した。ガラス戸を開け、顔を洗ってから、パソコンの前で、小説の推敲の続きを入力し始めた。

しばらくして、彼女は七時半過ぎに目を覚ました。

「お早うございます。先生ったら、ヤッパリ朝が早いのね。すぐに、お味噌汁を作りますので。出来ましたら声を、お掛けいたしまーす」

こう言うなり、彼女は着替えて急いで一階へ下りて行き、朝食の用意を始めた。

公一はお経の本を持って、一階に下り、仏壇の前に座りお経をあげた。

その後、食卓テーブルの椅子に座って彼女の料理の準備を眺めていた。彼女は、公一の気配を感じつつも、料理の方が忙しく、ネギと玉ねぎを切るのに涙を流しながらも奮闘していた。

しばらくして、彼女は公一の方へ振り向いて、

「ご主人様、やっと朝食の用意が出来ましたわ。少し遅くなりまして、ご免あそばせ。どうぞ召し上がって下さいな」

「じゃあ、いただきます。ああ、美味しいですねえ。久し振りに、豆腐を食べますねえ。このような食事は、病院に入院していた時だけの新鮮な食事ですよ。朝の味噌汁の味は、日本人として格別で、最高の賜物ですよねえ」

「まあ、そんなに言われますと、照れてしまいますわ。でも、誉めていただいて、嬉しゅうございますわ、先生。私もこれから、ご一緒させていただきますわ」

こうして二人は、仲よく朝食を始めた。公一は、味噌汁のお代わりをした。また、ご飯もお代わりをして彼女を喜ばせた。

彼女は相変わらずで、ゆっくりゆっくりと、マイペースの食事をしている。

そのうち公一は朝食を終え、自分で食器を洗い、布巾で丁寧に拭いた。再び公一は、座っていた椅子に戻った。

彼女は、相変わらず味噌汁をすすっていた。

「あら、先生、済みませんね、私が洗ったのに。もう少し待って下さい。お食事が終わりますので」

「いいですよ、ごゆっくりとお食事して下さい。僕はそんな弘子さんを、独り占め出来るんですから。つくづく思うんですよ、僕は。あの病院の、あの病棟の食堂で、弘子さんと僕が会っていなかったとしたら、こんな状況は、あり得なかったんですから。人生とは、全く不思議なものなんですねえ。

　僕があの病院へ入院したこと自体、たまたまなんですよ。同様に、弘子さんがあの病院へ入院したことも、全くの偶然だったんですから。不思議が不思議を生み、偶然が偶然を呼び寄せたんですからねえ。また、二人の間の年齢差について、弘子さんが、全く意に介されなかったことも、僕は感謝しなければなりません。今、二人がここにいること自体、奇跡ですよ。全くの奇跡です。何といっても、僕の側に、弘子さんがいる。これからの僕の人生には、常に弘子さんあり、ですから。こう考えてみますと、大いなる運命を、感じますねえ」

「先生、取りあえず、私達二人は、奇跡的に幸せっていうことですよねえ。あり得ないことが起きた、ということなんですよねえ。これこそ神様の思し召しなんでしょうねえ。ありがたいと思いますよ」

彼女の長い食事が終わった。食器を洗い終えた後に、一階の部屋の掃除を二人で簡単に行った。

昼食までには、時間に余裕があったので、二人は応接間で結婚式について話し合った。

話をしているうちに、午前十時が過ぎた。彼女は、洋服を着替えたり化粧をしたりして、外出の準備を始めた。

公一は、ＣＴ検査用の清潔な下着に着替えた。

昼食として、彼女は、そっと音を立てずに、トーストを食べた。

公一は、昼食抜きである。腕時計を見た。

病院へ行く時間が近づいて来た。

「弘子さん、そろそろ病院へ行きましょうか。行く準備は、いいですか」

「ええ、このエプロンを取れば、準備ＯＫですのよ」

「じゃあ、出かけましょう。弘子さんは、先に家を出て下さい。僕は、玄関の鍵を掛けましょう」

こうして二人は、バスを乗り継いで、Ｓ医科大学病院へ向かった。

バスから降りた二人は、陸橋を渡って病院へ入った。

公一は、再診指定機に、診察券を通した。再診用紙と診察券が出て来た。一階の第二外科の窓口に、それらを差し出した。

外来患者の世話をする看護師が、公一にCT検査室へ行くように指示した。

二人は、地下一階にあるCT検査室へエレベーターで下りて行った。検査室の前にある受付で、公一は自分の名前を言い診察券を出した。

受付の人から、しばらく待つように指示された。二人は、検査室の前にあるソファに座った。

公一は慣れていたが、彼女の方は、不安で一杯だった。やがて検査室の扉が開き、公一の名前が呼ばれた。

「じゃあ、行ってきますよ」

公一は、彼女を残して、検査室へ入った。

いつものように、公一は上下共に、下着だけとなった。CT装置のベッドの上で、仰向けとなり、両手をあげて身体を伸ばした。

ウン、ウンという回転音と共に、X線断層写真の撮影が始まった。公一の身体を、わずかずつ移動させながら、写真撮影が行われた。このあとで、公一に造影剤が注射され、再び同様の検査がされた。その間約二十分であった。

検査が終わって、公一は、衣服を身に着けた。

「検査は終わりました。ご苦労さまでした。第二外科の方で、お待ち下さい。写真は、出来次第、第二外科の方へ回しますので」

「ありがとうございました。失礼します」

公一は、いつもと変わらない様子で、検査室から出て来た。

彼女は公一の所へ駆け寄った。

「どうでした、検査の方は」

「ええ、いつもと同じ検査なので、気楽に静かにしていましたよ。検査結果は、これからなので、また、第二外科へ戻りましょう」

二人はまた、エレベーターで一階へ行き、第二外科の外来患者用ソファに座り、検査の時の様子などを、話し始めた。

しばらくして、公一は看護師に呼ばれ、彼女と一緒に診察室へ入った。

公一の担当医が、公一を待っていた。

「久し振りですねえ、ＣＴの検査は。今回の写真、一緒に見ましょう。ずうっと見て下さいよ。ここです。ここの小さな点です。これが単なる異物か癌かは、余り小さいので、現在では分かりません。従いましてしばらく、そう、三ヶ月間、様子を見ましょうか。その時点で、もう一度CTを撮りましょう。小さな点が、そのままの点か、あるいは大きく成長しているかが分かります。そのままであれば、単なる異物ですので、問題はありません。しかし大きく成長していれば、癌と断定しなければなりません。

この三ヶ月間は、いつもの通りの生活をして下さい。歩いてもよし走ってもよし、運動をしてもよしですよ。ごく普通の生活をして下さい。ご一緒されたのは、奥さんですか。これはどうも。どのようであっても、心配はいりませんよ。もし癌であっても、中山さんの場合、一過性であり、転移性のものではありませんので。手術をすれば大丈夫ですから、ご安心下さい。中山さんは、既にこの病院で、一度手術をしていますので、気持ちも楽でしょう。じゃあ、三ヶ月後の予約をしましょう。九月十日の火曜日、午後二時から予約を取りましたので。今日は以上です。ご苦労様でした」

公一は担当医に礼を言った。

「どうもありがとうございました。また、宜しくお願いします」

彼女も、頭を下げて挨拶した。

公一は会計へ行って書類を貰い、現金支払機に診察券を差し込み、料金を支払った。

二人は、肩を寄せ合って病院を出た。再びバスに乗り、実家へ戻った。

公一はいつものように衣服を着換え、二階へ行ってパソコンに向かった。

彼女は、ジャージーに着換え、お盆にジュースを載せて二階へあがり、小説の推敲をしていた公一の側へ行った。彼女はジュースを勧め、公一に話し掛けた。

「ねえ、先生、今日の病院でのお医者様のお話、いかがお聞きでしょうか。もし癌であっても、心配はなさそうなことを言われてましたが。私には、その詳細が分かりかねますが。宜しければ、私にお話し下さい」

「ああ、その話ですか。あれは四、五年前のことですが。実は、あの病院で肺癌と同じような手術を行ったんですよ。その手術は、僕のたっての願いで行ったものなんです。その手術ができる病院は、あの病院以外になかったんです。どこの病院も、最初の病院でやって貰って下さいと、撥ね付けられたんです。

一回目の肺癌の手術後の後遺症が、激しかったことは、前にもお話ししましたよねえ。その苦しみをかなり救ってくれたんですよ。最初の肺癌のときと全く同じ手術を、あの病院の先生はしてくれたんです。その手術で、切れていた肋骨をつないだり、肺の中の汚れを奇麗に洗浄してくれました。だから、もし肺癌であっても手術を怖いとは思いませんよ。あの病院の肺癌手術のレベルは高く、日本でも有名で人材も整っています。だから僕は、信頼し切っていますから。弘子さんは何も心配しないで下さい。ただそれは、三ヶ月後にしか分かりません。単なる異物なのかも知れませんからね。

まあ、三ヶ月間、自由に生活を楽しみましょうよ。これから軽食の後で、近くの小高い山へ行ってみましょう。そこの展望台からは北九州が一望出来ますから。何とも言えない眺望ですよ。夜は百万ドルの夜景となりますよ」

「そうですねえ。じゃあ、ひとまず、軽食にしましょう。今度は、ラーメンにしましょうか。直ぐ、食べられますので、いかがですか」

彼女は、食器棚の中にあるラーメンの袋を取り出した。

「いいですねえ。じゃあ、お願いします。買い置きしてある豚骨ラーメンを作って下さい」

「ええ、作りましょう。私もよく食べましたわ。以前、東京にいました時など、毎週食べていましたもの。簡単に直ぐつくれますので、重宝しました。ほんの十分で準備が出来ますもの。先生は、ここにいて見ていて下さいな。一緒にいれば、それだけで嬉しいんですもの。私、とっても愛していますわよ、男前でカッコ良くて、スタイルも良くて素敵で、『素晴らしき男性』なんですもの、先生は」

「まあ、そんなにまで。弘子さんだって、美人過ぎて、僕は死にそうですから。特に今日の弘子さんは、美しいですよ。冗談なしに。それにまた健康美に溢れていますよ。まだまだ若いから」

「あらまあ、先生だって。お年の割りに、かなりお若くていらっしゃるわよ。お身体も健康美に溢れているんですもの。まだまだお若いですよ。ところで、ちょっといいでしょうか。もしも、もしものことなんですが、出来ますれば先生のお子様が欲しゅうございますが、いかがでございましょうか。私のたっての希望ですけれども」

「それは何とも言えませんよねえ。これぞ、神のみぞ知るですよ。ああ、そろそろ、ラーメンが出来上がりましたか。いただきましょう」

「もう、先生ったら、直ぐに話をかわされるんだから。ああ嫌だ。あの話になると、直ぐに逃げ出すんだから。でも、そんな先生って、何となく可愛らしくって、ダーイ好き。好き、好き、好き、本当にダーイ好きよ。じゃあ、ラーメンをいただきましょう」

二人は、フーフー言いながら麺を食べ始めた。公一は一分程度で食べ終えたが、彼女の方は、しおらしくゆるりゆるりと麺を口に送り込んで、五分以上をかけて食べ終えた。

公一は彼女と一緒に、近くの小高い山へ、散歩の準備を始めた。二人とも、ジャージスタイルであった。公一はグリーン、彼女はレッドカラーだった。

公一は鍵を掛けて玄関を出て階段を下り、二人の散歩が始まった。陽射しを遮るために、公一は白い野球帽、彼女はブルーのベレー帽を被った。

散歩は、平坦な道と緩い坂道、急な坂道と曲がりくねった山道や真っ直ぐな山道を通り、階段を上ってたどり着く展望台である。

彼女は公一の腕を引っ張って、じゃれるように、言ってのけた。

「先生、これから一体、どちらへ行かれるんですか。富士山ですか、それともエベレストですか。私、くたびれて来て頭がクラクラしてるんですけれども」

「ああ、そうかもしれませんねえ。この急な坂は、女性にとって、ちょっときついですねえ。でも、我慢して登ると、スタイルが一層美しくなりますよ。中学生の頃には、この坂道はマラソンコースに入っていたんですよ。まあ、苦しかったことといったら、なかったですから。それにこの道は、高校時代、学校へ行くのに毎日通っていた、いつもの坂道だったんです。だから、僕にとっては懐かしい思い出のある貴重な坂道なんです。

済みませんねえ。こんな坂道に連れ出したりして。きつければ、少し休みましょう。

無理をすることはないので。次回からはもっと楽なルートにしましょう。それは、街中を通りますので、ジャージーではなくて軽装で行くことにしましょう」

「先生、展望台まであとどのくらい歩けばいいのでしょうか。汗が出て来ましたのよ」

「そうですねえ、もう二十分は、掛かりませんから。きついのは、この坂だけです。後は普通の山道ですので、楽に歩けますよ」

「そうなんですか。じゃあ本当に、この坂道だけ頑張りさえすればいい訳ですね。嘘をついてはいけませんわよ、先生」

「嘘じゃ、ありませんよ。もう少しだけ気合いを入れて頑張って下さいね。そうすれば後は楽勝ですから。本当に、嘘のように楽になりますよ。信じて下さいな、弘子様」

「まあ、様だなんて。私が弘子様なら、先生は、先生様だわ。これから、こう呼ぼうかしら」

「もう、何と言っていいか。人の揚げ足を取るのは良くないことですよ。もっと真面目になって下さいね。そうだ、もうこの辺で、僕のことを先生ではなく、公一さんって呼んでみたらどうでしょうか。簡単で呼びやすいと思いますよ、弘子様」

「もうもう、それはダメですよ。先生こそ、人の揚げ足を取って。絶対にダメですわ。あくまでも先生は、私の最愛なる先生なんですから。私、先生って呼ぶのが、大好きなんですもの。勝手に、そんなことを言われても、私は絶対に受け付けられませんわよ、いいですわよね」

「ちょっと、弘子さん。そんな風に言わないで下さいよ。もう、知りませんよ。お好きなように呼んで下さい。参りましたよ。弘子さんはもう、カカアデンカですよ。それも超一流のカカアデンカなんですから。お好きなようになさいませ、弘子さん」

二人は、好き勝手なことを、好きなだけ言い合いながら、楽しみ、じゃれ合うようにして坂道を登って行った。額に汗しながらも彼女は、公一に負けまいと、必死になって坂を登りつめた。

公一は、彼女に花を持たせようと思い、少し手加減をして、彼女より少し遅れて登った。坂を登りきると、平坦な山道が、大きくうねるように曲がって続いていた。

この山道の行き着くところに、この散歩の目的地たる展望台があった。展望台まで歩いてきた二人は、ここでしばらく休憩することにした。

まずもって、展望台での見晴らしに、彼女は、驚きの言葉を口にした。

「なんて素晴らしい眺めなんでしょう。ここからは、北九州の大半が一望出来ますよ。

橋や湾や工場、マンション、学校、風車、お寺、神社、色々なものが手に取るように見渡せますわよ。ところで先生様、ここは、なんという山なんでしょう」

「ここは、高塔山公園というところです。この展望台は、新しく造り変えられています。奇麗でしょ。ベンチもあるし。二人連れで来るのには持って来いの場所です。小さな子供からご老人に至るまで、幅広い層の人から親しまれているんです。広い芝のグラウンドが三つありまして、催しものをしたり思い思いの運動をして、家族のコミュニケーションを図れる憩いの場所でもあるんですよ。差しずめ僕達二人も、品の良いアベックってなもんですかねえ」

「そうですわねえ。先生と私ですもの。素晴らしく格調の高い品のある、しかも他人も羨むような仲の良いアツアツのアベックですものねえ。どうしましょ。何だか急に、身体が、熱く燃え上がって来ましたわ。どうにかして下さいな、先生。私、おかしくなりそう」

「大丈夫ですか、弘子さん。そこのベンチに座って少し休みましょう。疲れと興奮と、悦びが一緒になったんでしょう。取りあえず休憩しましょう。お疲れ様でした。散歩にしては、少しハードだったんですね」

二人は、ベンチに座った。彼女は、気持ち良さそうに、ベンチの上で横になり、公一の膝を枕にして目を閉じた。

彼女の様子を見て、今まで彼女に与えられなかった幸せを、ここで思いっ切り貪っているのではないかと、感ぜずにはいれなかった。そのうちに彼女は、本当にスヤスヤ眠り始めた。

風も穏やかであり、陽の温もりもあったので、目を覚ますまで、このままそっとしておこうと思った。思いの外、彼女の眠りは深く、およそ三十分は目を覚まさなかった。

やっと目を覚ました彼女は、十分に満足したかのごとく、笑みを浮かべて、公一の膝から静かに起き上がった。

「私、結構寝てたみたい。先生のお膝、大丈夫でしたか。気持ち良くなったわ。元気になって来たみたい」

「弘子さんは、いい顔をして寝ていましたよ。ヤッパリ少し無理があったようですね。まあ、帰りは行きの反対ですので、楽に歩けますよ。次からの散歩は、もっと平易なルートにしましょうね。ところで、これを見てご覧なさい。ここに立って見て下さい。ほら、ここから見える全貌が、この盤面に刻まれているでしょ。色んな建物、施設、風景、景色などが、どの方角にあるのが、分かるでしょ。これが、北九州のありのままの姿なんですよ。誰がこの展望台に来ても、北九州が分かるんですよ。見てご覧なさい」

「まあ、素敵。素晴らしいわ。これだと、私にだって分かるわ。分かるっていうことは、嬉しいことですねえ。楽しいことですよねえ」

「そうなんですよ。分かるっていうことは、誰にでも持ち合わせている人間の感激なんですよ。恐らく、今日ここで、弘子さんの頭の中に北九州の全てが入ったでしょう。このいいところでしょう、北九州は。何といっても、この僕が育った地域ですから。この一帯は、山の森林があるでしょう。色んな木々が茂っていますよ。桜あり、色んな木々ありです。実は、この山は、桜の名所なんですから。春になると、桜の花が山一面に咲き誇り、花見見物の人々で一杯になるんですよ。大いに賑わい、夜桜も素晴らしいんですよ。

　そのほか、この山には沢山の紫陽花が植えてあり、シーズンになると、大々的に紫陽花祭りが催されるんです。この紫陽花は、色とりどりなんですよ。見る人の心を和ませてくれますよ。当然、紫陽花の名所の一つに挙げられているんですよ。どうです、弘子さん。この山の感想は」

「先生の生活圏に、こんなステキな山があったなんて意外でしたわ。もっと殺伐としたところを想像していましたもの。だって、先生の住まわれたところは、九州本島の最北端にあるんでしょ。だから、このように開けているなんて思ってもみませんでしたのよ。でも、今日ここに来て本当に良かったわ、先生。色々なことが分かりましたもの。これからは、先生のお散歩にお供しますので、宜しくお願いしますわ」

「ええ、いいですよ。一緒に歩きましょう。でも、弘子さん、僕は毎日、お昼から散歩をしてたんですよ。毎日ですよ。僕の散歩は、肺癌手術の後遺症のリハビリが目的なんですから、毎日歩くことが必要なんです。でもまあ、弘子さんは、無理をしなくてもいいですよ。歩ける時に歩くのが一番ですから。また僕は、高校時代、この山越えで通学してたんですよ。春、夏、秋、冬、雨、風、雪、嵐。全ての季節での山越え通学を、経験しましたよ。だから、この山への散歩は、慣れ切っていますので」

「ということは、このお山は、先生のお庭のようなところだったんですね。色んなことをよくご存知ですし、色んなことをご経験されているようですねえ。若かりし頃の先生の青春が、このお山の中に、ギッシリ詰まっている、ということですね。それにこのお山には、色んな名所がありますわねえ。季節ごとに、自然が楽しめますわよねえ」

「そうですねえ。僕の人となりが、少しはお分かりいただけたようですねえ。ここから少し歩きますと、大きなグラウンドがありますが、そっちへ行ってみますか、どうでしょう」

「ええ、そのグラウンドへ、行きましょう。お山の上のグラウンドっていうのも、面白そうですねえ」

「実を言えば、この山には、三つのグラウンドがあるんですよ。その中の一つは、野球が出来るほどの大きさなんですよ。少年野球チームが、よく練習をしています。これから行くグラウンドは面白くて、一周約二百メートルのウォーキングコースと、その中に、体操器具や子供用の遊戯器具、例えば、ジャングルジムや滑り台などがあります。またベンチやトイレなどもありますので、家族ぐるみで遊びに来ている人達が多いですよ。特に、土、日曜日にはね。

僕は以前、朝早く起きて、このグラウンドのウォーキングコースを何周も歩いたものです。その後、午前六時半になると、ＮＨＫのラジオ体操をしましてね。ああ、思い出しますねえ。あの頃、東京へ行ったり、ソウになって病院へ入院したり。そして弘子さんと出会ったのも、その頃です。面白いですよねえ。そんな僕が元気になって、弘子さんも元気になって、そんな二人が結婚をして。二人は今、そのグラウンドに来て、こうして歩いている。不思議ですよねえ。これが運命の定め、というものなんでしょうね」

「まあ、どうでしょう。先生のことを知れば知るほど、もっともっと、知りたくなりますわ。超人的な方なんですねえ、先生は。私、とんでもない凄い男性と結婚したようですねえ。何て言ってよいか分かりません。幸せ過ぎて幸せ過ぎて、どうしましょ。これからの私の人生、素晴らしい未来が、開けていますわよねえ。何と言っても、先生と一緒に、これからの人生を歩んでいくんですもの」

　そんな話に花を咲かせながら、二人は軽い足取りで散歩を終えた。帰りは、軽快な調子で笑い声が絶えなかった。

　曲がりくねった緩い下り道を歩いて、急な下りの坂道へ着いた。そこから下を見下ろして、思わず彼女は驚嘆して、声を発した。

「凄い下り坂だわ。私、この坂を登って来たのね。ここから下りると、転がり落ちてしまいそうだわ。先生、腕をお貸し下さいな。私をしっかり支えて下さいな。ちょっと怖い感じがしてきましたわ。滑りそうだわ、先生」

「大丈夫ですよ、弘子さん。恐れず、ゆっくり下りれば。僕が弘子さんの腕を取って、しっかり付き添っています。安心して下さい。少しずつ慣れてきますよ。歩幅は小幅で、歩数を稼いで下さい。ほら、楽に歩けるでしょ」

「ええ、何とか歩けそうですねえ。やっぱり先生の言うことには、間違いがありませんね。流石ですねえ。よく見ると、この坂はアカシアの木々に囲まれていますよねえ。季節になれば、美しい花を咲かせますよ、きっと」

「そうですね。奇麗な白い花をつけます。香りも甘く匂いますよ。高校時代、学校の行き帰り、ここを通りましたから、その思い出が、僕の心の中に、一杯収められています。女性との思い出はありませんが、自然との触れ合いが、思い出の中になお残されています」

「あらあら、先生ったら。高校時代の思い出に、彼女はいかがでしたの。本当は、いたんでしょ。お顔に書いてありますよ。美しい彼女がいたって。私を騙したってダメですから。正直におっしゃって下さいな。決して怒ったりなんかいたしませんもの。さあどうぞ、素晴らしき青春時代を語って下さいな。ステキな彼女のことを、話して聞かせて下さい」

「嫌なところを、突いて来ますねえ、弘子さんは。じゃあ、本当のことを、言いましょうか。もう、昔のことだから、夢物語として聞いて下さいよ。おかしな気持ちを持たないで、いいですか。僕の通った高校は進学校でしてね。高校一、二年生の時は、男女共学で、学年が変わると、クラス編成も変わるんです。それで、ここからですが、一年生の時、同じクラスに、図抜けて奇麗な女性がいましてね。名前を田村さんと言いましてね。何とか話をしようと思っても胸がドキドキして、近寄ることも出来ませんでしたよ。他の男子は、平気で彼女と会話をしてましたが、僕にはとてもとても、そんなことは、出来ませんでした。ただひたすら遠くから、また口をアングリ開けて、彼女を眺めていました。典型的な片想いなんです。

またクラス替えした二年生の時にも、やはりお月様のように澄んで清らかな美しい女性がいましてね。田中さんっていうこの女性と話がしたくて、彼女の側まで行ったんですよ。すると彼女は僕に、こう言ったんです。中山さんは数学が得意なので、これから解らない時には教えてね、なんですよ。なんて言うことはない、彼女にとって僕は数学の家庭教師のごとき者なんです。恋愛感情など全くなく、好きとか嫌いとかいった次元の関係では、全くないんです。僕は、好きで好きで、どうしようもなかったんですが、彼女にはそれが伝わらなかったんですね。これも、恥ずかしながら、僕の一方的な片想いでした。

でも一人だけ、気の合う女性がいましてね。この女性は、美人じゃなかったんですが。ちょっとふっくらした可愛い女性でしたね。名前は忘れてしまいましたが。その女性は、僕の彼女という人ではなかったんです。キャンプか何かで同じ班になったたんです。それで、何かをする時に、その女性と二人で話すことがありましてね。そのうち、二人の気が合って、よく話すようになったんです。でも、その彼女とは単なる友人関係でして、恋愛までは発展しなかったんです。

三年生になると、今までとは異なり、理科系、文科系に分かれ、しかも学力別のクラスになりますので、女性とは疎遠になりました。僕のクラスは、理科系の男子だけでしたので、浮いた話は、全くありませんでした。女性と言えば、廊下やグラウンドで、見掛けるだけでしたから。からっきしダメな三年生でしたね。

ところで僕は、中学、高校時代、女性に関しては非常に奥手でしてね。特に中学時代には、今でも忘れられない苦い思い出がありました。あれは、そう、中学三年の冬休みなんですよ。お正月が来ますよね。その当時、クラスの中に、物凄く好きな女性がいましてね。その女性は、僕にとって女神のように、光輝く超美人だったんですよ。もう、本当にキラキラ輝いて見えたんです。そこで僕は、考え抜いた挙句、思いあぐねて自分の気持ちを、彼女に伝えようと一大決心したんです。お正月の年賀状を彼女に書き送ったんです。

どういうものであれ、必ず返事は、彼女から戻って来るものと、確信していたんです。ＹＥＳであろうと、ＮＯであろうと、どちらでもいいと思ったんです。それで、お正月になって元旦が過ぎ、二日が過ぎ、三日も過ぎ、四日も過ぎ、とうとう、五日も過ぎたというのに、彼女からの返事は来なかったんです。あと二日すれば、三学期なんです。クラスで彼女に会わなければなりませんよね。分かりますか、この僕の気持ちを。絶対に来ると思った彼女からのハガキか手紙が、来ないんですよ。つまり彼女は、僕の年賀状に、何の反応も示さなかったんですよ。早い話、僕のことが好きでなかったんですよ。僕は、どんな顔をして彼女の顔を見ればよいのでしょうか、見られませんよ。どうしてこの僕が、彼女に振られたこの僕が、彼女の顔を見られましょうか。その日からの僕の学生生活は、絶望の淵に立たされたようなものでした。それ以後、僕は彼女から、目を逸らし続けましてね。卒業するまでですよ。まさに生き地獄でしたよ。勿論、それ以前にも、僕は彼女と話をしたことはありません。だから、僕は、惨めで完璧な片想いを経験した訳です。

ところが、ところがなんですよ。もう全て諦め、忘れ去ったその夏に、女子高生となった彼女から暑中見舞いのハガキが、僕のところへ届いたんですよ。僕は県立の進学校へ行ったんです。彼女は僕とは違って、私立のお嬢さん高校へ進学してたんです。僕は、びっくり仰天しました。あれほど、恋い焦がれていた女性からのハガキなんですから。

でも、なぜ今頃僕のところへ、暑中見舞いのハガキを書いてよこしたんだろうか。今、書いて来るくらいなら、なぜあの中学三年の冬の年賀状の返事を、僕にくれなかったんだろうか。あれほど待ち焦がれた時に。何故、返事をくれなかったんだろうか。と、僕は、怒りにも似た、激情を感じましてね。恐らく中学時代、美しい彼女には、遊び人の彼氏や恋人が大勢いたに違いない。だから、僕のような勉強だけやっている男子には興味がなかったんだろう。そこで、高校へ行くと、今度はそこには女性だけで男性がいない、当然ですよ。付き合う男性がいなくなった。誰かいないかなあと色々探しているうちに、僕からの年賀状が出て来た。僕ならば、きっと付き合ってくれると、思い込んだんでしょう。恐らくそれで彼女から僕に、暑中見舞いのハガキが来たんですよ。

そう考えていくと、自然なように感じますが、ところがその時の僕は、彼女と付き合ったり遊んだりするような、そんな暇人ではない。僕には国立大学の工学部へ進学するという大きな目標がある。彼女がそれを妨げることは、僕は絶対に許さない。そこまで来て僕は、返事は出さずに、暑中見舞いのハガキを思い切り破り、ゴミ箱へ投げ捨ててしまったんです。恐らく彼女は、僕が喜び勇んで、返事をくれると思ったんでしょうねえ。ところが、僕からの返事が来ない。彼女は、さぞかしビックリしたことでしょう。僕らのような、国立の工学部を希望していた者で、女性と付き合うような暇人は、いませんでしたよ。もし、中学三年の時の年賀状の返事を、彼女から貰っていれば、事と次第によっては、どうなっていたかは、全く分かりませんがね。今となっては、遠い昔の、ほろ苦い思い出となってしまいました。少しだけのお話にするところが、とんだところで長話になってしまいましたね。余り良い話ではなかったので、耳障りだったでしょうね、こんな話は」

「まあ、そんなことありませんよ。先生の青春ストーリーが、目に浮かぶようでしたわ。男性はやはり、美しい女性を好きになるようですねえ。中学、高校時代に、先生が好きになられたのは、やっぱり超美人なんですよねえ。でも、そのような女性は、滅多やたらと、いるものではありませんわ。恐らく百人に一人ってなものですよ。中学三年の時に、年賀状を出された彼女が、もし、その返事を出されていたならば、先生の人生そのものが、恐らく変わったものとなってたことでしょうね。頭脳明晰なる先生は、お勉強もされていましたが、それより何よりも、先生様は、男前でハンサムで、スタイルもよくカッコよい中学生だったんですよねえ。そうした方からいただいた年賀状ならば、普通の女性ならば誰でも喜んでご返事を差し上げますけれど。そこのところが、私には、腑に落ちません。なにか理由と言うか、訳でもあったんでしょうか。

私、女性から考えますに、恐らく、そう、恐らくですけれども。先生のような頭の良い男性に、何とご返事を書けば良いのかが分からず、その女性も本当に困ってしまったんじゃあないかとも思われますわ。もし、私がその女性だとすれば、年賀状の差出人が、普通の並みの男性ならば、適当に、ナマクラな返事で済ますかもしれません。でも、その差出人が、先生のようなカッコいい優秀な男性だとすれば、おかしなご返事は出来ません。やっぱりご返事をどうしようかと、考え込んで悩んでしまいますわ、真剣に。先生、オンナという動物は、こうしたことでも本当に悩み、苦しむのですわよ。だから彼女も、ご返事を出さなかったのではなくて、出せなかったんだと、私は思いますわ。冬休みが明けて、三学期が始まりますよねえ。その時、二人は教室で、当然顔を合わせますわよねえ。ご返事を出していたなら、その返事に対する先生の反応がどのようにして返って来るのかが、怖いですよねえ、その女性は。でも、返事を出さなければ、読まなかったのと同じで、普通通りの精神状態で、教室にいられますよねえ。恐らく、そうですよ、先生。きっとそうなんですよ。だから、彼女のことは、優しく忘れてあげて下さいな」

「さすが超美人の、我が最愛なる妻の弘子さんですねえ。僕の心でしても、推し測れなかったことについて、あっと言う間に聡明なるご回答を導かれるんですから。ありがたいことですねえ。何と素晴らしい奥様を神より賜りしこと、心より感謝しますよ。色々話しているうちに、あっという間に、わが家に着きましたよ」

「ああ、楽しかったわ。先生様との散歩は、いつも色んなお話が出て来るので、興味津々ですわ。これから毎日、一緒に散歩をしましょうね」

「今日はご苦労さま。弘子さんも、よく歩きましたねえ。今度からは、別ルートにしますので。散歩の行程は、少し長くなりますが、街中やスーパーの前を歩きますので、変化がありますよ。散歩の途中、買い物が出来ますので、弘子さんのお好みのルートなのかも知れませんねえ。街中がオシャレですから」

二人は、階段を上って、玄関の鍵を開けた。

# 第十二章　ふたりで詠む俳句

　公一は応接間へ行った。彼女は、日本茶を入れ、公一のいる応接間へ持って来た。

「先生、どうぞ、美味しいお茶でございますから。疲れが癒されますよ。私も一緒にいただきましょう。お茶は、身体にもよいですし。ところで先生は、コーヒーはいかがですか。私は暇な時に、二、三杯飲んでいましたのよ。先生も、飲んでみてはいかがでしょう。お砂糖は入れても入れなくても、お好み次第ですから、いかがですか、先生」

「実は僕はほとんどコーヒーを飲んだことがないんです。学生時代も社会人の時にも、飲まなかったんです。女性とデートをした時も。その代わり僕は、冷水をよく飲みますから。水は健康にも良いですからねえ。血液も奇麗になります。これ、僕の性格の一端ですが、弘子さんは、どう思いますか。嫌いになりますか、この僕を」

「いえ、いえ、そんなことはありませんよ。先生のその性格、とっても素晴らしいと思いますわ。私も見習わなければなりませんわ。コーヒーを飲まなくても、死ぬことはありませんわよねえ。お水を好まれるのは、その効用をよくご存知なんですから。これから私も、お水を飲むようにしましょう。ところで、そろそろ夕食の用意をしましょう」

「そうですねえ。お願いしますね。期待していますので。僕は二階で小説の続きを書きますので。何かあれば、呼んで下さい」

「分かりましたわ、先生。私は美味しい料理をお作りしますので、先生は素晴らしい小説を、お書きになって下さいな」


公一は、小説『愛しきひとよ』の、推敲を進めていった。

しばらくして一階の彼女から大きな声が聞こえた。彼女は、楽しそうな声で、夕食の支度が出来たことを告げた。

パソコンのスイッチを切り、いそいそと階段を下りて、食卓テーブルへと向かった。

テーブルの上には、ポタージュスープ、ステーキ、野菜炒め、キャベツのみじん切りやブロッコリー、無臭ニンニクや桃、メロンや野菜果汁ジュースが、ところ狭しと並んでいた。

公一の来る前に、既に彼女は椅子に座って待っていた。

「お出でなさいませ、先生様。今夜の夕食は、いかがでございましょう。お気に召されますでしょうか。料理長といたしましては、そうですねえ、九十点は、付けられるんじゃあないかと存じますけれども。一応、通常家庭の、百五十%くらいの量のスタミナ料理でございますもの。先生には、これから大いなる天の使命がございますので。元気になられ、健康になられて、素晴らしい小説をしっかり書いていただくためにも、せめてもの私からの、心からの料理の品々でございますのよ。そして、一男性として二百%以上の精力を、付けていただかねばなりませぬゆえでございますことよ。先生ったら、お分かりになっていらっしゃいますか、ここのところを」

「弘子さんのご厚情、まことにもって痛み入ります。僕のことを思いやられること、心より感謝しますよ。出来るだけ頑張って食べさせていただきます。じゃあ、頂きましょう」

二人の、息の合った掛け合いの後に、なんとも幸せな、夕食が始まった。今夜の料理の中で、公一の苦手な物は、キャベツのみじん切りと、ブロッコリーだった。彼女を目の前にして、それらを捨てる訳にも行かず、はたまた、いかにすべきかと思案した挙句、全ては無理なので、彼女と半分ずつにしようと思い立った。

彼女は、しぶしぶその申し入れを受け入れてくれた。その分量ならば、他の料理はさて置き、まず最初に、キャベツのみじん切りとブロッコリーに、マヨネーズとトンカツソースをかけ、大きく口を開けて公一は食べ上げてしまった。その食べるのが、お腹を空かせた子供のように、余りにすばやかったので、彼女は可笑しくて可笑しくて、思わず吹き出してしまった。

むせぶのを心配して、彼女は、コップに冷水を入れて公一に差し出した。彼女の機転に感謝しながら、公一は、思う存分冷水を飲み、食事を続けた。

食事のメインは肉であり、肉は、公一の大好物であった。食事の最中に、色々な楽しい話題も出て、雰囲気も盛り上がって来た。

そこで公一は、小説の他に、少し前から俳句も詠んでいることを彼女に話した。

それならということで、食後の時間に、公一の詠んだ俳句を彼女に披露することとなった。

二人の食事は、優に二時間を超えた。公一は一時間程度であったが、彼女の方が、さにあらずというところだった。

彼女の口元をよくよく見ると、ことのほかよく何度も噛むのである。そ知らぬ振りをして、噛む回数を数えてみた。なんと百回以上は、噛み込んでいた。

よく噛むことは健康に良く、脳の働きにもよく、しかも、身体を痩せさせるとのことらしい。

そう言えば、結構食べる割りには、彼女は、決して肥ってはいない。非常にスタイルがいい。しかもモデル以上に。公一は、独りほくそえんでいた。

食事中に出る彼女の話題は、いつも公一の身体のことと二人の結婚式のこと、出来れば欲しいわが子のことであった。

何と言っても、彼女の嬉しいことは、公一が散歩をよくすることである。人を健康にする基本は歩くことであり、公一は好んで歩く。歩くのにも色々あり、公一の散歩は高速徒歩であり、それにより公一の身体は強靭になってゆく。彼女にとって公一が元気になることは、喜びの極みだった。

家のごく近くには、市立の体育館があった。その体育館の側にはサブの体育館もあった。

公一は、それを知らなかった。たまたまある人から知らされ、サブの体育館へ行ってみた。そこには、幾つかの体育器具を備えたトレーニングルームがあることを知った。色々な器具の中で、公一が利用したのは、ランニングマシーン、バーベル、腹筋運動具だった。

ランニングマシーンでは、時速六・五キロで、三十分間、徒歩することにした。バーベルは、片腕十キロずつを持って、適当な回数上下したり、前後に動かした。腹筋については、四十回の往復を、基本とした。

公一は、散歩と合わせて、雨天の際には、このような身体強化を併せて行うようになっていた。

結婚式については色々と話し合い、簡素にすることとして、それには教会での結婚式が最も適当とのことで、二人の意見は一致した。

さて、その教会は、どこに、どのような教会があるのかは、彼女が調べていた。

「先生、北九州には、およそ三十もの教会がございますのよ。教会には、カトリック教会と、プロテスタント教会がございますわ。教会での結婚式について、色々直接電話でお聞きしましたの。基本的に、カトリック教会では再婚者の結婚式は行わないとのことなんですのよ。というのも、カトリックは離婚を認めていませんから。先生は、一応、再婚ということになりますから、プロテスタントに絞りまして、幾つかの教会を、調べてみましたの。すると、小倉北区に、結婚式のみでも、実施していただける教会が見付かりましてね。そこで式を挙げることに決めましたよ。いいでしょ」

「ええ、それはいいですけれども、その前に僕のCT検査を済ませなきゃあいけませんよねえ。その後に、日にちは決めましょうよ。でもよく見付かりましたねえ。さすが弘子さんですね」

「えへん。それはもう、先生とのことですもの、私、頑張って探しましたのよ。これでも、色んなところへ電話をして、分からないことは、教会の牧師さんに直接お話を伺ったんですから。その牧師さんは、色々アドバイスをしてくれましたのよ。何人かの牧師さんと、お話をしましたが、皆さんご親切で、非常に参考になりましたわ。例えば大きなホテルでは、その中に教会を持っているんですよ。そのホテル内で、教会式の結婚式を行う場合、教会から牧師さんが、アルバイトで結婚式を挙げることも、結構あるとのことでした。でも、結構お金が掛かるとのことでしたので、そこはやめにしました。私が決めました教会は、余りお金の掛からないプロテスタントの教会で、よくお話の分かる牧師さんでしたわ。先生も、きっとお気に召すと思います」

　彼女は、さも自信あり気に、選び抜いた教会について説明をした。

　夕食の後片付けも済ませ、二人は応接間へ行った。外はとっくに日も暮れていたので、カーテンを閉めた。

公一は、俳句のノートを取りに二階へ上がった。彼女は、熱い紅茶を入れながらレモンを搾り、砂糖を皿の上に三個添えた。

公一は、二階から戻って来て座った。彼女は、熱い紅茶を勧めた。

「ああ、ありがとうございます。美味しそうですねえ。じゃあ、いただきます」

「いかがかしら、紅茶のお味は。私はお食事の後によく飲むんですよ。紅茶は美味しくて甘くて、それでいて爽やかな、上品な感じがしますわねえ。コーヒーには、カフェインが入っていますので、興奮して来ますわ。でも紅茶はお茶ですので、身体にもよろしゅうございますわよねえ、先生ってば。お味はいかが」

「ええ、美味しいですねえ。やはりこういった味は、結婚をしないと味わえないものですねえ。紅茶を、こうして飲めるっていうことは、幸せを味わっていることになるんでしょうね。独りの時はこうは行きません。素晴らしいティータイムですねえ」

「よかったわ、先生が喜ばれて。あ、そうだ。確か先生の詠まれた俳句を、お聞かせ下さるとのことでしたわね。私、知りたいわ、先生の俳句を」

「ええ、それで先程俳句ノートを持って来ました。月に二度ある俳句会なんですよ。松葉句会と言いましてね。僕達の俳句は、月に一度、N新聞の、読者文芸というコーナーに掲載されてるんですよ。その幾つかをご披露しましょうか」

本を読み　読みて待つなり　雪の駅
御仏へ　男の祈り　秋ふかし
蝉時雨　末期の声を　振り絞り
ゆらゆらと　姿交わしぬ　金魚かな
春の夜の　月のかけらに　人恋し
落人の　怒り沈める　先帝祭

「まあ僕は、俳句については素人です。句会の先生は僕の句を評して、ロマンチックね、とのことでした。じゃあ、その他の句も紹介してみましょうか」

玄関に　水まき子供の　数え歌
七色に　浮かびあがれり　天の虹
蝉の声　如何ともせん　この暑さ
北風に　吹かれて浜辺　砂の舞い
仏をば　祈り今宵は　夜遅く

秋風に　吹かれし娘の　乱れ髪
色清き　ほのかな芽吹き　木々の枝
春の海　夜景の光と　月明かり
木洩れ日や　木々の芽吹きに　陽の光
春の海　キラリ光りて　波静か
バレンタインデー　女心を　そっと見せ
立春や　小川の水も　はや温む
初節句　飾りし雛の　艶やかさ
お遍路の　歩く姿も　仏なれ
仄かなる　時を迎えし　桜かな
水温む　小川の鯉も　群れ成して
土筆の字　読めねど東大　受験せり
一面に　炎ふりまく　野焼きかな
満開の　そよぐ桜の　花吹雪
清めたる　墓前の葉桜　花散らし
葉桜や　散りしひと花　蝶の舞い

満天の　暑さしのげる　水中花
青空や　暑き熱闘　甲子園
鶯の　初音聞こえし　山歩き
山際に　小さき輪を成す　すみれかな
山裾の　名残椿も　紅く映え
公園を　真紅に染めたる　皐月かな
紫の　色鮮やかな　藤の棚
朝もやに　露を置きたる　花菖蒲
万緑の　森の木洩れ日　見え隠れ
紋白蝶　色取り取りの　花に舞う
万緑の　銀杏の葉波　空覆う
山小屋の　灯火仄か　山開き
山開き　今年は穂高か　白馬か
仰ぎ見る　星の群れ成す　天の川
天空に　星の織り成す　天の川

「結構紹介させて貰いましたが、いかがでしょう。僕は、自然や心情の美しさ、清らかさや朗らかさ、嬉しさ、和やかさ、優しさ、豊かさ、華やかさ、大らかさや快さ、それらをひっくるめたありのままの姿や様相を詠みたいんですよ。自然体で、句を詠んでいきますよ。弘子さん、僕の俳句を、どう感じますか。感じたままを素直に言ってみて下さいよ。いかがでしょう。僕の勉強にもなりますので」

「あらまあ、どうしましょ。私、俳句のことなど全く分かりませんわ。でも、先生の俳句が優しくて奇麗で、活き活きしている様子は、手に取るように分かりますわよ。初めて俳句を詠んだ人の句とは、誰も信じませんわ。だから、私は思いますのよ、先生には、天賦の才能がおありになるんですよ。一芸に秀でた人は、何にでもその才能を展開出来るんですよねえ。まさに先生は、そういった天才肌のお方なんでしょう。この俳句でも、五、七、五、の十七の文字の中に、ご自分の想いを詠みあげるのですから、心情を研ぎ澄まし、先鋭な描写を極限にまで凝縮させているんでしょうね。先生の俳句の中で、私が最も好きな俳句、ベスト十を、発表してみましょうか」

「ええ、お願いしますよ。僕も、楽しみですから」

「じゃあ、発表させて、頂きまーす」

一、七色に　浮かびあがれり　天の虹

二、木洩れ日や　木々の芽吹きに　陽の光
三、お遍路の　歩く姿も　仏なれ
四、仄かなる　時を迎えし　桜かな
五、清めたる　墓前の葉桜　花散らし
六、山際に　小さき輪を成す　すみれかな
七、春の海　キラリ光りて　波静か
八、山小屋の　灯火仄か　山開き
九、朝もやに　露を置きたる　花菖蒲
十、天空に　星の織り成す　天の川

「私、俳句は分かりませんけれども、素人なりに心に響いた句を挙げてみましたのよ。私のセンス、いかがでしょうかしら」

「素人と言いながら、弘子さんの選ばれた句の中には、僕の好みの句が結構ありますよ。もしかして、この僕よりも俳句のセンスがいいかも知れませんね。なぜって、沢山の句の中から、このように十句を選べるんですから、凄いですよ。普通の人では、恐らく選べないでしょうから。実は、俳句には、一句一句違った表情、情景や風景、歓喜などの心情や、自然感、人生感などがありましてね。それらを、十七の文字の中に、調和をもたせて、語りかけるように表現するものなんですよ。

　弘子さんも今度、俳句を詠んでみてはどうですか。最初は、取っ付きにくい感じがしますが。この僕が、いい例ですよ。僕は、俳句が好きで句会に入った訳じゃあないんですから。たまたまですよ。全くの、ド素人だったんですから。でも不思議なことに、出来ないと思ったことでも、やれば何とかなるものです。何とかなれば、少しずつ句を詠む要領が分かってきますよ。そうなったら、しめたものですよ。俳句は詠めますよ。

　それではねえ、弘子さん、ここで俳句をつくってみて下さいよ。今は、そう、夏ですよねえ。夏の季語と言いますと、たとえば、牡丹や、青葉や、百合などが、挙げられますが、季語にこだわる必要はありませんから。自由に詠んでみて下さいよ。まあ、夢見るつもりで、心の趣くままに心を澄ませて浮かんで来る言葉を、書き記してみて下さい」

「まあ嫌だあ、困りましたわ。先生ったら、直ぐ私を、その気にさせるんですもの。そうですねえ、じゃあ、考えてみましょうか。その代わり、少し時間を下さいな。あっ、そうだ、先生も一緒に俳句を詠みましょうよ。ね、いいでしょ」

「ハイハイ、分かりましたよ」

「先生、ハイは、一つでよろしゅうございますわよ」

「じゃあ、ハイ。弘子さん」

公一は二階へ上がり、コピー用箋とボールペンを持って来た。

公一は、即刻、思いついた句を一句詠んだ。

彼女は、目をクルクル回しながら、これ以上の思案がないかのごとく考え込んで、やがて一句浮かんだらしく、コピー用箋に書き込んだ。

公一はすでに句を書いて、コピー用箋を応接台の上へ置いた。これから二人の句会が、始まるのである。

まず公一は、「我が妻は　牡丹の如く　麗しき」と詠んだ。

その途端、彼女は言った。

「モウ、モウ、モウ、インチキ、インチキ、先生をどうしてくれましょう。私を俳句のダシになされるなんて、こんなに恥ずかしいことは、ございませんことよ。と、言うのは、大嘘でございまして、もう私、嬉しくて嬉しくて、もう一つ嬉しくて。先生を独り占めにしている私は、なんと幸せなことでしょう。これまでより、一層先生様が、ダーイスキでございますわよ。じゃあお次は、この私めのお恥ずかしい句を、ご披露させていただきますわ」

こう言って彼女は、コピー用箋に書いてある句を、詠みあげた。

「散歩路　青葉茂りて　鳥の声」

公一は、彼女の句が、一応理に叶った自然の情景を詠んだものだと感じ入った。そして、初心者が詠んだ句にしては、十二分に才能あり、と公一は思った。

「弘子さん、なかなかですよ。言葉の調子が素直ですねえ。決して飾らずに、ありのままをそのまま言葉にしてますねえ。清らかな句ですよ。素直でいい句ですね。また時々、二人の句会をしましょう。俳句のことはこの辺で。そろそろ、お風呂を沸かしましょう。弘子さんは二階で、テレビでも見てて下さいね」

公一は浴室へ行き、設定温度の調節をして、お湯の蛇口を開いた。お湯は、およそ十五分でいっぱいになった。

二階にいる彼女を呼び、彼女へ、お風呂へ入るように告げた。

そこで、彼女の得意な我がままが、ムラムラと登場して来た。

「先生、先生がお先にどうぞ。私は、先生の下着やパジャマと、私の下着、パジャマを持って来ますので。先生はごゆっくりとお風呂にお入り下さいまし」

取りあえず、彼女の言う通りに、公一は、先に独りで浴室へ入った。身体にお湯をかけて、浴槽に入った。公一は、何か奇妙な予感がしていた。

公一の予感が的中した。その時突然、浴室のガラス戸が開いた。なんと彼女が、正々堂々と浴室へ入って来たのである。

公一は、愕然として、言葉をなくした。目の行き場も、失っていた。

ところが、彼女は、笑顔でにこにこして公一に平然として言ってのけた。

「ご免あそばせ。先生の背なをお洗いいたしましょう。どうぞこちらへ、お上がり下さいな」

「まあ、急にそんな。弘子さん、僕を殺す気ですか。心臓が、バクンバクンと爆発しそうですよ。もう、知りませんからねえ、もう、やりたい放題なんだから……もう、参りましたよ。お好きなようにして下さい」

「はい、ありがとうございます。では、好きなようにさせていただきましょう。ウッフッフ」

二人の入浴は約三十分にも及んだ。

風呂上がりの二人は、湯にあたったようで足元が定かでなかった。にもかかわらず、不思議と二人は、妙に幸せそうな笑みを浮かべていた。

二人は、浴室の横の広い廊下に、お湯の滴のついた身体も拭かず、しゃがみ込んでしまった。疲れ果てた二人に、何も言葉はなかった。やがて二人は立ち上がり、身体を丁寧に拭いた。

公一は、パジャマを着て、彼女もパジャマを身に着けた。彼女の話が、始まった。

「先生様、結婚生活って、素晴らしいですわね。もうこれからは、お風呂は、必ずご一緒ということにしましょうね。私、決めてしまいましたもの。あんなに楽しいお風呂って、初めてですもの。先生は、まるで、子供のようにはしゃいでいましたものねえ。お湯の掛け合いは、勝負なしですからねえ。明日は、私が勝ちますから、お覚悟をして待ってらっしゃいませね。それから先生、もう少しユックリと、お身体を洗って下さいな。あれでは、カラスの行水ですわ。もう明日からは、私が洗って差し上げますからね。いいでしょ。懇切丁寧に、隅から隅まで、お洗い致しますので、覚悟をして下さいまし。よろしゅうございますでしょうか、先生」

公一の方は、ときたら、彼女に対して、何もなすすべがなかった。

彼女の操り人形の如くに、公一は身を任せた。二人は、幸せの限りを、身体で示すがごとくに味わい切った。

この上ない幸福感に充たされながら、二人は二階へ上がった。

彼女は、テレビの、リモコンのスイッチを入れた。歌番組が、放映されていた。

歌は四、五人のグループがハーモニー宜しく歌い、聴く耳に心地よかった。公一は、いつものように、パソコンで小説『愛しきひとよ』の原稿の先を続けた。

数時間パソコンに向かった後、公一が時計を見ると、午後十二時前だった。

彼女は、歌とは別のテレビのニュースを見ていた。もう就寝の時間だと思い、公一は布団を敷き始めた。

「私が、お布団を敷きますわよ。先生は、そこで、テレビのニュースでも見ててくださいな。お仕事、お疲れ様でした」

彼女は手際良くダブルの敷布団とマットレスを敷き、シーツをかけ、掛け布団を広げた。彼女に呼ばれて公一はテレビのスイッチを切り、布団の中へ入った。

それを見た彼女は、パジャマをネグリジェに着替えた。うなじに香水を吹き付けてから、しおしおと布団の中へ入ってきた。

「先生、今日も一日幸せでしたわねえ。これからも毎日、このようでありますように。私、先生の良き妻になるようこれから頑張りますわ。そして、先生様に喜んでいただきたいわ。私、もう、先生が、好きで好きで、どうしようもなく好きで、おかしくなりそうですわ。あら、もう先生ったら、寝た振りをなさって……いけない人ですわ……」

公一は黙って目を閉じ、彼女の言葉を感謝のうちに聞いていた。そのうちに、彼女は悦びに満ちて、妻のお勤めを、しおらしく果たしていった。
夜は、あくまでも静かに更けてゆき、二人は幸せの神の恵みを受け始めた。
楽しいひとときは、あっという間に流れた。

# 第十三章　式と披露宴

本日は、いよいよ待ちに待った結婚式である。二人とも自分の家族を、最小限招待することにしている。

公一は、息子夫婦と娘夫婦を、広島から呼び寄せていた。また、公一の弟夫婦も招待した。

彼女の方は、宗像の方から、ご両親と兄夫婦を招待していた。

結婚式は、小倉北区にあるプロテスタント教会で行われる。招待者は、それぞれ車で参集している。

二人の結婚式は、午後一時から始まることになっていた。昼食は、教会の近くのレストランでとるようにした。

彼女だけは早めにサンドイッチを食べ、教会の衣装室でウェディングドレスを着ていた。スタイルは良く、超美人の彼女のウェディングドレス姿は、誰の目にも鮮やかな、派手やかなモデルを凌ぐエレガントなフェアレディーを、想わせる。

公一がモーニングを着るのには、余り時間が要らないので、食後に教会へ行き、着替えすることとした。

参列者の食事も終わると、一行は車で教会へ向かった。教会に着いた参列者は教会の中へ入り、最前列から並んで着席した。

午後一時になり、公一は教会の中央の通路の真ん中へ位置を取り、彼女と彼女の父親の入場を待った。

彼女と父親は、教会の入り口から入場して来た。既に、オルガンの音色が、教会内に爽やかな神聖さを漂わせていた。

彼女の左手を、父親が右手で軽く支えていた。二人は、粛々と中央通路を歩いて来た。

二人が、中央通路の真ん中まで歩いて来た時、父親に代わって公一が、彼女の左手を支えて歩き始めた。演壇の前まで二人が到着した時に、二人は振り返り、参列者にゆっくりと一礼をした。

二人は、演壇の前面の階段を上った。そこには、牧師さんが厳粛なる装いで二人を迎えてくれた。

これより、牧師さんによる厳かな結婚への神の導きと御教えの儀式が始まる。牧師さんは、結婚の慶び、結婚の意義、主イエスキリストの祝福を二人に述べた。最後に、結婚の誓いを、二人に執り行い、二人は、リングの交換をした。その後で、二人が終生の愛を誓うキスをかわした。結婚式は、これで終了となる。

後は記念撮影であり、各列席者は、公一と花嫁のウエディングドレス姿の横に並び、カメラのシャッターが何度も切られた。公一と彼女が並んだポーズが、二人の貴重な結婚写真として残ることになる。

写真撮影が終了すると、全員は近くのレストランへ移り、披露宴となった。料理は、肉やサシミ、寿司やスープなど色とりどりの皿が並べられ、果物を幾つも盛り合わせ、食べやすいように一人一人に並べられていた。

この席で、両家の参列者の紹介を、公一と彼女が行った。各々の親族だけであり、分かりやすく、その場で歓談しているうちに、親しくなっていった。両家の面々は紳士と淑女であり、人間としてお互い尊敬しあえる種類のよい人達の集まりだった。両家の紹介は、和やかな雰囲気の元に終わった。

お酒は飲んでいなかったので、参列者は、ここで散会として、別れの挨拶をした。参列者は、各々の車で、レストランを後にした。

彼女は、借り物のウエディングドレスを奇麗にたたみ、大きなケースに納めた。公一も同様に、借り物のモーニングをたたんで、袋の中へ入れた。

二人は、大きなケースと袋を持って、レンタルショップへ向かい、そこで借りた二人の結婚衣裳を返した。

参列者は、公一と彼女の結婚を、心から祝福してくれた。二人は、今日を境に、真実の夫婦生活が始まることとなる。何よりもこのことを願っていたのは、他ならぬ彼女であった。

彼女は、公一の完全なる妻となることを承認され、みなに確認されたことが、この上ない幸せであった。もう、誰にはばかることもない、公一の妻である悦びが、心の底から湧き上がってくるのを禁じ得なかった。

公一も、ありがたい感謝の気持ちを、自分の信じる神様へ心の中のあらん限りの念でもってお伝えした。二人は幸せに満ち溢れて、家に戻った。

今日は、九月十日火曜日、公一の、ＣＴ検査の日である。二人は、午前八時に朝食を終えた。

ＣＴ検査は、午後二時の予約である。公一は、時間に余裕を持って、家を出ようと思った。

バスの乗り継ぎの場所には、大きなショッピングセンターがあった。公一は、ここに彼女を連れて行こうと思った。恐らく彼女は、ここが気に入るに違いない。

二人は、外出用の衣服に着替え、午前九時半に、家を後にした。バスに約二十分乗って、所定のバス停で下りた。バス停の目の前にショッピングセンターが、巨大な姿を誇示していた。それを見た途端、彼女の目がキラリと輝いた。

大きな道路の信号を渡ると、直ぐにエントランスがある。中へ、入った。ここから先は、彼女の独壇場であった。

おびただしい数のレディースショップが、巨大なフロアに、ところ狭しと並んでいた。見るべきフロアは、一階、二階、三階と別館である。

彼女は順を追って、一階から洋服の品定めを始めた。二人は一緒に歩き始めた。もし、彼女のお好みの衣服があれば、購入しようと最初から決めていた。

公一の気のつかない女性のストレスを解消させる最も良い方法は、好きな衣服を購入させることだということを、以前、精神科の先生から拝聴していた。

今日、ショッピングセンターに連れてきたのは、彼女への精神医療の一つと思いついたからだった。

案の定彼女には、今までにない、いかにも女性らしさを表に出した悦びの姿がそこにあった。公一は彼女の様子を見て、ここに来てよかったと確信した。

もう彼女にとって、公一の存在は、意識の外に消えていた。既に、衣服の見立てに没頭していた。公一は、まさに彼女の蚊帳の外だった。

数着もの洋服を手にして、彼女は、大きな鏡の前で一着ずつ、身体に合わせている。それを何度も繰り返していた。

それにもかかわらず、好みの洋服はそこには見当たらず、また他店へ移動していく。

公一は心の中で、この彼女の洋服選定のパターンは、女性の自己満足を充たす上で、絶対に必要な条件であると認識させられた。そこで、彼女の心を、十分に満足させてあげようと思った。彼女の満足は、公一の幸せでもあった。

公一は、彼女と並んで歩き、彼女の行きたいところへ付いて行った。およそ三時間、彼女は洋服を見て回り、その成果として合わせて四着を購入した。都合三万円程度であった。

お昼が近くなったので店内のレストランへ入り、病院方向へ行くバスの時間待ちをした。バスの時刻が近づいたので、レストランを出てバス停へ向かった。

時刻通りにバスが来たので、二人は後部座席に並んで座った。

病院までは約二十分であった。二人は、S医科大学病院前で、バスを降りた。バス停から陸橋を渡れば、そこはもう病院だった。

二人は、病院の入り口に立った。ガラス戸は自動で開いた。

中へ入り、公一は、再診受付の装置に診察券を差し込んだ。

今日の公一の目的は、CT検査を行い、その受診結果を聞くことだった。

一階の第二外科の受付へ、診察券と診察用紙を、提出する。

公一は、彼女と共に、地下一階へ行き、いつものように、CT検査を受けた。

CT検査結果の診察予約時間まで、二人は、長いソファに座って待った。

この時から彼女の心に、どこからともなく不安の波が、ザワザワと押し寄せて来た。

不安で落ち着かない彼女は、取りあえず、公一に断って、トイレへ駆け込んだ。

公一の方と言えば、あらんことか、前のソファに座っている美しい女性に見とれていた。

彼女が戻って来た。公一の目が、前方の美女に魅入られているのに気づいて、彼女は言った。

「先生ったら、何をヨダレを垂らして、ご覧になっていらっしゃるんですか。お真面目にして下さいまし。ここは病院なんですのよ。これから大事な検査結果をお聞きになるんですのよ。どうせご覧になるのでしたら、ほら、私めをとくとご覧あれ。お好きなだけご覧下さいませ。いかがでございますか、先生ったらあ」

「もう、弘子さんという人は。そんなに言わないで下さいよ。ほんのちょっとだけ目が移っただけなんですから。前に座っている女性よりも、弘子さんの方が、遥かに美人ですよ。本当なんですから」

「また、そのようなことを言って、私のやきもちだと思って誤魔化すんだから。反省して下さいよ、反省を。先生ってば」

「分かりましたよ、分かりました。僕が、悪うございました。初めての夫婦喧嘩は、この辺で終わりにしましょう。それより検査結果についてですが、前に医師が言いましたよねえ。どんな結果が出ようとも、心配しないで下さいねって」

「ええ、それは、分かってはいますわよ。心の準備は、もう出来ていますもの。女って、いざとなればトコトン強くなるんですから。でも、心配は心配ですわよねえ。だって話は、癌かどうかなんですもの。もし、立場が逆でしたなら、いかに先生といえども、ご心配なさるんじゃあございませんこと。きっとそうですよ。なぜって、先生はお優しい方ですもの。そうじゃあございませんかしら」

「何ともはや、ごもっともなことでございます。ところで、もうそろそろ、予約した時間なんですが、呼び出しの放送がまだありませんねえ。大体予約した時間通りに、診察の放送があるんですがねえ。少し遅れてるようですよ。まあ、もう少し待ちましょうか」

「そうですねえ。いろんな患者さんがおられますもの。それは、やむを得ませんよね」

「今まで、結構何度も診察を受けましたが、そんな時には必ず、自分の書いた小説を持って来ましてね。それを読んでいるんですよ。気が付いたら、僕の診察の放送が鳴ってるんですよ。でも今日は、小説の代わりに、弘子さんが横にいますので、楽しいですよ」

「まあ、先生ったら。先生の小説の代わりが私でございますか。フン、嫌な感じ」

「いや、そういう訳じゃあ、ありませんよ。ただいつものことを言ったまでのことなんですから。嫌味なつもりで、言った訳じゃあありませんので。怒らないで下さいよ。謝りますので」

「まあ、本気にされちゃって。嘘ですよ、嘘。嫌味だなんて、これ、全くの嘘。私は、先生のお側にいるだけで、心底幸せなんですもの。ここでこうして、二人でいること自体、夢のようなんですもの」

その時、二人のお喋りを中断させるように、公一の診察を告げる放送が鳴った。

二人は、指定された第二診察室へ入って行った。二人は、担当医の前に座った。

医師は、CTの断層写真フィルムを見ながら、その説明を始めた。胸部の上方から少しずつ下の方へ、フィルムを移動させた。

医師は、あるポイントでフィルムを止めたところで説明を始めた。

「この右の肺のところにあった三ヶ月前の異物が、少し大きくなっていますね。これはやはり癌と判断されますねえ。この程度ならば、手術で取り除けば、問題はないでしょう。ただし、中山さんの場合、肺の手術は複数回になりますよねえ。だから、普通の手術と全く同じという訳には行きません。切除する肺を最小限に留めることが必要です。もう、左側の肺は、半分がありません。今度は右側ですので、上司の教授と詳細に検討しましょう。呼吸困難に陥らないように、切除箇所を最低限度にしますので、ご安心して下さい。癌がまだ小さな塊なので大丈夫だと思います。四、五日中に、入院をして下さい。係の方から連絡が行きますので。その間、病室を確保します。それでは、入院の手続きを受付でされて下さい。じゃあ診察は終わりですので。ご苦労様でした」

「どうもありがとうございました。失礼します」

「失礼いたします。宜しくお願いいたします」

公一は、普段と変わりなく、平然として退室した。彼女の方は、癌ということで、心臓の高鳴りを隠しきれず、診察室を退出した。

二人は、直ぐに入院受付の方へ行き、用紙に必要事項を記入して、係の人に提出した。入院に必要な物についての、説明があった。

彼女は、そのパンフレットを貰い、いよいよ入院だわ、という思いを強くした。二人は会計に行き、手続きを終えた。

帰りは、バスで折尾に出た。

折尾から、ショッピングセンターには、もう寄らなかった。

二人は家へ戻り、普段着に着替えた。

公一は、応接間でひと休みをした。

彼女は、お茶を持って応接間へ入って来て、心配そうな様子で問いかけた。

「先生、本当に大丈夫なんでしょうね、担当医先生の癌の宣告は。あんなに軽々しく癌だと言われると、癌が、風邪か何かの簡単な病気のように聞こえますわよねえ。本当に、そんな病気なんでしょうか、癌って。私には、どうもそうには思えないんですけれども。やはり、大病の一つの気がしまして。ちょっとあの担当医先生は、癌を甘く見ているように思えるんですけれども。これ、私の思いすごしなんでしょうか」

「そうですよねえ。まあ普通の人は、弘子さんと同じ思いをされるでしょうね。心配されるのも当たり前ですよ。何と言っても、癌ですからねえ。ところが僕の場合、転移性の癌ではないんですよ。一過性の癌なんです。言い換えれば、胸の中にオデキが出来たようなものです。だから手術して、そのオデキを取り除くだけなんですよ。それで、医師も僕も、この手術については全く心配していないんですよ。お分かりですか、わが奥様」

「そのようなものなんですか、先生の癌って。じゃあもう、私、心配しないようにしましょう。気持ちを楽にしていていいんですね。そうなれば、これから先生の入院準備をしなきゃあいけませんよね」

「あの病院へは、二度目の入院になりますので。かって知ったる我が家のようなものなんですよ。だからいつも使っている物を、持って行けばいいんですよ」

「じゃあ、特に新しく購入する物はないんですか。例えば下着なんか、新しい物でなくてもいいんですか、どうなんですか、先生」

「そりゃあ、新しい物に越したことはありませんが、でも、今使っている物で十分ですよ。新しく買うのは、勿体ないですから」

「またあ、そのようなことを言って、先生は。下着だけでも、新しい物を身に着けて下さいな。いいでしょ。これ、私のたってのお願いですから」

「ハイ、分かりました。弘子さんの愛情を、いただいた感じがしますねえ。どうもありがとうございます。じゃあ下着は、病院の売店で買うことにしましょう。ところで、今夜の夕食の食材はどうですか。もし無ければ、これからスーパーへ行って、何か買いましょうか」

「それは大丈夫ですのよ。買い置きの食材がありますので。今夜はカレーですもの。美味しいですわよ、私のカレーは。角肉も、ある程度購入していましたので、楽しみにしていて下さいな。今から夕食の仕度をしましょう。先生は、いかがなさいますの」

「じゃあ僕は、二階でやりかけの作業をしましょう。夕食のカレー、期待していますので」

「ハイ、ご期待下さいませ。じゃあ、先生も頑張って下さいな」

こうして、公一は二階へ、彼女はキッチンへ向かった。

公一はパソコンの前に座り、小説『愛しきひとよ』の推敲に取り掛かった。

この小説は、大学生が卒業した日から、就職する会社の入社式の日までの、ほんのわずかな短い日々を自由自在に楽しんだ、男女の大学生の生き様を、あからさまに前面に押し出した、長編ロマン小説である。

この小説『愛しきひとよ』を、プリントアウトして、出版社へ送付する準備をした。

一仕事を終えた公一は、本棚から、神田満先生の書物『オリジン』を、取り出した。

この書物は、人間の様々な性向と、その心の在りようについて、論理的思考や実例を通して、難解なものを分かり易く、人間の起源を平易に解説したミリオンセラーである。

公一は、この種の書物を二十五冊ほど所持している。これらの書物は、俳句の会で知り合った、あの女性よりいただいた本に由来する。

公一が、彼女と結婚をするまでの読書の時間は、これらの書物を読む時間であった。

夕食までの時間、『オリジン』を熟読した。

キッチンでは、彼女が、鼻歌交じりにカレーを作っていた。

このカレーには、ジャガイモ、人参、玉ねぎ、ブロッコリー、ゆで卵、そのほか何がしかの野菜、そして大きな角肉などが具として入っている。

カレーは甘口であり、彼女は公一が甘党であることを知っていた。

この彼女の自信作のカレーは、メインメニューの一つであった。夕食のメニューは、カレーの他に、当然野菜サラダが添えて出てくる。

カレーの方は、公一の好物だったが、野菜サラダは、趣向を凝らす必要がある。

読書の後に、公一が一階の彼女のいる、キッチンへやって来た。公一が一番に目にしたものは、野菜サラダであった。

公一は、考え抜いた挙句、考え出した結論は、野菜サラダを電子レンジで約三十秒間、加熱することである。野菜を加熱すると柔らかくなり、舌触りもよくなるに違いない。また野菜の香りも優しくなり、生味の嫌味な臭いがなくなり、食べやすいに違いない。それを公一は、彼女に提言してみた。

彼女も、そうかも知れないと言い、早速野菜サラダを電子レンジに掛けてみた。公一の思惑通り、柔らかく嫌な臭いもなく、食べやすい野菜サラダが卓上に並んだ。これで、野菜サラダに対する好き嫌いは、一応解消された。

こうして二人の夕食は、幸せな微笑みのうちに始まったが、彼女は心中の不安な思いを伝えてみた。

「先生は、近いうちに肺癌の手術をされますわよね。入院生活は、どのくらいになるんでしょうか。私にはよく分かりませんが」

「そうですね、手術に伴う入院は約三週間ですが、痛みが残ればリハビリがあると思うんですよ。このリハビリは数ヶ月は掛かりますねえ。そう、例えば三ヶ月とか、そういった追加入院になります。手術後の痛みがなければ、リハビリの必要はなく、約三週間で退院が出来、家へ帰れます。だから今は、可能性を話したまでであって、何も心配は要りませんよ、弘子さんは」

「取りあえず、三週間を目途に準備をしましょう。必要な物は、先生の方がよくご存知なので、新しく購入した方が良いと思われるものを、教えて下さい。病院の売店で、購入することになるでしょうね。その時はご一緒致しましょう。お話ですと、三週間であっても、プラス三ヶ月であっても、手術そのものは、必ず成功いたしますわよね。そうでないと、私、絶対に困りますから、絶対に。先生は、私の全てなんですもの。

万が一の時には、私も一緒に逝きますので。決して独りにはいたしませんので、安心して手術をお受け下さいな。私には、手術というものの経験がございませんので、受ける人の気持ちが、全く分かりませんわ。でも先生は、大きな手術を何度も受けられていますわよね。手術前はやはり怖いものなんでしょうか。いかに先生といえども。どうなんでしょうか、怖いんでしょう、やっぱり」

「僕は、小さな時から怪我や病気で、よく入院をしましてね。勿論、何度も手術をして来ましたよ。これらの手術は、そのほとんどが局部麻酔なんですよ。だから手術中のメスの動きなどが感触的に分かりましてね。どこをどう切って、どう縫っているのかが、よく分かるんです。何とも言えない手術でしたねえ。これから受ける手術は、癌の手術です。手術前の麻酔技術が、昔とはかなり違っていましてね。現在では全身麻酔をしますので、手術前には患者の意識は全くありません。手術室で眠っています。だから、怖いも何もないんですよ。意識がないんですから。眠りから覚めた時は、既に手術は完了して、集中治療室にいるんですから。ただし手術室へ入るまでは、怖い人もいるかもしれません。初めて手術を受ける人や女性の方などは。これは、仕方がありませんよ。誰だって最初はそうですから。

でも、僕のように小さな頃から何度も手術をして来た者は、もう慣れっこになってしまって、全くもって怖くはないんですよ。手術をする先生とも親しくなっていましてね。先生を万能の神様だと思って、全幅の信頼を置いていますので。神様のなされることに、失敗は絶対にありませんから。だから弘子さんも、怖がらなくても結構ですよ。もう、二百％安心して下さいね。僕が言うのですから、間違いはありませんよ。信じて下さいね」

「そこまでおっしゃるならば、いかに心配性の私でも、先生の手術への不安はなくなりましたわ。ああ、お話を聞いて良かったわ。お陰様で、気持ちがスーッとしました。今まで心配で心配で、気持ちが沈んでいましたのよ。夜、寝ていても、先生のお気持ちはどうかと、独りで気をもんでいましたのよ。やはり先生は、とてもお強い方なんですね。私、そのような先生って、大好きなんですもの。私、先生のお嫁さんになれて、もう死ぬほど幸せでございますことよ。愛していますわよ、この宇宙の誰よりも」

「ありがたいですねえ。弘子さんにそう言って貰えて。至上の悦びですよ。僕も弘子さんを、こよなく愛しておりますので。これからも宜しくお願いしますよ」

二人は、尽きない会話を交わしながら、夕食を終えた。彼女は笑顔で後片付けを始めた。

公一は、食卓の椅子に座って、冷水を飲んでいた。今夜は、推敲を終えた小説『愛しきひとよ』をプリントアウトしようと思っていた。しかしその前に、公一は、二人ともまだ、風呂に入っていないことに気付いた。

早速浴室へ行き、温水を浴槽に入れ始めた。約十五分で、浴槽にお湯が入る。

公一はキッチンへ行って、後片付けの様子をさりげなく見た。後片付けは、ほとんど終わろうとしていた。公一は彼女の側に行き、お風呂のことを話した。

「先生。二人とも、大事なことを忘れていましたわ。これから私めが、お風呂にお湯を入れましょう」

「ああ、先程僕がお湯を入れ始めましたので、もう直ぐ入れますから、下着とパジャマの用意をしましょう」

「ええ、じゃあ、私が持って来ますわ。先生のものも持って参りますので」

「じゃあ、お願いします」

浴室に行くと、お風呂にはお湯が、十分入っていた。公一は衣服を脱いで、浴室へ入った。

洗面器でお湯を身体にかけ、浴槽に入り、そこで瞑想にふけった。しばらくして、脱衣所でカサカサと音がした。同時に、彼女が何食わぬ顔をして、公一のいる浴室へ入って来た。

「先生、眠られては、なりませんわ。目を覚まして下さいな。さあ、浴槽から出て下さいまし。お身体を洗って差し上げますので」

浴室からは、公一の悲鳴と彼女の笑い声が交互に聞こえ、いかにも幸せなカップルの様相だった。

先に、脱衣所へ出て来たのは、公一だった。その後少しして、彼女が姿を現した。

公一は、普通のタオルで身体を拭き、彼女は、バスタオルを二枚使って身体と髪を拭き始めた。

二人は、いかにも疲れたかの如くに、拭く手を休めて、横の広い廊下に、座り込んでしまった。その場で二人は、ニラメッコをして、噴き出さんばかりに笑いころげた。

# 第十四章　癌摘出手術の成功

今日は、公一の肺癌の手術のための入院の日である。

二人は、三つの大きなバッグに公一の荷物を詰め、公一が二つを、彼女が一つを持ってバス停へ向かった。

バスを乗り継いで、病院前まで行き、陸橋を渡って病院の中へ向かった。病院内の左端に、入院受付のコーナーがあった。そこで、必要事項を記入して、担当の看護師の来るのを待った。まもなく若い看護師がやって来て、公一夫婦の確認をした。

三人は揃って、エレベーターで五階へ行き、公一の入院部屋である五〇三号室に入った。この部屋は四人部屋であり、公一は窓側に決まっていた。

所定の場所に荷物を収め、まずパジャマを出して着替えた。スリッパが必要だったので、彼女が一階の売店に行って、購入して来た。

看護師さんは、公一に、三角巾やティッシュを用意しておくように指示をした。この三角巾も売店で購入して来た。あと、洗面器、石鹸、タオルも揃えた。

一応入院生活の準備を終えたので、看護師さんは、院内の施設について説明を始めた。

公衆電話、洗面所、お風呂、洗濯機、乾燥場、トイレ、採尿場、洗髪場、憩いの場、自動販売機、お湯汲み場、冷水機などの利用法について、色々と説明があった。

午後からは、手術に向けての検査が始まる。彼女は昼食をとっておくことにした。

公一の最初の検査は、血液検査だった。その後にレントゲン撮影をして、それが終わるとCT検査があった。さらにMR及びMRIの検査があった。立て続けの検査である。

これらの全ての検査に、彼女は、公一に付き添った。この日の検査は、これで終わった。

時計を見ると、午後四時を回っていた。彼女が帰宅するには少し早いと思った公一は、一緒に憩いの場へ行き、お茶を飲みながら、これからのことを話し始めた。

彼女は、売店で公一の靴下を四足買うこと、下着の洗濯は、彼女が行うこと、下着を、もう二着ずつ購入すること、彼女は、毎日病院へ通うこと、公一に、少しお金を持たせること、厚生年金の支給は、二ヶ月に一度、所定の銀行へ振り込まれること。夜、玄関と、冷蔵庫を置いた部屋の施錠を忘れないこと。火の元に気をつけること。公一のいない、彼女の夜は寂しい。

明日、彼女が病院へ来る時には、神田満先生の本と筆記用具とを、持って来ること。これは公一が、入院中に、俳句を詠むためのもの。

公一が、既に作成していた小説『ワンダフル・ラブ』の原稿を、病院へ持って来ること。二人は、額を突き合わせるように小さな声で話した。

公一は、彼女を気遣って、

「今日は、もうそろそろいいですよ。独りで家に帰るのは、寂しいでしょうけれど」

「あらもう、そんな時間なのかしら。先生、私、ちょっと考えたんですけれども。先生の必要な物は、家に帰って持って来たり、購入出来るものは、売店で済ますことにして、夜は、私、実家へ帰るっていうことは、いかがかしら。やはり夜独りでいるというのは、私自身色々と不安ですわ。先生もお分かりでしょ。だったら夜だけ、実家へ戻った方が、先生だってご安心でいらっしゃいますわよねえ。先生は、お優しい方なんですもの、私の言い分、お分かりですわよねえ」

「ああ、そうですねえ。それに越したことはありませんよ。僕もその方が安心です。心配しなくて済みますので。それだけでなくて、弘子さんのご両親も、きっと喜ばれますよ。親孝行にもなりますよ。そうして下さい。僕も大賛成ですよ」

「まあ嬉しい。だから私、先生が大好きなんです。私のお願いを、全てお聞き下さるんですもの。でも今夜は、お家へ戻りましょう。そして、先生の必要な物を、明日全て持って参りますので。それでよろしゅうございますわよね」

「ええ、そうして下さい」

話はそこまでにして、憩いの場を立ってエレベーターのある場所へ行った。公一は、下へ下りるボタンを押した。

彼女はエレベーターに乗り、手を振って一人下へ下りていった。公一は、何となく安心し、幸せを感じながら、そのまま自分の病室へ戻った。

五〇三号室の患者は、みんな肺癌の手術を受ける人達だった。公一もその一人であり、その順番は、まだ知らされていなかった。

ただ公一が手術を受けるためには、少なくとも、輸血のための自分の血液の採取と、一日を通しての不整脈の検査を、実施しておかなければならない。従って、公一の手術日は、後二、三日先であろうと思われた。

肺癌の手術は、毎週三人ずつ、行われていた。公一は、以前にも、肺癌と同じ手術を、この病院で受けていたので、患者の手術についてのあらましは、把握していた。

手術となると、その前日から準備を行う。なぜだか知らないが、陰毛剃、入浴、洗髪、麻酔科の医師の説明など。

当日は、早朝の浣腸の下剤、トイレ、朝食を抜き、手術着への着替え、手術台への移動、手術室へ入室、手術前の麻酔。ここからは全く意識なし、肺癌手術の実施、手術終了後は、集中治療室に移され、意識の回復。これで手術の全ては完了。

一連の手術が終わった後に入る病室は、以前の病室とは異なる。公一は、四人部屋を希望していた。人によっては、二人部屋や、特別な個室を希望する人も、いるからである。

公一は、肺癌という大きな手術を、これから受けるのだが、真実全く不安を持ってはいない。もう既に、二度も肺癌の手術を受けているので、今更恐れる要素なんて全くなかった。例えば、盲腸の手術を受けるような心持ちであった。

同室の患者は、みんな心配そうに、青い顔をしてうつむき加減で、ベッドの上で動かずに横になって寝ていた。ゴソゴソしているのは、公一だけである。

同室の患者は、恐らく手術の経験は初めてのように思われた。

公一は、小学生の頃から、大きな手術を三度も経験していた。しかも、肺癌の手術は、二度も経験していた。

従って公一にとっては、癌であろうが何であろうが、手術に対する免疫は、十分にある。

もう、その時を待つだけの、安らかな心境である。そのため公一は、病室で俳句も詠むし、自分の小説も読めるのである。

まあ、俳句は、その時の情景や心情などを、五、七、五の十七文字に託すものであり、病室にいても、その作業は、十二分にこなせると思っている。

また、小説『ワンダフル・ラブ』は、公一の好みのラブストーリーであり、この原稿は、自分の小説を読み返してみたい、といった類の小説である。

この小説を、誰が、どのように批評をしようが、公一には無関係である。

早い話、公一は、この小説『ワンダフル・ラブ』を、こよなく愛しているのである。

そのため自分の小説という意識なしに、ただ自分の好みの小説として、『ワンダフル・ラブ』を、読んでいくのである。

彼女がこの小説を持参して来るのを、公一が楽しみにしている所以がそこにある。

いよいよこの日から、入院の生活が始まる。

昼食は欠食なので、取りあえずは入浴からである。洗面用具を持って、浴室へ行った。男女の浴室は別々だったので、時間的な制約はなかった。

脱衣所へ入ると、二人の患者が、既に入浴していた。

「失礼します」

公一は挨拶をして、浴室へ入って行った。静かに身体を洗っていると、既に入っていた患者さん同士が、手術のことについて、話していた。

「癌の手術って、怖いですねえ」

「そうですよねえ。私は胃癌なんですよ。胃の全摘出なんですよ。これからどうなるか、不安だらけですよ」

「それは、大変ですねえ。私は肺癌ですよ。でもその前に、胃癌もやりましてねえ。肺癌の場合、手術をすると肺活量が減って、呼吸が苦しくなるようで怖いですよ。また、肺癌では、五年間の生存率が、五十%らしいんですよ。生きた心地がしませんよ」

「私は、胃が無くなるでしょ。これから先の食事のことが心配ですよ」

「胃癌をやれば、手術後の食事療法が大変ですよ。私は今でも、食事には気を遣っていますから」

公一は、会話をしている二人を横目に、身体を丁寧に洗っていた。髪も洗って、浴槽につかった。

先ほどの二人は、既に浴槽から出ていた。あの二人は、これからが大変だろうなあと、公一は、他人事とは思えなかった。一人は、胃の全摘出、もう一人は、明らかに転移性の癌であった。

あの二人に思いを馳せながらも、自分の手術の安全性には、公一は全く心安らかであった。

お風呂から上がってから、自分の病室へ戻った。取りあえず、自分の病室の患者さんに、挨拶だけはしておこうと思い、公一は、患者各々に、声を掛けておいた。

「今日入院しました、中山公一と言います。宜しくお願いします」

公一の挨拶に対して、誰一人として返事がなかった。みんな、自分は、死の淵に立っていると思っているのだろう。これは、癌患者病室特有の、典型的な雰囲気であった。

しかし、公一だけは別格の人間であった。どちらかと言えば、公一はこの手術を楽しみにさえしている。不安、怖いなどという思いは、微塵も存在しない。恐らく、この公一の心根は、誰にも想像出来ないであろう。

不思議なことに、最初の肺癌の手術の時でさえ、公一には、その不安は全くなかった。なぜなら、公一自身、自分が肺癌とは思ってもいなかったからである。

肺癌と分かったのは、手術中にX線で影に写った部分をサンプリングして、それを顕微鏡で検査した結果、分かったのである。

その時は、もう公一は全身麻酔により、意識のある訳がない。手術が終わって初めて、自分は肺癌であったことを、知らされたのである。

肺癌の手術も、これまでの手術も、それを受ける公一の気持ちに、恐怖なんていう次元の、意識の転落は全く感じられない。現に、今もそうである。

肺癌の患者であるはずの公一が、この癌患者の病室で、俳句も詠んでみよう、自分の書いた小説も読んでみようと、自然な思いでそれを楽しみに待っているのである。

全くもって、公一は平静状態にある。

夕食には、まだ時間が少々あったので、電動の髭剃りで髭をあたった。そのために少し音はするが、申し訳ないと、心で謝って髭剃りを続けた。

髭を剃り終えてしばらくすると、夕食の合図があった。夕食は、手押し車に、大勢の病人の食事を載せて、各室に配膳をして行くものである。公一は、自分の名札の付いた配膳を持って、ベッドの上のプレートの上に置いた。このプレートには、脚立が付いており、下にはローラーがあり、移動が出来るようになっている。

ベッドの上に座った公一は、プレートを手前に引いて夕食を始めた。今夜の病院の夕食には、幸いなことに野菜サラダはなかった。魚の煮付け、肉じゃが、玉子とじの入ったスープ、チャーハンであった。

チャーハンは、公一の好物の一つである。肉じゃがの肉は、好物であるが、ジャガイモは少々苦手である。

魚の煮付けは、美味しいものであった。公一は、一応、完食した。さりとて、量的には、少し不足を感じた。

恐らく、夜にお腹が空くと思い、病室を出てエレベーターに乗り、一階の売店へ行った。売店はまだ開いており、そこでスポーツドリンク一本と、中にクリームの入った細いパンを二つ買った。

エレベーターに乗って五階へ戻り、病室へは行かずに憩いの場へ行き、そこで思う存分に食べた。夜になると、この憩いの場は、誰一人いなくなり、公一は独りでこの場を占有出来、遠慮なく気楽かつ自由に、飲み食い出来た。

お腹が一杯になったところで、自分の病室へ戻り、仕度をして洗面所へ行った。

公一が一人で洗顔をしていると、一人のまだ若い女性が歯磨きにやって来た。顔を拭いていると、隣にいたその女性が、激しい咳き込みとともに、急に喀血を始めた。洗面所には、鮮血の海のように大量の血が吐き出された。

公一は焦ったが、取りあえず彼女の口にタオルを押し当てて、大きな声で叫んだ。

「看護師さん、看護師さんはいませんか。大変ですよ、看護師さん」

この大声に、数人の看護師さんと医師がやって来た。看護師さんは、お礼を言って彼女を抱え、医師とともに、その場を去った。

公一は心の中で、こんな劇的なことも、実際にあるものなんだなあという、奇妙な驚きを少なからず感じた。

興奮冷めやらぬうちに、病室へ戻った。看護師さんが、体温の検診にやって来た。公一は、三十六度ちょうどであった。

看護師さんは、検温の後、静かに何もなかったように、去って行った。

その後、公一は、手持ち無沙汰で止むなくベッドへ入った。時計を見ると、まだ九時前であった。

公一は、心の中で歌を歌うことを、思い付いた。新入社員の頃、公一は、大勢の人の前でギターの弾き語りで歌ったこともあった。

当時を懐かしみながら、宵闇迫る病室の中で、声なくして心で、大らかに歌い上げた。歌詞そのものは、正しからずや、既に、三十五年以上の時を経たれば。『イエスタデイ』『雪が降る』『サイレントナイト』『ジングルベル』『ハローダークネス』『ロシアより愛をこめて』など。

しばし楽しみの世界に浸っていたが、就寝の合図とともに、深呼吸をして目を閉じた。公一の脳裏に、先ほどの喀血した女性のことが浮かんで来た。

アレだけ大量の吐血をすれば、ただではいられないいんじゃあないのか。彼女は、生きているのであろうか。恐らく彼女は、気を失っているに違いない。直ぐに医師が来て、輸血を行うに違いない。彼女の血液型を知らなければ、輸血は出来ない。

公一は、出血多量で死亡したという新聞記事を目にしたことがある。

もし、彼女に大事があれば、院内が騒々しくなる筈だ。しかし病棟内に、物音はしない。

そこで公一はひとまず胸を撫で下ろし、陰鬱な思考をやめ、心安らかに眠りについた。

翌朝、洗顔後、配膳された朝食をとった。食事の後、公一は少し休んでいると、いつの間にか本寝をしてしまった。

彼女の方は、いそいそとなすべきことを終えて、バスを乗り継ぎ病院へやって来た。公一の病室へ入り、小説の原稿や筆記道具を出してベッドの側に置いた。

彼女はベッドの側に椅子を置いて座り、公一が目を覚ますのを静かに待った。待っている彼女も眠くなり、ついうとうとしてきた。と、間もなく、今度は公一が目を覚ました。

公一は、彼女が椅子に座って寝ている様子を見て、ああ、色々頑張っているのだと思い、彼女の意気込みをしみじみ感じた。

やがて彼女は目を覚まし、笑顔で公一に話し始めた。

「あらまあ、私ったら、寝込んでしまいまして、どうしましょ。お早うございます。今日はお言いつけ通り、メモ用紙とボールペンと小説原稿『ワンダフル・ラブ』を、持って来ましたのよ。実は、昨夜、少々読ませていただきましたわ。この『ワンダフル・ラブ』って、凄い小説ですわねえ。大学の先生を主人公にされて、その周りの、様々な四人の女性とのラブロマンスが多彩ですわねえ。一人は主人公の妻、一人は同じ大学の助手、一人は同じ大学の女学生、最後の一人は、主人公が、講演をした後に行ったバーのホステスですよねえ。しかも、このホステスは、ミスユニバースで日本一になり、その上、世界でもチャンピオンになるんですねえ。

先生の発想が、私達の想像の域を遥かに超えてらっしゃるんですもの。また妻が、余命半年の膵臓癌に侵されながらも、あえて主人公は、妻が望む世界旅行へ連れて行き、その上、妻が希望する北海道旅行にも連れて行って、妻の希望を叶えさせていますわねえ。私、この先生の小説『ワンダフル・ラブ』の大ファンですわ。先生が、ご自分で読んでみたいというお気持ち、よく分かりますわよ。

でも、ここで、大問題がございますわよ。いいでしょうか、ようくお聞き下さいな。この小説『ワンダフル・ラブ』に登場する女性の気持ちを、先生は、いかにしてお分かりになったのでしょうかしら。この私めの質問に、真面目にお答え下さいな。普通の男性では、全く及びもつかない女性の心理や行動、思いや気持ち、仕草や服装その他について、いかにして学ばれたんでしょうかしら。ハッキリ申しまして、このような小説を、先生が書き得たところの、女性に対する私の大いなる嫉妬、ヤキモチでございますのよ。ご明解なるお言葉を、いただきとうございますもの。お願いいたしますわ。どうぞ」

「弘子さんも、人が悪いなあ。この『ワンダフル・ラブ』は、全くのフィクションなんですから。四人の女性には、おのおの全く違った生活をさせていますよねえ。一人は病死としましたが、それでも主人公は、その妻に最大なる愛情を注ぎましたよ。後の三人は、自由奔放な愛情の強さで、女性の人生の勝利者にさせましたよねえ。

　僕はこう思ったんですよ。女性には、様々な女性がいますよねえ。それらの女性を三つに分類したんですよ。それが大学の助手であり、女子学生であり、バーのホステスだったんですよ。いずれの女性も、自分の人生に対して真剣に、真正面に、取り組んでいるんですよ。これらを女性の美徳と思い、この小説を書いたんですよ。この小説は、最初からストーリーが、決まってた訳じゃあないんです。書きたいなあ、書きたいなあ、と思っているうちに、『ワンダフル・ラブ』が、出来上がってたんですよ。僕は、登場人物四人を、こよなく愛していますよ。それは、そうですよ。自分の小説ですから。いやなことや嫌いなことや、悪いことを、僕は心情として絶対に書きません。これまでもそうだし、これから先においても、それで貫きます。てなご説明で、お答えになるでしょうか、奥様」

「まあ、まあ、まあ。ご自分のお得意の弁論で、私を丸め込もうとなされるんですもの。先生が、小説に登場する人物を、大切に描かれていることが、ようく分かりましたわ。そうですわねえ。先生の小説の人物に嫉妬し、ヤキモチを焼くのは、もう止めにしましょう。そうでないと、先生は小説を書けなくなってしまいますものねえ。そうなれば大変。もう、ヤーメタ。先生に、勝ちをお譲り致しますわね。

ところで、朝食はいかがでした。すべて食べられましたか。野菜サラダが出ても食べて下さいな。私、マヨネーズとトンカツソースを持って来ましたのよ。これらがあれば、食べやすくなりますので」

「ああ、どうもありがとう。弘子さんはよく気が付きますねえ。朝食は、すべて食べましたよ。量的に少し少ないようですが、もし足りなければ、売店でパンでも買いましょう」

「それがいいわ。やっぱり栄養をしっかりとらないと、力が出て来ないですからねえ。それはそれとして、今日先生は、検査がまだありますわよねえ」

「ええ、輸血用の血液採取や、丸一日の不整脈検査や、心電図検査、超音波検査もするでしょうね。X線検査は、ほぼ毎日行いますよ。また、肺癌のある立体的な位置も、調べますからねえ。これは、大事な検査なんです。立体的に癌の位置が分からないと、どこをどう切除してよいかが、分かりませんからねえ。

肺活量の検査や肺機能の検査だってしますからねえ。これは、肺の機能能力を検査するんですよ。思いっきり息を吸い込んで、一気に息を吐き出すんです。しかも一定時間、吐き続けるんですよ。これが苦しくて、大変ですよ。また僕の肺活量は、現在およそ二千八百CCですよ。今度手術をしますと、間違いなく、二千CCを切るでしょう。担当医もこのことは、十分に調査検討をしていると言われていましたので、一応は安心してますがね。これは僕の、生存に関わる問題ですから。この意味でのリハビリは、今後病院にいても家にいても、僕に課された宿命のようなものです。

だから手術後は、歩くことがリハビリになるんです。歩くことで、肺胞を少しでも大きくしなきゃあいけませんからねえ。この肺胞は、歩けば歩くほど次第に大きくなっていきます。恐らく手術後は、階段が上がれないでしょう。息が苦しくて。これを克服して、階段を上がれるようにするには、日々怠らない散歩が必要なんです。この散歩も、時を経るに従って、速くなって行きますよ。そうすれば、肺胞もますます大きくなって来て、階段も上がれるようになるんですから。そうなれば、また弘子さんと一緒に、小高い山へ行けるようになりますよ」

この時、病室に看護師がやって来て、公一に、これからの検査を告げた。彼女は、公一と一緒に検査に向かった。

午前中は、不整脈検査器具の装着、血液検査、輸血用の血液採取、X線検査、心電図の検査であった。

これから、昼食である。手押し車に載って来た昼食の食膳には、トースト二枚と、ゆで卵、それになんと野菜サラダであった。公一は一瞬、目を閉じ、顔を歪めた。

それを見た彼女は、言った。

「先生、食の王様、野菜サラダでございますわよ。ここにマヨネーズとトンカツソースがございますもの。ごゆっくりでも宜しゅうございますわよ。全て召し上がって下さいな。私のためだとお思いになられて。全てですよ。お捨てになってはダメですからね。いいですよね。私はこれから、売店へ行ってパンと飲み物を買って来ますので」

彼女は立ち上がり静かに病室を出て行った。

公一は、彼女の気持ちが痛い程よく分かっていたので、真っ先に野菜サラダにマヨネーズとトンカツソースをかけ、一気に口の中へ収め込んでしまった。その後で、用意していたお茶をゴクリゴクリと飲んで、口の中を洗い清めた。

しかる後、おもむろにトーストとゆで卵を食べた。これでやっと、昼食をとった感じがした。

昼食を終えた後に、パンとミルクコーヒーを持って病室へ彼女が戻って来た。公一の食膳は、既になくなっていた。

「先生、食の王様は、いかがでございましたでしょうか」

「ええ、それはそれは、大変美味しゅうございましたよ。弘子さんのマヨネーズとトンカツソースのお陰ですねえ。助かりましたよ」

「まあ、お調子のいいことを言われて。本当はダストボックスに、お捨てになられたんじゃございませんこと。私、なんとなく心配ですわ。そうだ、これからは、先生のお食事のご様子をちゃんと見届けてから、私めの食事を買いに行くことといたしましょう。そうすれば安心ですので。

それはそうと、これから午後の検査まで、結構時間がおありなんでしょうねえ。ではここで俳句を一句、詠まれたらいかがでしょう。せっかく空いた時間ですので」

「そうですねえ。漫画のような俳句になりますが、詠んでみましょうか」

マヨネーズ　野菜サラダに　味を添え
病院の　外に色付く　紅葉かな
院外の　眺めさえぎる　霧の群れ
滔滔と　星のきらめく　天の川
鈴虫や　雑木林の　陰に鳴く

「今は夏の終わりなので、適当に季語を入れましたが、野菜サラダが季語かどうかは、知りません。これは、昼食での即興句ですので。今度は弘子さん、一句詠んでみませんか。時間は気にされなくて結構ですよ。俳句でなくても、川柳でもいいですから。気楽に思い浮かべて下さい。楽しみですねえ」

「じゃあ、暇潰しに、何か考えてみましょうか」

彼女は、五、七、五のみを意識して、公一の目をじっと見ながら、次の句を詠んだ。

いとおしき　夫の回復　早くあれ

「これ、私の本音の心の声ですのよ。でもこれ、俳句じゃあないわねえ。希望句って言った方がいいのかしら。先生は、どのように思われますか、私の句を」

「良い句だと思いますねえ。俳句には季語のないものもあれば、二つ季語のある俳句もありましてね。弘子さんの句は、深い愛情を率直に表現しており、僕への愛を詠んだ句として、素晴らしいセンスを感じます。だから、弘子さんには、その素養があるんですよ。弘子さんは、気持ちや想いを、五、七、五の語呂合わせで、言葉を表現すれば、それで十分ですよ。別に俳句なんて、意識しなくていいですよ。それで、もし言葉が浮かばなかったら、詠まなくて結構ですので。全く気にする必要はありませんから。だから、今詠まれた句は、自分の夫への心をそのまま素直に言い表していますよねえ。それでＯＫですよ。良い句ですよ」

二人が、俳句の話をしていると、看護師さんが病室へ入って来た。

「中山さん、検査に行きましょう。奥さんも、どうぞご一緒に。それから、手術の日が決まりましたよ。明後日です。宜しいですよね」

看護師さんは、公一達を連れて、呼吸器関係の検査室へ行った。

公一の肺活量と肺機能の検査をした。鼻を塞いで、思い切り息を吸い、その後、全てを吐き切るまでの空気の量が肺活量であり、公一は二千八百ＣＣであった。

肺機能の検査では、息をどこまで吐き切るかを調べ、この検査を終えた。

この後、超音波試験、ＣＴ撮影、その他の検査が終わると、看護師さんと別れ、公一達は理容室へ行き、公一の髪を短く切った。これで明後日の手術の準備は、終えた。

二人は、再び五〇三号室へ戻った。

ここまで来ると公一は慣れたもので、全く気楽な神経で彼女と接していた。彼女は、公一の手術に対する無神経さにイライラして、つい言葉が出てしまう。

「先生、手術は明後日ですよ。明日の明日ですよ。なのに、そんなに気楽でいいんでしょうかしら。私の心臓の方が、ドキドキしてますわよ。肺癌の手術なんですから、私を泣かさないで下さいね」

　そう言うなり、彼女は、公一の受ける手術が怖くなり、とうとう泣き出してしまった。今まで我慢をし我慢をし、堪えて堪えてきたものが、一気に噴き出してしまった。公一は、彼女の肩を支えてベッドの上へ彼女を移した。しばしの間、彼女の涙は止まらなかった。

　公一は、彼女の両方の手の平を軽く握り、彼女の沈んだ心を、慰めようとした。彼女の流す涙は、公一への純粋な愛の証であることは、本人が一番よく理解していた。なんと心優しい女性を妻にしたものかと、ありがたい幸せの極みを感じていた。

　およそ十分、思い切り涙を流した彼女は、ハンカチで涙を拭いた後、公一を横目で見ながら、やっと笑顔に戻った。彼女は涙声で、念を押した。

「手術は、本当に大丈夫ですわよね。これ、約束ですからねえ。さあ、右手を出して下さいな。じゃあこれから、指切りげんまんしましょ。先生も小指を。じゃあ、指切りげんまん、嘘ついたら、針千本飲ーます、指切った」

　いよいよ手術当日が、やって来た。朝早くから浣腸をして、時間をかけてお腹を空にした。

手術は午前八時からであり、彼女は、午前七時には既に病室にいた。

手術における付き添いは、通常二人以上だったが、今回は特例として彼女一人ということで、担当医に了解を得ていた。

手術を受ける際、三角巾を看護師に預ける。これは既に、彼女が売店で購入していた。

三角巾は、通常三枚を必要としていた。手術時は、裸体で手術着を身に着ける。三角巾を使用するのは、手術後である。

あれこれと、二人が話すうちに、午前八時となった。

公一は衣服を全て脱いで、仮の手術着を身に着けた。移動機に横になった公一は、彼女の目を見てニッコリ笑った。彼女も同伴して、手術室へ向かった。

付き添いの彼女は、手術室まで同行し、その後、控え室で手術が終わるのを待った。

手術を受ける公一は、手術室の中で仮の手術着から正式な手術着に着替えた。公一は、移動機から手術台へ移された。

麻酔液の投与が始まった。しばらくは、麻酔医からの質問があった。

そのうちに、次第に質問が公一の意識から薄れ、そして消えた。

いよいよスタートである。

手術部位全体を、消毒する。手術は、メスで背中を大きく切り開き、肋骨を数本切って、その中の肺を取り出し、癌の部分をX線で立体的に観察しながら切除していく。

切除部分の癌細胞を確認する。切除が終わると、肺を納め、切断した肋骨を紐で結び付ける。

お腹の下側に、パイプを通す。このパイプは、手術に関係した腹部の余剰液体を、体外に排出するためである。

大きく切り開いた背中を、十数針にて縫合する。手術部位の消毒を行う。包帯と三角巾で、手術部を被う。手術そのものは、これで完了である。

手術は、成功した。移動機に、公一を移し代える。

公一を乗せた移動機は、集中治療室へと向かう。集中治療室で公一はベッドに移される。この間、約三時間だ。

公一は、まだ意識を失ったままである。待ち兼ねたとばかりに、彼女が集中治療室へやって来た。

公一の意識は、まだ戻っていない。そこへ、手術の担当医がやって来た。

「奥さんですね。手術は成功しましたので、ご安心下さい。後は日一日と、回復していきますので。これが、ご主人の癌です。余り大きくなくて良かったですねえ。まあ順調に良くなって行くでしょう。では私は、この辺で失礼します」

「どうもありがとうございました。本当にありがとうございました」

彼女は、心から執刀医に感謝をして、公一の側に寄り添った。公一は依然として、昏々と眠り続けていた。

公一を見ていると、自然と安堵の涙が頬を伝って来た。色々な器具が、公一の身体に付けられている。彼女はこのような姿を見るのも初めてであった。

部屋の端に椅子があったので、彼女は公一の側に持って来て座り、公一の意識が回復するのを、じっとして待った。

約三十分の後に、公一は静かに目を開けた。意識はまだ朦朧としていた。

彼女は嬉しそうに、公一の顔を覗き込んでいた。

意識が戻り始めた。目の前に、彼女の笑顔があった。公一は、自分が何故、このようなところにいるのかを認識出来なかった。

彼女が公一に、優しく声を掛けた。

「おめでとう、先生。ここは、集中治療室ですよ。手術は終りました。成功したんですって。これからは、日にち薬なんですってよ。よかったわ。私、嬉しくって嬉しくって、思わず泣いてしまいましたの。先生も頑張りましたわねえ。賞賛に値しますわ。身体の様子はいかがでしょうか。痛くはありませんか。苦しくはありませんか」

「ああ、ご心配をお掛けしましたねえ。今は、どこも何ともありません。麻酔がまだ効いていますので。もうしばらくは大丈夫ですから。その後は、分かりませんが。肺癌の手術は、今回で三度目ですので、術後の経過は、大体予想が出来ますので、安心して下さい。


恐らく、あと三週間で、退院となりますから。多分手術後二日目から、歩きのリハビリが始まります。これが、少々厳しいですがね。でも、頑張って歩きますよ。五階のフロアを、点滴のスタンドを片手に持ってユックリ歩き回るんですから。このリハビリが一日遅れると、その分、回復が何日も遅れますから。ここが勝負どころですよ、今までの経験からして。ところで、いま何時ですか」

「ええと、今は午後一時前ですわ。どうして」

「僕は、もう少し時間が掛かると、思っていました。恐らく、癌部分が、余り大きくなかったんでしょう。僕の癌部を見ましたか。手術後、付き添いの人に、必ず見せますから」

「ハイ。担当医の先生が、私に見せてくれましたよ。担当医の先生も、先生の癌は、あまり大きくなかったって、そう言ってましたわ。大事に至らなくて本当に良かったですわ。癌が大きくなると、それこそ大変ですものねえ」

「まあ、なにはともあれ、一つ山を越えましたねえ。後は良くなる一方ですので。弘子さんも、色々と大変でしたねえ。申し訳ありませんよ。今度何かで、お返しをしなきゃあいけませんね。考えておいて下さいね」

二人は、尽きない話を、約三時間も楽しく交わした後に、彼女は安心して、実家へ帰って行った。

公一の麻酔の方は、ずっと前に切れていた。ベッドの上でじっとしているので、手術部の痛みはほとんど感じなかった。

しかし、脊椎へ注入した麻酔ガスの入った風船は、五日間は、つけなければならない。公一が、集中治療室にいたのは、手術当日を含めて二日間であった。

手術当日の夕食は、流動食だった。

この流動食は、看護師さんがスプーンで、公一の口へ運んでくれた。

小水は、局所へゴム製のカテーテルを差し込み、自然流出出来るようにしていた。お腹が空であったので、通じは全くなかった。

昨日同様、彼女は、集中治療室へやって来た。公一の食事は、その日も流動食だった。彼女は、この食事の手助けをした。

二日目から、散歩が始まる。点滴のスタンドを片手に持って、二人はソロソロ歩き始めた。

痛い、痛い、痛い……痛い、痛い、痛い。

公一の散歩の第一日目となるスタートの全てであった。

彼女も一緒に歩き、声なき声で公一を励ました。この状態が、三日間、続いた。

四日目からは、ゆっくりと歩けるようになった。リハビリの散歩は、連日続いた。

食事は、流動食からおかゆとなり、おかゆから通常食へと変わっていった。

手術部の痛みが、まだあった。担当医は、公一に、座薬を与えた。最初、この座薬は看護師さんにお尻に入れて貰った。この座薬は、一日三回だった。これをずっと、続けることになった。

抜糸は、手術後一週間であった。抜糸後に、入浴が出来るようになった。

手術部の痛みは、依然として残った。しかし、この痛みは、時間を要すが、自然治癒の他はない。自然治癒には、適度の散歩が最適である。公一は、三週間後の退院が決まった。

# 第十五章　小説執筆という証

三週間は過ぎ、いよいよ退院の日となった。

彼女と一緒に三つのバッグに荷物を分けてまとめた。担当医へ二人でお礼に行った。一階へ下りて、入院費用の支払いを行った。

バスを乗り継いで、二人の家へ着いた。やはり、久し振りのわが家は、いいものである。

バッグを部屋に入れて、二人は応接間でくつろいだ。公一は改めて、彼女に心からの感謝の意を表した。

彼女は、新しく購入した公一用の布団を一緒に敷いた。その後でお茶を入れ、応接間に持って来た。二人でお茶を飲みながら、これからのことを公一から語り始めた。

「僕のリハビリなんだけれど、歩くことが基本になりますよねえ。一日に二度、散歩に出ようと思っているんですよ。一度目はスーパーへの買い物、二度目は、家の近くの湾岸での散歩。これを一ヶ月間、続けようと考えています。二ヶ月目からは、これまた家の近くにある体育館内のトレーニングルームで、身体の運動をしようと思います。いかがでしょうか、僕のスケジュールは」

「なんて良いお考えなんでしょう。それならば、私にとっても健康的で素晴らしいことだと思いますわ。私、何でもかんでも先生と一緒にしたいし、一緒にいたいんですもの。そうだ、今日は、先生の、ご退院祝いを致しましょう。近くにあるコンビニで、飲み物とケーキを買って来ましょう。私が行って来ますので、待ってて下さいな」

彼女は、嬉しさを隠しきれない顔をして、コンビニへと急いだ。公一にとって、彼女の若妻ぶりが、何とも愛くるしくて、何か申し訳ない思いが、自分自身の中で、駆け巡っていた。

彼女は、本当に、公一へ、よく尽くしてくれる。あんなに超美人であんなに奇麗でスタイルが良くてあんなに優しくて、頭が良くてあんなに英語が喋れて健康であんなにセンスが良くて、あんなに正直で真面目で、そしてあんなにいとおしい女性を、幸せにしなければ、神様に対して申し訳ない思いが、強烈に公一を襲った。

きっと、彼女を幸せにする。そのために公一に出来ることは、何ぞや。それは、ただ一つ小説である。

真、善、美、を主柱とする、小説を執筆すること以外に何もない。これからは気を引き締め、集中して、ことに当たる。公一は、心の中で決心した。

そして、彼女に読んで貰い、彼女が感動するような小説を執筆しようと決心した。

やがて彼女が戻って来た。買ってきた物を、お盆に載せているらしい。

彼女は、応接間の前で立ち止まり、ガラス戸を開けて、お盆を持って入って来た。

お盆の上には、大きなケーキと、イチゴ、コーラとが、載っていた。二人とも、同じソファに座った。

「なかなか美味しそうなケーキですね。僕は甘党だから、こう言ったものは大好きですよ。じゃあ、退院祝いのケーキ入刀と、いきましょう」

「では、先生のご退院をお祝いいたしまして、ケーキ入刀！　先生、ご退院、おめでとうございます。ようく頑張られましたわねえ。院内の散歩、背中の傷が、すごく痛かったでしょう。大変でしたわねえ。でもよく我慢されて、今ここに、こうして二人でいられるんですもの。幸せですわよ、私。あっ、そうだ。夕食にはまだ時間がありますねえ。先生の湾岸の散歩コースを、これから歩いてみましょうよ。いかがでしょう、先生」

「そうですねえ。明日から歩くコースですので、これから下見でもしましょうか。湾岸ですので、気持ちがいいですよ。服装は、このままで行きましょう。ゆっくり歩きますので、はだけることはないでしょう。じゃあ、行きましょう」

二人は、退院したそのままのスタイルで、外に出た。公一が玄関の鍵を掛けて、二人は大通りへと向かった。

横断歩道を渡ると、陸橋があった。陸橋を歩いてゆくと、そこはすぐに湾岸ベイサイドであった。家から湾岸までは、歩いて約八分程度だった。

この湾岸は奇麗に整理されており、ウォーキングやランニングのコースとして、朝から夜まで、人の絶えることがなかった。

まず歩道が奇麗に整備されており、人や自転車だけの専用道路があった。それだけではなく、その周りの環境も、森林を思わせるように、多くの木々が繁っていた。

海の方に目をやれば、波は穏やかであり、大小の船が行き交い、何隻もの海上保安庁の船が湾岸に錨を下ろし、巨大なタンカーが横ぎり、広大なタグボートも浮かんでいた。

目を対岸に移せば、戸畑や八幡の町並みが一望出来、皿倉山や帆柱山も、手に取るようにその姿を現していた。東に向くと、大きな若戸大橋が朱色に染まって、若松と戸畑を結んでいる。若戸大橋の下で時刻通りに運行されているのが、奇麗に改造された若戸船であり、海上のバスの役目を果たしている。

この散歩コースの途中には、ＪＲの駅、大きなスーパーの外、多くの商店などがあり、最終地点は、市営バスの終点で、また若戸船の乗合い場所の若松側でもある。

二人は、周りの景色を見ながら、往復で約四十分歩いた。彼女の興味深そうな顔を見ると、どうもこのコースは、彼女のお気に入りのようであった。ここは、人をとりこにする清々しい魅力があるようだ。今日、彼女とここへ来て本当に良かったと、公一は心からそう思った。

このコースを歩く人は、特に夜の方が多い。やはり夜景の美しさは、何にも代えがたい。北九州の最盛期には、百万ドルの夜景と人々が称賛していたほどである。

明日のこのコースの散歩は、夜にしようと公一は決めた。彼女に、そのことを告げた。

「それがいいですわねえ。先生との夜のロマンチックなデートと、いきたいですわ。先生の家の近くに、こんなに素晴らしい夜の景色があるなんて、私達は本当に恵まれていますわ。毎夜、ここへ来ましょうね。なんだかこれからが、楽しみになりそうですわ」

想像していたよりも遥かに美しい夜景に、彼女の心が魅了されたようだった。

公一は、そろそろ戻る時間だと思い、彼女に伝えて一緒に家へ帰った。

「今夜の夕食の準備をしなくては。何か食べたいものが、ございまして、先生。なんなりと、おっしゃって下さいな。いかがでしょう」

「そうですね、僕の好きなチャーハンとポタージュスープがいいですねえ。食材は、まだありますか」

「はい、ございますとも。じゃあ、今夜のメニューは、チャーハンにして私特製の先生風の野菜サラダといたしましょうね。久し振りでしょう、野菜サラダは。今夜は、私めが、しっかりと趣向を凝らしまして、色々な物を入れてご提供いたします。乞うご期待あれ、ねえ、先生ってば」

「へえ、そうですか。僕風ということは、僕専用ということですか」

「はい、その通りでございますのよ。恐らく今まで先生が、見てこられた野菜サラダとは、全く趣を異にしておりますので、楽しみにしていて下さいませね。きっとお気に召しますわよ。ふふふ」

「じゃあ僕は、その言葉を信じましょう。これから二階へ行って、次の小説の続きを書きますので、何かあれば声をかけて下さいね。では」

「ええ、先生。素晴らしい小説をお願いいたしますわ」

「まあ、そこのところは、何とも申しかねますが……では、失礼を」

実のところ、これまでの公一は、素晴らしい小説を、書こうと思ったことは一度もない。考えたこともない。

それではなぜ公一は小説を書くのか。それは、いとも簡単なことである。公一は、文章を書くのが好きなだけである。そのためか、文章を書くのは速かった。

従って公一は、社会人の第一線を退いた後は、小説を書くことを既に決めていた。そのための勉強もした。

また会社では研究所に配属され、嫌と言うほどの数の研究報告書や論文を書き、何度も講演会向けの文章や学会発表用研究資料の原稿作成、学会誌への投稿も行い、多くの特許や実用新案も作成してきた。その結果、一応の文章力は身に付けたと自分では思い込んだ。そして小説を書き始めた。

公一には、小説を書くに当たっての基本的理念があった。即ち、人間の人生における『ありがとうございますという感謝』の世界である。その世界で、公一は自分の書きたいことを思い切り書くのである。

だから、公一の小説を、誰がどのように評価しようがすまいが、お構いなしである。ただただ自分の好きなように、貫き通す。

公一の小説は、その対象として、児童文学、恋愛小説、人生問題を追求していく。あえて言えば、公一は、自分の小説を自由ロマン小説と、称している。

早い話、公一の小説は、人の心を嬉しくし、楽しくし、愉快にし、励まし、悦ばし、安らかにし、清らかにし、優しくし、愛し、信じるような人間像を書いている。

この小説が『素晴らしい小説』たり得るか、どうかは全く定かではない。だから、彼女が言った言葉に、公一はつい口ごもってしまったのである。

まあ、いいや、と自分を慰めながら、仮のタイトル『我が親愛なる、テニス部諸君！』の続きを書き始めた。

この小説は、公一が元いた会社を訪問した際に、公一が属していたテニス部のメンバーと歓談した時に、テニス部に関係した小説を書いてみてはどうかと進言されて、書き始めたものである。

実を言えば、公一は、中学、大学、そして社会へ出ても、会社の卓球部に属していた。当然のことながら、対外試合へも、出場していた。従って、それなりの実力は、自他共に、認めるところであった。

その公一が、なぜテニスなのか。公一には、テニスの経験が全くなかった。まだ独身の時、会社の最初の赴任地の横浜から、研究所のある広島へ転勤した。広島の独身寮へ、公一は入寮した。

研究所の隣には、テニスコートが、二面あった。

或る時、研究所のテラスに出てみると、コートで二人がテニスをしていた。二人は、いとも簡単にボールを何度も、打ち返していた。

そのうちの一人が、独身寮での隣の部屋の住人、橋本君であることが分かった。

公一は、テニスをしてみたいと橋本君に話した。スポーツマンの公一は、橋本君を通して初めてラケットを握り、テニスを知った。

公一は卓球を休業してテニス部へ入り、テニスに没頭していった。青春の全ては、テニスの魔力の中へと、注がれた。

この時期は、人生において最もきらめき放っていた、楽しく有意義な人生最良の歴史の一コマだった。

この貴重な経験を、小説に書き記してみようと考え、パソコンに向かった。物語の流れを、ジックリと心の中で、練りあげた。

この小説は、公一の心との対話である。小説の構想は、自然の流れの中で、必ず構築出来ると確信した。

自分の心の中から湧き上がって来る、思うがままの言葉を、無我夢中で、パソコンに打ち込んだ。それゆえこの小説は、『公一の素晴らしい青春の証』でもある。

と、その時、公一の心の中で、ふと何かが閃いた。

この小説のタイトルを、『我が親愛なる、テニス部諸君！』ではなく、『素晴らしき青春の証』に変更してみては、いかに。

その時、この公一の思索想念の世界を、かき消すかのごとく階下から彼女の嬉しそうな澄んだ大きな呼び声が聞こえた。

「ハーイ、直ぐ行きますので」

パソコンを止めて、階段を下りて食卓へ向かった。食卓テーブルの上には、公一の期待通りのチャーハン、ポタージュスープと、もう一品、何やら見たこともない料理が用意されていた。

不思議に思い、彼女に聞いてみた。

「弘子さん、これ、何でしょう。強烈に色々なものが、盛ってありますねえ。こんな凄い料理、僕は知らないし、見たこともありませんが」

「へヘン、これはですねえ、何を隠そう、先生特製の、野菜サラダでございますわよ。

中に何が入っているると、お思いでしょうか。用いました食材を申しますと、キャベツ、じゃがいも、玉ねぎ、人参、胡瓜、トマト、ブロッコリー、イチゴ、バナナ、桃、メロン、サクランボ、パイナップル、それにゆで卵、ハム、ウインナソーセージでございますのよ。これらを、マヨネーズと砂糖、蜂蜜、牛乳、片栗粉であえて、お作り致しましたのよ。さあ、さあ、たんとお召し上がり下さりませ。お味の方は、いかがでございましょうか、マイ先生」

「徹底的に、愛情のこもった大盛りのサラダですねえ。これ、本当にサラダなんでしょうか。色んな食材が入っているようで、素晴らしく豪華で、華やかな料理ですね。大変苦労されたんでしょう。時間も結構掛かったんでしょう。わざわざ僕のために、料理していただいて心より感謝しますよ。ありがとうございます。じゃあ、いただきます。弘子さんも一緒に食べましょうよ」

彼女は、皿にサラダを分けて公一に差し出した。公一は目を白黒させて、サラダを食べ始めた。

この料理は、好みに合う非常に美味しいものだった。余りに美味し過ぎたので、公一がサラダを食べる速度が、急激に速まって来た。

そもそも公一は、野菜サラダが大嫌いな男性である。その公一が、弘子さんの作った野菜サラダに、強烈にアタックしている。サラダの大盛りは、次第にその姿を小さくしていった。

それとともに、彼女は喜びの微笑みを浮かべ、そしてその目に涙を浮かべた。涙が溢れて、いく筋も頬を伝わった。思わず彼女は、両手で顔を覆った。

彼女の身体が、かすかに震え始めた。公一は、彼女の異様な姿に、気が付いた。

「弘子さん、どうかしましたか。頭でも痛いんですか。気分が悪いんでしょうか。それとも、僕の食事の仕方が、気に入らないんでしょうか、ガツガツ食べていたので。ああ、どうしたらいいんでしょうか。教えて下さい、弘子さん」

「やっぱり、優しいんですねえ、わが旦那様は。何でもないんですのよ。ただただ嬉しいんですの。先生がお嫌いだった野菜サラダを、あんなに沢山食べて下さってるんですもの。余りに嬉しくて、もう我慢が出来ずに、嬉し涙を流してしまいまして。そうなんですよ、私。幸せの涙なんですの。本気で世界一幸せなんですもの。嘘じゃ、ありませんわ。指切りげんまんをしましょうか、愛しの先生ってば」

「ああ、なんて言ってよいか。弘子さんを信じますので、指切りげんまんはもうなしにしましょう。それよりも、弘子さんに、何もなくて安心しましたよ。ところで、お話は戻りますが、今夜の食事は、贅沢三昧ですよねえ。特製サラダや、チャーハンもありますし、おまけにポタージュスープも、用意されているんですから。どこかの国のレストランのフルコースの料理のようですね」

「まあ、先生ったら。私を喜ばせようとして、おだて上げるんですもの。本当に良いお人でございますこと、先生は。それではご自由にお食事なさいまし。私もいただきますので」

なんとも楽しい新婚の夕食は、漫才顔負けの掛け合いの中で、愉快に進んで行った。

夕食は、ゆうに二時間を越えた。

今夜に限って、食事の後片付けは、二人一緒に行った。

食器類の片付けが終わったので、公一は浴室へ行った。お湯を入れるのは、公一の仕事である。

いつものように、浴槽へお湯を入れ、時間を確認した。腕時計を見ると、午後九時前だった。お湯を入れるのは、いつも十五分である。

公一が応接間に戻ると、彼女もやって来た。

「明日の夕食は、何にしましょうか。お好きなものを、おっしゃって」

「何か丼物が、食べたいですよねえ。最近、ほとんど、食べたことがありませんから」

「それじゃあカツ丼では、どうでしょう」

「ああ、いいですねえ。お願いします」

と、言ってる間に、十五分が過ぎた。

それに気が付いて直ぐに浴室へ行き、バルブを閉じた。公一は、お湯が入ったことを彼女に告げた。

彼女は、二人のパジャマと下着を揃えて、脱衣所へ向かった。公一は既に、お風呂に入っていた。

彼女は、持って来た物を脱衣所に置き、服を脱いで公一のいる浴室へ入った。以前のような公一の恐怖にも似た驚嘆の声は、既になくなっていた。ただ彼女の悦び、はしゃぐ声だけが、浴室に響き渡った。

パジャマに着換えた二人は二階へ行き、彼女はテレビを見て、公一はパソコンの前に座った。

公一が書いている『素晴らしき青春の証』は、公一の、横浜から広島への転勤辞令をスタートにしている。最後は、公一の青春の最後を締めくくる、結婚直前までとした。

小説は、その間の色々な出来事を、フィクションを交えながら、主人公の、真面目な生き様を、書くことにしている。この小説は、おそらく長編小説になることが、予想される。

なぜなら、公一が書いている年代の事柄は、忘れようとしても決して忘れることが出来ない強烈な青春の思い出として、刻み込まれているからだ。それゆえこの小説を書くこと自体が、この上なく楽しいのである。

公一はいつも、ニコニコしながら小説を書いている。この様子を見て、彼女は尋ねた。

「先生、いつも笑ってますわねえ。小説を書かれるのが、そんなに楽しいんでしょうか。私が思うに、苦虫を潰したような表情をされるのが、一般の小説家ですよねえ、恐らく。でも先生の場合、全く逆で、いつも幸せという感じですよねえ。ヤッパリ先生は、『素晴らしき男性』ですよ。私が保証して差しあげますわ」

午後十二時になった。公一はパソコンを止め、彼女はテレビのスイッチを切った。

布団を敷いて、いつものように、公一が先に布団に入った。

彼女はネグリジェに着換えて、そっと布団に入った。

二人は心身ともども幸福の流れのままに悦びと情熱に委ねた。

幸せの日々はいち早く過ぎゆき、十二月二十四日となった。今日はクリスマスイブである。

二人は大きなスーパーへ行き、食材と合わせて大きなクリスマスケーキを購入した。早めに夕食を済ませ、ケーキカットをするつもりだった。

その時、間髪を入れず公一は言った。

「二人にとって初めてのクリスマスですよねえ。ただ、食べるだけでは、勿体ないですよね。今夜は、『聖しこの夜』ですよ。だから、僕と一緒に、この歌を歌いましょうよ。その前に、ケーキにロウソクを立てて、火を灯しましょう」

彼女は静かにロウソクに火を点けた。二人は声を合わせて歌い始めた。

「聖し、この夜、星は、光り、救いの、御子は、み母の、胸に、眠り、賜う、夢、安く」

二人は手を叩いて、悦びを分かち合った。

「次は、僕が、英語で歌ってみましょうか。英語のタイトルは、『サイレント・ナイト』。聖なる静寂な夜とでも訳しますかねえ。じゃあ、歌ってみましょう」

「お願いします。恐らく、聖なる気持ちに、なるんでしょう。では、歌って下さいな」

『サーイレントナイト、フォーリーナイト、オールイズカーム、オールイズブラーイツ、ラーンデュバージン、マザーエンド、チャイルド、フォーリーインーファントソ、テーンドエンドマイールド、スリープイン、ヘーブンリーピース、スリープイン、ヘーブンリーピース』

「マア、マア、先生ったら。よく英語の歌を、歌われますねえ」

「一応、歌ってみましたよ。良い歌ですよねえ。僕は、そう、二十代によく英語の曲を、ギターで弾き語りをしていました。結構人前で、歌ったこともあるんです。例えば寮祭や、若者の集いなどで。でも、今歌った英語は、正しいかどうかは、定かではありません。僕の関知しないところとして下さいね。昔覚えた歌ですので」

「先生って、何でもなさるんですねえ。歌も素晴らしくて、ワンダフルですわ。聞き惚れましたわ。先生は、お若い頃は女性にもてたんでしょうねえ。想像出来ますもの。何となくイヤな感じ。これ、ヤキモチなんでしょうか。嫉妬なんでしょうか。でも今は、私の先生ですので、悪しからず、とでも言っておきましょうか。先生のお陰で、良いクリスマスになりましたわ。今夜は、記念すべき夜に、なりましたわよねえ」

「そうですねえ。良いクリスマスですねえ。僕の身体も、順調に回復していますし、弘子さんのお腹には、吾子を宿していますし、今年は良い年ですよねえ。ありがたい限りですよ」

いよいよ、年の暮れである。

公一は、この十年以上、年賀状を貰ったこともなければ、書いたこともない。当然のことである。肺癌の手術による後遺症による胸の激痛と締め付けで、病院のベッドや家の布団の中で唸っていた。とにかく身体を動かせなかった。

それが奇跡的に、元気になったのである。そこで今年は、年賀状が、書ける。

じゃあ、年賀状と思った時、公一は思案した挙句、普通の決まり文句を書いたハガキではなく、誰しも考えない正月を迎えるに当たっての感謝の短文を書いて、手紙にしてみようと決めた。しばらく思考を巡らせ、次のような短文が、公一の心の底から湧き出て来た。

年賀によせて

誠に新しき年を感受することは、何にも増して、お祝いの情念を高揚せしむるに値する慶事であります。

心より、お祝い申上げます。

人の世のなりわいを、いずこともなく、心の内より仰ぎ見れば、その行程の遠大さと精密さに、身体の芯より、悦びが、みなぎって参ります。

山を歩けば、自然の大らかさに、その身を委ねた、植物のこよなく美しい営みが、緑色のほのかな芽吹きとなって、生命を育んでいます。

誰しも感じる大自然の偉大さは、新年を迎えるにあたって、一層そのキラメキを増すことでしょう。

その神秘さゆえに、人は歓喜の雄叫びを、天に向かって、歓声をあげずにはいられません。

心に感じ入る、新年の悦びは、何処よりとも無く、胸中に出現し、広く、深く、雄大に、膨らみを増して行くことでしょう。

その悦びに、人はあらん限りの、感謝を抱くと共に、初春を享受出来る幸せに、心より祈りを捧げましょう。

中山公一

なお公一の二人の息子・娘夫婦には、次のような言葉を、最後に添えた。

物事を成功させるためには、
一　最高、最良を思うこと

二　最善、正しきことを、一心に行うこと
三　必ず、成功、成就することを、信じ切ること
四　他人を、絶対に、非難しないこと
五　常に、笑顔を絶やさないこと、しっかり笑うこと
六　御先祖様を敬うこと、お墓参りをすること
以上、父より贈る言葉

著者プロフィール
## 山本 伸治（やまもと しんじ）
1946年生まれ、福岡県在住。
九州工業大学工学部卒業。
㈱日本製鋼所退職。
精密工学会技術賞受賞。
元九州工業大学客員助教授。

著書 『愛と炎の紅に』（文芸社、2008年）
『はるかなり追憶』（文芸社、2012年）
『素晴らしき男性』（文芸社、2012年）
（本書は2012年に出版した同タイトルを文庫化したものです。）

## 素晴らしき男性

2024年３月15日　初版第１刷発行

著　者　山本 伸治
発行者　瓜谷 綱延
発行所　株式会社文芸社
〒160-0022　東京都新宿区新宿1－10－1
電話　03-5369-3060（代表）
03-5369-2299（販売）

印　刷　株式会社文芸社
製本所　株式会社MOTOMURA


ISBN978-4-286-24653-6
JASRAC　出2309872－301, NexTone PB000054492